梁衡散文

梁衡／著

山西出版传媒集团 山西人民出版社

图书在版编目（CIP）数据

梁衡散文 / 梁衡 著 . -- 太原 : 山西人民出版社 , 2023.9
ISBN 978-7-203-12972-1

Ⅰ . ①梁… Ⅱ . ①梁… Ⅲ . ①散文集－中国－当代 Ⅳ . ① I267

中国国家版本馆 CIP 数据核字（2023）第 129006 号

梁衡散文（精装本）

著　　者：梁　衡
责任编辑：郝文霞
复　　审：刘小玲
终　　审：贺　权
装帧设计：宋双成

出 版 者：山西出版传媒集团 · 山西人民出版社
地　　址：太原市建设南路 21 号
邮　　编：030012
发行营销：0351-4922220　4955996　4956039　4922127（传真）
天猫官网：https://sxrmcbs.tmall.com　电话：0351-4922159
E-mail ：sxskcb@163.com 发行部
　　　　　sxskcb@126.com 总编室
网　　址：www.sxskcb.com

经 销 者：山西出版传媒集团 · 山西人民出版社
承 印 厂：三河市天润建兴印务有限公司

开　　本：890mm × 1240mm　1/32
印　　张：10
字　　数：230 千字
版　　次：2023 年 9 月　第 1 版
印　　次：2023 年 9 月　第 1 次印刷
书　　号：ISBN 978-7-203-12972-1
定　　价：39.80 元

目录 Contents

第一辑　青山不老

第二辑　追寻那遥远的美丽

第三辑　人格在上

第四辑　何处是乡愁

第一辑

青 山 不 老

把栏杆拍遍

中国历史上由行伍出身，以武起事，而最终以文为业，成为大诗词作家的只有一人，这就是辛弃疾。这也注定了他的词及他这个人在文人中的唯一性和在历史上的独特地位。

在我看到的资料里，辛弃疾至少是快刀利剑地杀过几次人的。他天生孔武高大，从小苦修剑法。他又生于金宋乱世，不满金人的侵略蹂躏，二十二岁时他就拉起了一支数千人的义军，后又与耿京为首的义军合并，并兼任书记长，掌管印信。一次义军中出了叛徒，将印信偷走，准备投金。辛弃疾手提利剑单人独马追贼两日，第三天提回一颗人头。为了光复大业，他又说服耿京南归，南下临安亲自联络。不想就这几天之内又变生肘腋，当他完成任务返回时，部将叛变，耿京被杀。辛大怒，跃马横刀，只率数骑突入敌营生擒叛将，又奔突千里，将其押解至临安正法，并率万人南下归宋。说来，他干这场壮举时还只是一个英雄少年，正血气方刚，欲为朝廷痛杀贼寇，收复失地。

但世上的事并不能心想事成。南归之后，他手里立即失去了钢刀利剑，就只剩下一支羊毫软笔，他也再没有机会奔走沙场，血溅战袍，而只能笔走龙蛇，泪洒宣纸，为历史留下一声声悲壮的呼喊、遗憾的叹息和无奈的自嘲。

应该说，辛弃疾的词不是用笔写成，而是用刀和剑刻成的。他是以一个沙场英雄和爱国将军的形象留存在历史上和自己的诗词中。时隔千年，当今天我们重读他的作品时，仍感到一种凛然的杀气和磅礴之势。比如这首著名的《破阵子·为陈同甫赋壮词以寄之》:

> 醉里挑灯看剑，梦回吹角连营，八百里分麾下炙，五十弦翻塞外声。沙场秋点兵。
>
> 马作的卢飞快，弓如霹雳弦惊。了却君王天下事，赢得生前身后名。可怜白发生。

我敢大胆说一句，这首词除了武圣岳飞的《满江红》可与之媲美外，在中国上下五千年的文人堆里，再难找出第二首这样有金戈之声的力作。虽然杜甫也写过“射人先射马，擒贼先擒王”，诗人卢纶也写过“欲将轻骑逐,大雪满弓刀”,但这些都是旁观式的想象、抒发和描述，哪一个诗人曾有他这样亲身在刀刃剑尖上滚过来的经历？“列舰层楼”“投鞭飞渡”“剑指三秦”“西风塞马”，他的诗词简直是一部军事辞典。他本来是以身许国，准备血洒大漠，马革裹尸的；但是南渡后他被迫脱离战场，再无用武之地。像屈原那样仰问苍天，像共工那样怒撞不周，他临江水，望长安，登危楼，拍栏杆，只能热泪横流。

> 楚天千里清秋，水随天去秋无际。遥岑远目，献愁供恨，玉

簪螺髻。落日楼头，断鸿声里，江南游子。把吴钩看了，栏杆拍遍，无人会，登临意。

《水龙吟·登建康赏心亭》

谁能懂得他这个游子，实际上是亡国浪子的悲愤之心呢？这是他登临建康城赏心亭时所作。此亭遥对古秦淮河，是历代文人墨客赏心雅兴之所，但辛弃疾在这里发出的却是一声悲怆的呼喊。他痛拍栏杆时一定想起过当年的拍刀催马，驰骋沙场，但今天空有一身力、一腔志，又能向何处使呢？我曾专门到南京寻找过这个辛公拍栏杆处，但人去楼毁，早已了无痕迹，唯有江水悠悠，似词人的长叹，东流不息。

辛词比其他文人更深一层的不同，是他的词不是用墨来写，而是蘸着血和泪涂抹而成的。我们今天读其词，总是清清楚楚地听到一个爱国臣子，一遍一遍地哭诉，一次一次地表白。总忘不了他那在夕阳中扶栏远眺、望眼欲穿的形象。

辛弃疾南归后为什么这样不为朝廷喜欢呢？他在一首《沁园春·将止酒戒酒杯使勿近》的戏作中说："怨无大小，生于所爱；物无美恶，过则为灾。"这首小品正好刻画出他的政治苦闷。他因爱国而生怨，因尽职而招灾。他太爱国家、爱百姓、爱朝廷了。但是朝廷怕他、烦他、忌用他。他作为南宋臣民共生活了四十年，倒有近二十年的时间被闲置一旁，而在断断续续被使用的二十多年间又有三十七次频繁调动。但是，每当他得到一次效力的机会，就特别认真，特别执着地去工作。本来有碗饭吃便不该再多事，可是那颗炽热的爱国心烧得他浑身发热。四十年间无论在何地何时任何职，甚至赋闲期间，他都不停地上书，不停地唠叨，一有机会还要真抓实干，练兵、筹款、整饬政务，时刻摆出一副要冲上前线的样子。你想这怎能不让主和苟安的朝廷心烦?

他任湖南安抚使，这本是一个地方行政长官，他却在任上创办了一支二千五百人的“飞虎军”，铁甲烈马，威风凛凛，雄镇江南。建军之初，造营房，恰逢连日阴雨，无法烧制屋瓦。他就令长沙市民，每户送瓦二十片，立付现银，两日内便全部筹足。其施政的干练作风可见一斑。后来他到福建任地方官，又在那里招兵买马。闽南与漠北相隔何其远，但还是隔不断他的忧民情、复国志。他这个书生、这个工作狂，实在太过了，“过则为灾”，终于惹来了许多的诽谤，甚至说他独裁、犯上。皇帝对他也就时用时弃。国有危难时招来用几天，朝有谤言，又弃而闲几年，这就是他的基本生活节奏，也是他一生最大的悲剧。别看他饱读诗书，在词中到处用典，甚至被后人讥为“掉书袋”，但他至死，也没有弄懂南宋小朝廷为什么只图苟安而不愿去收复失地。

辛弃疾名弃疾，但他那从小使枪舞剑、壮如铁塔的五尺身躯，何尝有什么疾病?他只有一块心病，金瓯缺，月未圆，山河碎，心不安。

郁孤台下清江水，中间多少行人泪。西北望长安，可怜无数山。

青山遮不住，毕竟东流去。江晚正愁余，山深闻鹧鸪。

《菩萨蛮·书江西造口壁》

这是我们在中学课本里就读过的一首词，他得的是心郁之病啊。他甚至自嘲自己的姓氏：

烈日秋霜，忠肝义胆，千载家谱。得姓何年，细参辛字，一笑君听取。艰辛做就，悲辛滋味，总是辛酸辛苦。更十分，向人辛辣，椒桂捣残堪吐。世间应有，芳甘浓美，不到吾家门户。

《永遇乐·戏赋辛字送茂嘉十二弟赴调》

你看“艰辛”“悲辛”“辛酸”“辛苦”“辛辣”，真是五内俱焚。世上许多甜美之事，顺达之志，怎么总轮不到他呢？他要不就是被闲置，要不就是走马灯似的被调动。淳熙六年（一一七九年），他从湖北调湖南，同僚为他送行时他心情难平，终于以极委婉的口气叹出了自己政治的失意，这便是那首著名的《摸鱼儿·更能消几番风雨》。

更能消、几番风雨，匆匆春又归去。惜春长怕花开早，何况落红无数。春且住，见说道、天涯芳草无归路。怨春不语。算只有殷勤，画檐蛛网，尽日惹飞絮。

长门事，准拟佳期又误。蛾眉曾有人妒。千金纵买相如赋，脉脉此情谁诉？君莫舞，君不见、玉环飞燕皆尘土。闲愁最苦。休去倚危栏，斜阳正在，烟柳断肠处。

据说宋孝宗看到这首词后很不高兴。梁启超评曰：“回肠荡气，至于此极，前无古人，后无来者。”“长门事”，是指汉武帝的陈皇后遭忌被打入长门宫里。辛以此典相比，一片忠心、痴情和着那许多辛酸、辛苦、辛辣，真是打翻了五味坛子。今天我们读时，每一个字都让人一惊，直让你觉得就是一滴血，或者是一行泪。确实，古来文人的惜春之作，多得可以堆成一座纸山。但有哪一首，能这样委婉而又悲愤地将春色化入政治、诠释政治呢？美人相思也是旧文人写滥了的题材，有哪一首能这样深刻贴切地寓意国事，评论正邪，抒发忧愤呢？

但是南宋朝廷毕竟是将他闲置了二十年。二十年的时间让他脱离政界，只许旁观，不得插手，也不得插嘴。辛在他的词中自我解嘲道："君恩重，且教种芙蓉！"这有点像宋仁宗说柳永："且去浅斟低唱，何要浮名？"柳永倒是真的去浅斟低唱了，结果唱出一个纯粹的词人艺术家。辛与柳不同，你想，他是一个大碗喝酒、大块吃肉、痛拍栏杆、大声议政的人。报国无门，他便到赣东北修了一座带湖别墅，咀嚼自己的寂寞。

> 带湖吾甚爱，千丈翠奁开。先生杖屦无事，一日走千回。凡我同盟鸥鹭，今日既盟之后，来往莫相猜。白鹤在何处？尝试与偕来。
>
> 破青萍，排翠藻，立苍苔。窥鱼笑汝痴计，不解举吾杯。废沼荒丘畴昔，明月清风此夜，人世几欢哀。东岸绿阴少，杨柳更须栽。
>
> 《水调歌头·盟鸥》

这回可真的应了他的号"稼轩"，要回乡种地了。一个正当壮年又阅历丰富、胸怀大志的政治家，却每天在山坡和水边踱步，与百姓聊一聊农桑收成之类的闲话，再对着飞鸟游鱼自言自语一番，真是“闲愁最苦”，“脉脉此情谁诉”？

说到辛弃疾的笔力多深，是刀刻也罢，血写也罢，其实他的追求从来不是要做一个词人。郭沫若说陈毅：“将军本色是诗人。”辛弃疾这个人，词人本色是武人，武人本色是政人。他的词是在政治的大磨盘间磨出来的豆浆汁液。他由武而文，又由文而政，始终在出世与入世间矛盾，在被用或被弃中受煎熬。作为封建知识分子，对待政治，他不像陶渊明那样浅尝辄止，便再不染政；也不像白居易那样长期在任，亦政亦文。对国家民族，他有一颗放不下、关不住、比天大、比火热的心；他有一身早练就、憋不住、使不完的劲。他不计较“为五斗米折腰”，也不怕谗言倾盆。所以随时局起伏，他就大忙大闲、大起大落、大进大退。稍有政绩，便招谤而被弃；国有危难，便又被招而任用。他亲自组练过军队，上书过《美芹十论》这样著名的治国方略。他是贾谊、诸葛亮、范仲淹一类的时刻忧心如焚的政治家。他像一块铁，时而被烧红锤打，时而又被扔到冷水中淬火。有人说他是豪放派，继承了苏东坡，但苏的豪放仅止于“大江东去”，山水之阔。苏正当北宋太平盛世，还没有民族仇、复国志来炼其词魂，也没有胡尘飞、金戈鸣来壮其词威。真正的诗人只有被政治大事（包括社会、民族、军事等矛盾）所挤压、扭曲、拧绞、烧炼、锤打时才可能得到合乎历史潮流的感悟，才可能成为正义的化身。诗歌，也只有在政治之风的鼓荡下，才能飞翔，才能燃烧，才能炸响，才能振聋发聩。学诗功夫在诗外，诗歌之效在诗外。我们承认艺术本身的魅力，更承认艺术加上思想的爆发力。

有人说辛词其实也是婉约派，多情细腻处不亚于柳永、李清照。

近来愁似天来大，谁解相怜？谁解相怜？又把愁来做个天。

都将今古无穷事，放在愁边。放在愁边，却自移家向酒泉。

《丑奴儿·近来愁似天来大》

少年不识愁滋味，爱上层楼。爱上层楼，为赋新词强说愁。

而今识尽愁滋味，欲说还休。欲说还休，却道天凉好个秋。

《丑奴儿·书博山道中壁》

柳、李的多情多愁仅止于“执手相看泪眼”“梧桐更兼细雨”，而辛词中的婉约言愁之笔，于淡淡的艺术美感中，却含有深沉的政治与生活哲理。真正的诗人，最善于以常人之心言大情大理，能于无声处炸响惊雷。

我常想，要是为辛弃疾造像，最贴切的题目就是“把栏杆拍遍”。他一生大都是在被抛弃的感叹与无奈中度过的。当权者不使他为官，却为他准备了锤炼思想和艺术的反面环境。他被九蒸九晒，水煮油炸，千锤百炼。历史的风云，民族的仇恨，正与邪的搏击，爱与恨的纠缠，知识的积累，感情的浇铸，艺术的升华，文字的锤打，这一切都在他的胸中、他的脑海翻腾、激荡，如地壳内岩浆的滚动鼓胀，冲击积聚。既然这股能量一不能化作刀枪之力，二不能化作施政之策，便只有一股脑儿地注入诗词，化作诗词。他并不想当词人，但武途政路不通，历史歪打正着地把他逼向了词人之道。终于他被修炼得连叹一口气，也是一首好词了。

说到底，才能和思想是一个人的立身之本。像石缝里的一棵小树，虽然被扭曲、挤压，成不了旗杆，却也可成一条虬劲的龙头拐杖，别是一种价值。但这前提，你必须是一棵树，而不是一棵草。从“沙场秋点兵”到“天凉好个秋”；从决心为国弃疾去病，到最后掰开嚼碎，识得辛字含义；再到自号“稼轩”，同盟鸥鹭；辛弃疾走过了一个爱国志士、爱国诗人的成熟过程。诗，是随便什么人就可以写的吗？诗人，能在历史上留下名的诗人，是随便什么人都可以当的吗？“一将成名万骨枯”，一员武将的故事，还要多少持刀舞剑者的鲜血才能写成。那么，有思想光芒而又有艺术魅力的诗人呢？他的成名，要有时代的运动，像地球大板块的冲撞那样，他时而被夹其间感受折磨，时而又被甩在一旁被迫冷静思考，所以积三百年北宋南宋之动荡，才产生了一个辛弃疾。

心中的桃花源

每一个多少读过点书的人，都知道陶渊明的《桃花源记》。一篇只有三百六十字的散文能流传一千五百年，家喻户晓，传唱不衰，其中必有它的道理。这篇文字连同作者最流行的诗作，大约是我在孩提时代，为习文识字，被父亲捉来读的。当时的印象也就是文字优美，故事奇特而已。直到年过花甲之后，才渐有所悟。一篇好文章原来是要用整整一生去阅读的。反过来，一篇文章也只有经过读者的检验，岁月的打磨，才能称得起经典。凡是经典的散文总是说出了一种道理，蕴含着一种美感，让你一开卷就沉浸在它的怀抱里。《桃花源记》就是这样的文字。

《桃花源记》想说什么

一般人都将《桃花源记》看作一篇美文小品。它确实美，朴实无华，清秀似水，而又神韵无穷。但正是因为这美害了它，让人望美驻足，而忽略了它更深一层的含义。就如一个美女英雄或美女学者，人们总是惊叹她的容貌，而少谈她的业绩。《桃花源记》也是吃了这个亏,顶了“美文”的名,始终在文人圈子和文章堆里打转转,殊不知它的第一含义在政治。

陶渊明所处的晋代距秦统一天下已六百年。在陶之前不是没有过政治家。你看，贾谊是政治家，他的《过秦论》剖析暴秦之灭亡何等精辟，但汉文帝召见他时“不问苍生问鬼神”，仍旧是穷兵黩武；诸葛亮是政治家，是智者的化身，但他用尽脑汁，也不过为了帮刘备恢复汉家天下；曹操是政治家,雄才大略,横槊赋诗何其风光,但刚为曹家挣到一点江山的底子，转瞬间就让司马氏篡权换成晋朝旗号。

陶渊明也不是没有参与过政治，读书人谁不想建功立业？况且他的曾祖陶侃（就是成语“陶侃分阴”的那个陶侃）就曾是一个为晋王朝立有大功的政治家、军事家。陶渊明曾多次出入权贵的幕府,但是他所处的政治环境实在是太黑暗了。东晋王朝气数将尽，争权夺利，贪污腐败，军阀混战，民不聊生。以东晋的重臣刘裕为例，他未发迹时是一无赖，好赌，借大族刁氏钱不还，刁氏将其绑在树上用皮鞭抽。有一个叫王谧的富人可怜他，便代为还钱。刘发迹，就扶王为相，而将刁家数百人满门抄斩，后来干脆篡位灭晋，建宋。陶渊明曾四隐四出，因家里实在太穷，无力养活六个孩子。东晋义熙元年（四〇五年）时他已四十二岁，不得已便又第五次出山当了彭泽县令。这更让他近距离看透了政治。东晋从三七七年起实行“口税法”，即按人口收税，每人年缴米三石。但有权有势的大户人家纷纷隐瞒人口，国家收不到税，就抬高收税标准，每人五石，恶性循环的结果是小民的负担更重，纷纷逃亡藏匿，国库更穷。陶一上任就在自己从政的小舞台上大刀阔斧地搞改革，他从清查户籍入手，先拿本县一户何姓大地主开刀。何家有成年男丁二百人，却每年只缴二十人的税。何家有人在郡里当官，历任县令都不敢动他一根毫毛。

陶是个知识分子，骨子里是心忧国家，要踏破不平救黎民，治天下，年轻时他就曾一人仗剑游四方。你看他的诗“刑天舞干戚，猛志固长在”“君子死知己，提剑出燕京”，绝不只是一个东篱采菊人。所以鲁迅说陶渊明除了“静穆”之外,还有“金刚怒目”的一面。一时彭泽县里削富济贫、充实国库的政改实验搞得轰轰烈烈。正是：

> 莫谓我隐伴菊眠，半醉半醒酒半酣。
> 翻身一怒虎啸川，秀才出手乾坤转！

但是上层整整的一个利益集团已经形成，哪能容得他这个书生“刑天舞干戚”来撼动呢？邪恶对付光明自然有一套潜规则。这年干部考察时何家买通“督邮”（监察和考核官员政绩的官）来找麻烦。部下告诉陶。按惯例这时都要行贿,给点好处。陶渊明大怒：“我安能为五斗米折腰！”连夜罢官而去。回家之后便写了那篇著名的《归去来兮辞》：“归去来兮，田园将芜，胡不归！既自以心为形役，奚惆怅而独悲……世与我而相违，复驾言兮焉求？”

这次出去为官对他刺激太大了，他对官府，对这个制度已经绝望。他向往尧舜时那种人与人之间平等、和谐的生活，向往《山海经》里的神仙世界，向往古代隐士的超尘绝世。从此，他就这样一直在乡下读书、思考、种地，终于在他弃彭泽令回家十六年之后的五十七岁时写成了这篇三百六十字的《桃花源记》。作者纵有万般忧伤压于心底，却化作千树桃花昭示未来，虽是政治文字却不骄不躁，不偏不激，于淡淡的写景叙事中，铺排出热烈的治国理想，这种用文学翻译政治的功夫真令人叫绝。但这时离他去世只剩下六年了。这篇政治美文可以说是他一生观察思考的结晶，是他思想和艺术的顶峰。历史竟会这样相似，陶渊明五仕五隐，范仲淹四起四落。范仲淹那篇著名的政治美文《岳阳楼记》是在五十八岁那年写成，离去世也只剩七年。这两篇政治美文都是作者在生命的末期总其一生之跌宕，积一生之情思，发出的灿烂之光。不过范文是正统的儒家治国之道，提出了一个政治家的个人行为准则；陶文却本老子的无为而治，给出了一个最佳幸福社会的蓝图。陶渊明是用文学来翻译政治的，在《桃花源记》中他塑造了这样一个理想的社会：土地平旷，屋舍俨然，良田美地，往来耕作，鸡犬相闻，黄发垂髫，怡然自乐。这是一个自自在在的社会，一种轻轻松松的生活，人人干着自己喜欢的工作。在这里没有阶级，没有欺诈，没有剥削，没有烦恼，没有污染。人与人和谐，人与自然和谐。这是什么？这简直就是共产主义。陶渊明是在晋太元年间（三七六—三九六年）说这个话的，离《共产党宣言》发表（一八四八年）还早一千四百多年呢。只是有那么一点点影子，我们就算它是“桃源主义”吧。但他确实是开了一条政治幻想的先河。当政治家们为怎样治国争论不休时，作为文学家的陶渊明却轻轻叹了一声：“不如不治。”然后就提笔濡墨，描绘了一幅桃花源图。这正如五祖门下的几个佛家大弟子为怎样克服人生烦恼争论不休时，当时还是个打杂小和尚的六祖却在一旁叹道：“菩提本无树，明镜亦非台，本来无一物，何处惹尘埃。”人性本自由，劳动最可爱，本来无阶级，平等最应该。不是政治家的陶渊明走的就是这种釜底抽薪的路子。

陶之后一千二百年，欧洲出现了空想社会主义。而且巧得很，也是用文学作品来表达未来社会的蓝图，但不是散文，是两本小说，在社会发展史和世界文化史上影响极大。这就是一五一六年英国人莫尔出版的《乌托邦》和一六三七年意大利人康帕内拉出版的《太阳城》。所以《桃花源记》也可以归入政治文献而不是只存在于文学史中，其实《桃花源记》又何尝不可以当成小说来读呢。甚至那两本书的构思手法与《桃花源记》也惊人地相似。陶渊明是假设几个打鱼人误入桃花源，而在《乌托邦》里是写一个探险家在南美，误登上一座孤悬海中的小岛。岛上绿草如茵，四周波平浪静。街上灯火辉煌,家家门前有花园。每个街区都有公共食堂,供人免费取食。个人所用的物品都可到公共仓库任意领取，并无人借机多占。更奇的是，他被邀参加一个订婚仪式，男女新人都要脱光衣服，让对方检验身体有无毛病，然后订约。其道德清纯、诚实高尚若此。探险家在这里生活了五年，回来后将此事传与世人，就如武陵人讲桃花源中事。《乌托邦》成书后顷刻间风靡欧洲，被译成多国文字，传遍世界。中国近代翻译家严复也把它介绍到了中国。

一六三七年，意大利人康帕内拉又出版了一本书《太阳城》。很巧，还是陶渊明的手法。一个水手在印度洋遇险上岸，穿过森林进到一座城堡，内外七层，街道平整，宫殿华丽，居民身体健康，风度高雅，衣食无忧。在这个城市里没有私产，实行供给制。服装统一制作，按四季更换。每日晨起，一声长号，击鼓升旗，大家都到田里劳动。没有工农之分，没有商品交换，没有货币。孩子两岁后即离开父母交由公家培养。总之一切都是公有，需求由政府实施公共分配。甚至婚姻也是政府考虑到后代的优生而搭配，靓男配美女，胖男配瘦女。又是那个水手归来“海客谈瀛洲”，如同武陵人讲桃花源。这本书同样风靡全球，是空想社会主义的又一块里程碑。以幻想理想社会类的文学作品而论，有三大里程碑:《桃花源记》《乌托邦》《太阳城》。

“桃园三结义”，陶渊明是老大。

为了追求真实的桃花源，除出书外，还有人身体力行地去实验。一八二五年，英国人欧文用十五万美元在美国买了一块地，办起一个“新和谐公社”。这公社规划得十分理想，有农田、工场、住宅、学校、医院。公社成员一律平等。也是吹号起床，集体劳动，吃公共食堂，没有交换，没有货币，算是一个西洋版的“桃花源”。可惜这个公社来得实在太早，与时下的生产力水平、道德标准相差太远。墙内清贫而浪漫的生活，抵挡不住墙外资本主义金钱、名利的诱惑，维持了两年，实验宣告失败。

但是人们心中那盏理想的明灯总是在轻轻闪烁，在西方这种实验一直顽强地延续着。今天，英国查尔斯王子在本国一个叫庞德伯里的小城，也搞了一个“小国寡民”的建设，四百户人家，全部环保建材。绿荫小街,各家一色的院落,无汽车之喧嚣,无贫富之悬殊。

桃花源在中国人的心里更是根深蒂固，那个美丽的梦也总是挥之不去。洪秀全就曾搞过太平天国版的空想共产主义，分男营、女营，不要家庭生活（当然这并不妨碍他妻妾成群），而民国的立法院在一九三〇年也讨论过要不要家庭。青年毛泽东在一九一九年，也有过一次乡村新社会的实验。他说：“我数年来梦想新社会生活，而没有办法。七年（指民国七年，即一九一八年）春季，想邀数朋友在省城对岸岳麓山设工读同志会，从事半耕半读。今春回湘，再发生这种想象，乃有在岳麓山建设新村的计议。而先从办一实行社会说本位教育说的学校入手。此新村以新家庭新学校及旁的新社会连成一块为根本理想。”一九五八年在这个全球人口最多的国度又开始了一场人民公社大实验，吃饭不要钱，一如《乌托邦》和“新和谐公社”里的情景，但又像欧文一样地失败了。可是实验并没有停止。一九八六年人民公社体制在全国正式取消后，个别生产力（财富）和精神文明（觉悟）发达的集体仍在坚持着“共产”模式。如河南的南街村，到今天仍是吃饭不要钱。各家用多少米面，到库房里随便领取。那天参观时我奇怪地问：“有人多领怎么办？”“领多了，吃不了，也没用。”“如果他送给外村的亲戚呢？”“相信他的觉悟。”财富加觉悟，这真是一个现代版的桃花源，微型的“空想共产主义”。当然又是一次失败。

空想虽然空洞一些，但思想解放就是力量。无论是一个人还是一个社会，如果没有幻想，就会静止，就会死亡。自陶渊明之后，这种对未来社会的想象从来没有停止过。到马克思那里终于产生了科学社会主义。《共产党宣言》预言未来的理想社会是“自由人联合体”。没有阶级，没有剥削，没有贫富差别，没有尔虞我诈，大家自由地联合在一起。恩格斯给出的蓝图是：“这种制度将给所有的人提供健康而有益的工作，给所有的人提供充裕的物质生活和闲暇的时间，给所有的人提供真正的充分的自由。”你看这不就是桃花源中人吗？

就主体来说，陶渊明是诗人而不是政治家、思想家，他只是以憧憬的心情写了一篇短文。武陵人误入桃花源，陶渊明误入了政治思想界。他万万没有想到他的幻想竟引来了这么多的实验版本。相比于政治和哲学，文学更富有想象力，陶渊明的桃花源足够后人一代一代地去寻找、评说。

桃花源在哪里

中国文学史上有许多的游记名篇，也造就了许多的山水品牌，成了今天旅游的新卖点。但让人吃惊的是，一个虚构的桃花源却盖过了所有的真山水，弄得国内只要稍微有一点姿色的风景，就去打桃花源的牌子，硬贴软靠，甚至争风吃醋，莫辨真伪。北至山西、河北，南到广西、台湾，处处自诩桃花源，人人争当武陵人。只我亲身游历过的“桃花源”就有几十处，遍布大半个中国。“似花还是非花，也无人去较真。”但正是这似与不似之间，叫哪一处真山水也比不上幻影中的桃花源，而那些著名游记又无论如何也不能与《桃花源记》等身。就连最有名的《小石潭记》，现在也只不过是柳州的一个废土坑而已，也未见有哪个地方去与之争版权、争冠名。桃花源成了风景的偶像。何方化作身千亿，一处山水一桃源，陶渊明用什么魔法将这桃花源的基因遍洒中华大地，遗传千年，繁衍不息？

凡偶像都代表一种精神，而精神的东西是既无形又可幻化为万形。陶渊明笔下的桃花源是一处风景，但绝不是单纯的风景，它是被审美的汁液所浸泡，又为理想的光环所笼罩着的山水。美好的事物谁不向往？正如地球上无论东西方都有空想社会主义的模式：在中国无论东西南北，都能按图索骥找到“桃花源”。桃花源不是小石潭，不是滕王阁，不是月下赤壁，也不是雨中的西湖。它是神秘山口中放出的一束佛光，是这佛光幻化的海市蜃楼，这里桃林夹岸，中无杂树，芳草鲜美，落英缤纷。《桃花源记》是一个多棱镜，能折射出每一个人心中的桃花源，而每一个桃花源里都有陶渊明的影子，一处桃源一陶翁。

我见到的第一个桃花源是在福建武夷山区。从福州出发北上，过永安县，车停路边，有指路牌：桃花源。我说这柏油马路一条，石山一座，怎么是桃花源？主人说不急，先请下车。行几百米，果见一河，溯流而上，渐行渐深，林木葱茏，繁花似锦，两山夹岸，绿风荡漾，胸爽如洗。而半山腰庙宇民房，红墙绿瓦，飘于树梢之上，疑是仙境。折而右行，半壁之上突现一岩缝，仅容一人，曰“一线天”。我从缝中望去，山那边蓝天白云，往来如鹤。因为要赶路，我们不能如武陵人“舍船，从口入”了，但我相信穿过一线天，那边定有一个桃花源。

再沿路北上就是著名的武夷山。山之有名，因二：一是通体暗红，山崖如血，属典型的丹霞地貌；二是环山有溪水绕过，作九折之状，即著名的“武夷九曲”。想不到在这景区深处却还另藏着一个小“桃花源”。当游人气喘吁吁地翻过名为“天游”的石山顶，自天而降：或溯流而上，游完九曲，弃筏登岸时，身已累极，心乏神疲，忽眼前一亮，见一竹篱小墙。穿过篱笆小门，地敞为坪，青草如茵，草坪尽处一泓碧水如镜，整座红色的山崖倒映其中，绿树四合，凉风拂衣，汗热顿消。正是陶诗“蔼蔼堂前林，中夏贮清阴。凯风因时来，回飙开我襟”的意境。这时席地而坐，仰望“天游”之顶，见人小如蚁，缘壁而行；俯视池水之中，蓝天白云，悠然自得。草坪上散摆着些茶桌，武夷山的“大红袍”茶海内知名。你在这里尽可细品杯中乾坤，把玩手中岁月。那天我正低头品茗，忽听有人呼唤，隔数桌之外走过一人，原来是十多年未见的一位南海边的朋友，不期在此相遇。我们相抱而呼，以茶代酒，痛饮一番。我一面感叹世界之小，又更觉这桃花源之妙，它真是一个可暗通今昔的时光隧道。

光阴者，百代之过客。这武夷山里不知过往了多少名人，朱熹就是从这里走出去开创了他的哲学流派，我怀疑他“半亩方塘一鉴开，天光云影共徘徊。问渠哪得清如许？为有源头活水来”的名句，就是取自这个意境。明代大将军戚继光在南方抗倭之后又被调到北方修长城，曾路过此地，在这里照影洗尘，竟激动得不想离去。他赋诗道：“一剑横空星斗寒，甫随平北复征蛮。他年觅得封侯印，愿学幽人住此山。”而陆游、辛弃疾在不得志之时，甚至还在这里任过守山的官职。朱、戚、陆、辛都是中国历史上屈指可数的人物。他们在绚烂过后更想要一个平淡，要做陶渊明，做一个桃花源中人。辛词写道：“今宵依旧醉中行。试寻残菊处，中路候渊明。”

我看到的第二处桃花源是湖南桃源县的桃源洞。一般认为这处景观最接近正宗的桃花源，况且国内毕竟也就只有这一个以桃源命名的县。这里除山水幽静外更多了一分文化的积淀。史上多有文人来此凭吊，孟浩然、李白、韩愈、苏轼等人都留有诗作。由此可见桃花源早已不是一个风景概念，而是一种文化现象了。

我印象最深的是这里刻于石碑上的一首回文诗：

牛郎织女会佳期，月底弹琴又赋诗。

寺静唯闻钟鼓响，音停始觉星斗移。

多少黄冠归道观，见机而作尽忘机。

几时得到桃源洞，同彼仙人下象棋。

一般的回文诗是下句首字套用上句的末一个字，这在修辞学上叫“顶针”格。而这首诗是从上字中拆出半个字来起写下句，这样的“顶针”就更难。接着还有一个更难的动作，刻碑时第一字不从右上起，而是中心开花，向外旋转，到最后一字收尾，正好成方。

这样的挖空心思说明后人对桃花源题材是多么的喜爱。而小石潭、赤壁，就是现代朱自清笔下的荷花塘也没有这样的殊荣呀！陶渊明所创造的“桃花源”实在是一个忘却时空、成仙成道的境界，比《乌托邦》《太阳城》多了几分审美，比《小石潭记》《赤壁赋》又多了几分理想。

那天我不觉技痒，也仿其格填了一首回文诗（比原诗更苛求一点，连首尾都半字相咬）：

因曾数读桃花源，原知诗人梦秦汉。

又来桃源寻旧梦，夕阳压山柳如烟。

我看到的第三处桃花源是在湖北恩施。这里是湘、鄂、渝交界的武陵山区。陶渊明是今江西九江人，其活动区域不会到过这一带。但阴差阳错，这山却名“武陵”，而《桃花源记》正好说的是武陵人的事。当地人以此附比桃花源也算言之有据，比别处更多一点骄傲。况且，这里地处偏远，至今还保有极浓的世外桃源的味道。

武陵山区多洞，这洞大得让你不敢去想，一个洞就能开进一架直升机，而洞深几许到现在也没有探出个究竟。这比陶渊明说的桃林夹岸，“山有小口……豁然开朗”更要神秘。那天我们就在山洞里的一个千人大剧场看了一台现代武陵人的歌舞演出，真是恍若隔世，不知梦在何处。

最动人的是情歌演唱。男女歌手分别站在舞台两侧的两个山头上（请注意，洞里又有山）引吭高歌：

女：郎在高坡放早牛，
　　妹在院中梳早头。
　　郎在高坡招招手，
　　妹在院中点点头。
男：太阳一出红似火，
　　晒得小妹无处躲。
　　郎我心中实难过，
　　送顶草帽你戴着。

你看男子心疼他心爱的女子，恨不能立即送去一顶遮阳的草帽。楚人是善于歌颂爱情或者借爱情说事的，从屈原始，古今亦然。陶渊明的楚文化背景很深，这让我立即想起他的《闲情赋》：

我愿做她的衣领，以闻到她颈上的芳香，
可惜就寝时，衣服总要被弃置一旁；
我愿做她的衣带，终日系于她的腰间，
可惜换装时，衣带被解下，又有暂别的忧伤；

我愿做一滴发乳，涂在她的黑发上，

可她总要洗发，我又会受到冲洗的熬煎；

……

我愿做一把竹扇，让她握于手上，凉风送爽，

可秋天来临，还是难免有离去的凄凉；

我愿做一株桐木，制成一把她膝上的鸣琴，

可她也有悲伤的时候，会推开我不再奏弹。

（愿在衣而为领，承华首之余芳；悲罗襟之宵离，怨秋夜之未央……）

还有哭嫁歌。婚嫁本是喜事，但女儿出嫁要哭，大哭，不舍爹娘，不舍闺友，大骂媒婆。哭，且能成歌，有腔有调，有情有韵。艺术这种东西真是无孔不入，喜怒哀乐都有美，悲欢离合都是歌。但是这歌和大城市里舞台上那些尖嗓子、哑喉咙、扭屁股、声光电的歌不一样，这是桃花源中的歌，是在武陵山中的时光隧道中听到的魏晋声、秦汉韵啊。

那天演的又有丧葬歌。人之大悲莫过于死，但这么悲伤的事却用唱歌来表达。当地风俗“谁家昨日添新鬼，一夜歌声到天明”。你看那个主唱的男子，击鼓为拍，踏歌而舞，众人起身而合，袖之飘兮，足之蹈兮，十分的洒脱。生死由命，回归自然，一种多么伟大的达观。我仿佛到了一个生死无界、喜乐无忧的神仙境界。这远胜于现代都市里作秀式的告别仪式、追悼大会。在歌声中我听到了一千五百年前陶渊明那首自己拟的挽歌（《拟挽歌辞》）：“荒草何茫茫，白杨亦萧萧。严霜九月中，送我出远郊。”“千秋万岁后，谁知

荣与辱？但恨在世时，饮酒不得足。”武陵人这洒脱的丧歌，那源头竟是陶公的挽歌啊，你不得不承认这山洞里的桃源世界确实还在继续着陶渊明所创造的那个生命境界和审美意境。还有一种原始的茅谷斯舞蹈，舞者全身紧裹稻草，男子两腿间挂着象征阳物的装饰，甩来摆去，癫狂起舞，表达的是自然崇拜与生殖崇拜。这种纯朴只有在这深幽的山洞里才能见到，这时你已完全忘了山外的高楼大厦、车水马龙、电脑网络、反恐战争、股票期货、跑官卖官，真的不知今夕何夕，身在何处了。

一连几天我就在这深山里转，感受这歌声、这舞蹈，还有米酒。这里喝酒也是桃花源式，是在别处从没有见过的。喝时要唱，要喊，要舞，喝到高兴处还要摔酒碗。双手过头，一饮而尽，然后“啪”的一声，满地瓷片，当然是那种很便宜的陶瓷碗。这正是陶渊明《杂诗》与《饮酒》诗的意境——“得欢当作乐，斗酒聚比邻”；“忽与一觞酒，日夕欢相持”；“若复不快饮，空负头上巾”。历史越千年，风物亦然。

一日，喝罢酒，我们去游一个叫“四洞峡”的地方，那又是一处桃花源了。离开公路，夹岸数步，人就落入一个大峡谷中。头上奇树蔽日，脚下湍流漱石。平时在城里花盆中才能见到的杜鹃花，在这里长成了合抱之粗的大树，花大如盘，洁白如雪。一种金色的不老兰，攀于岩上，遍洒峡中，灿若繁星。古藤缠树，树树翠帘倒挂；香茅牵衣，依依不叫人行。许多草木都见所未见，闻所未闻。一种铁匠树，木极硬，木工的工具对付不了它，要用铁匠的工具才能加工，因有此名。其木放入炉中，如炭一样一晚不灭。一种似草似灌木的植物，秆子肥肥胖胖，就名“胖婆娘的腿”。真是目不暇接。走着走着，这一路风景突然没入一个悠长的石洞，瞬间一片幽暗，不见天日，唯闻流水潺潺，暗香浮动。我们扶杖踏石，缘壁而行，大气也不敢出一口，仿佛真的要走回到秦汉去。也不知这样如履薄冰地行了几时，忽又见天日重回到了人间。这样忽明忽暗，穿峡过洞，如是者四次，是为“四洞峡”。到最后一个石洞的出口处，有巨石如人头，传说是远古时一将军在此守洞，慢慢石化。石壁上长有一株手腕粗的黄杨木，却言已生有八百年。据说这种树平时正常生长，而每逢有闰月就又往回缩，它竟能自由地挪动时空。现代物理学已有一种“虫洞”假说。人们可轻易穿越时空退回过去，而桃花源中的植物竟然早已有了这种本事。我回望洞口，看着这石将军，这黄杨树，浮想联翩。当年陶渊明由晋而返秦，我们现在莫不是返回到了东晋？

出峡之时已近黄昏，主人请我们参观他们的万亩桃林。这里乡民种桃已不知起于何年。近年来为了进一步富民，政府又请专家指导，搞了一项万亩桃园工程，好大的规模，放眼望去漫山遍野全是桃树。正是开花季节，晚照中红浪滚滚，一直铺向天边，只间或露出些道路、谷场，或农家的青瓦粉墙。我们随意选了一处半山腰的“农家乐”，在院子里摆桌吃饭。席间仍是要喝米酒，唱古老的歌，摔酒碗。主人对我们这些山外来人更是十分的亲热。有如《桃花源记》所言：“见渔人，乃大惊，问所从来，具答之。便要还家，设酒，杀鸡，作食。”又如陶诗：“落地为兄弟，何必骨肉亲。得欢当作乐，斗酒聚比邻。”他们也不知道什么戚继光曾经要用功名换山水，更不会去作什么回文诗。但他们知道这里就是桃花源，是他们的家，祖祖辈辈都这样自自然然地生活着。

桃花源不只是风景，而是一种生活符号，一种文化标记。

心中的桃花源

陶渊明为晋代柴桑人，即现在的江西九江市一带。九江我是去过的，这次为写这篇文章又重去两地寻找感觉。结果这感觉真的让我大吃一惊。在陶渊明纪念馆，我看到了许多历代、各地甚至还有国外对他的研究资料，以及出版的各种书刊。像东北鞍山这样远、这样小的地方都有陶学的研究团体，而今年的全国陶学年会是在内蒙古召开的。日本亦有专门的陶学社团。一本专刊上这样说："渊明文学在日本的流传，不论时光如何流逝，人们对他恬淡高洁的人格的憧憬，对其诗文的热爱从未中断。"而更未想到的是陶渊明的墓是在一座部队的营房里，官兵们用平时节约下来的经费将其修葺保护得十分完美。我们登上营房后的小山，香樟、桂花、茶树等江南名木掩映着一座青石古墓，墓的四角，四株合抱粗的油松皮红叶绿，直冲云天。只看这树就知这墓在数百年之上。陶卒于乱世，其墓本无可考，元代时大水在这附近冲出一块记载陶事的石碑，官民喜而存之，因碑起墓，代代飨祭。现在这个墓是部队在二〇〇三年重修，并立碑记其事。一个诗人，一个逝去了一千五百多年的古人怎么会引起这么广泛久远的共鸣呢?

陶渊明的《桃花源记》确是以艺术的魅力激起了我们千百年来对理想社会和美好山水的不断追求；但更有普世价值的是他设计出了一个人心理的最佳状态，这就是以不变应万变，永是平和自然，永葆一颗平常心。他以亲身的实践证明了这一点，接着又用自己的作品定格、升华、传达了这种感觉。他在我们每个人的心里都埋下了一粒桃花源的种子，无论如何斗转星移，岁月更换，后人只要一读陶诗、陶文，就心生桃花，暖意融融，悠然自悟，妙不可言。当代德国著名哲学家海德格尔认为哲学家应该具有诗人的思维，他说哲学最好的表达方式是诗歌。陶渊明已经做到了这一点，他始终是用诗歌来表现人生。

人生在世有三样东西绕不过去。一是谁能没有挫折坎坷；二是任你有多少辉煌也要消失，没有不散的筵席；三是人总要死去，总要离开这个世界。与这三样东西相对应的心境是灰心、失落与恐惧。怎样面对这个难题，克服人精神上的消极面，让每一天都过得快活一些，历来不知有多少的思想家、宗教徒都在做着不尽的探索。过去关于奋斗、修养的书不知几多，现在“励志”类的书又满街满巷，而所谓“修养”，已经滑进了“厚黑”的死胡同。而你就是励志、奋斗、成就之后还是绕不开这三点。你看现实生活中有的人生活并没有到了谷底，甚至还有几分殷实小康，但还在没完没了地嫉妒、哭穷、诉苦、牢骚；有的人已身居高位，还在贪婪、虚荣、邀功；有的人已退出官场，还在回头、恋权、恋名，苦心安排身后事。陶渊明官也做过，民也当过；富也富过，穷也穷过；也曾顺利，也曾坎坷，但这些毛病他一点也没有。他学儒、学道、学佛，又非儒、非道、非佛，而求静、求真、求我，从思想到实践较好地回答了人生修养这个难题。

陶渊明生活在一个不幸的时代，军阀混战，政权更迭，民不聊生。他虽也做过几次官，但不愿“为五斗米折腰”，归隐回乡，日子过得紧紧巴巴。为避战乱他曾两次逃难，仇家一把火又将他可怜的家产烧了个精光。但在他的诗文中却找不到杜甫“亲朋无一字，老病有孤舟”式的哀叹，反倒常是一种“采菊东篱下，悠然见南山”的恬静。这是一种境界，一种回归，回归自然，回归自我，不为权、财、名、苦所累，永葆一颗平常心的境界。他为官时不为五斗米折腰，不丢人格；穷困时安贫知足，不发牢骚，不和自己过不去。也就是《桃花源记》里说的“黄发垂髫，并怡然自乐”。我们没有理由责备陶渊明为什么不像白居易那样去写《卖炭翁》，不像陆游那样去写“铁马秋风大散关”，不像辛弃疾那样“把栏杆拍遍”。陶所处的时代没有辛弃疾、岳飞那样尖锐的民族矛盾，他也未能像魏徵、范仲淹那样身处于高层政治的旋涡之中。存在决定意识，各人有各人的历史定位。陶渊明的背景就是一个“乱”字，世乱如倾，政乱如粥，心乱如麻。他的贡献是于乱世、乱政、乱象之中在人的心灵深处开发出了一块恬静的田园。“结庐在人境，而无车马喧。问君何能尔？心远地自偏。采菊东篱下，悠然见南山。”

陶渊明一生大多身处逆境，但他却永是开朗。不是说这逆境不存在，而是他能精神变物质，逆来顺推，化烦躁为平和。他以太极手段，四两拨千斤，将愁苦从心头轻轻化去，让苦难不再发酵放大，或干脆就转而发酵为一坛美酒。马克思说：“受难使人思考，思考使人受难。”世上总有不平事，尤其是爱思考的知识分子，世有多大，心有多忧，忧便有苦，苦则要学会排解。陶渊明对辞官后的农耕生活要求并不高：“岂期过满腹，但愿饱粳粮。御冬足大布，粗絺以应阳。”粗布淡饭而已。但他却从这种清苦中找到精神上的寄托和审美的享受，“耕种有时息，行者无问津。日入相与归，壶浆劳近邻。长吟掩柴门，聊为陇亩民”。

陶渊明也不是没有做过官，但他不把做官当饭吃，他一生五仕五隐，那官场的生活只不过是他的人生实验。他对朝廷也曾是有过一点忠心的，甚至还有对晋王朝的眷恋。自晋亡后，他写诗就从不署新朝的年号。但是他把人格看得比政治要重。不为五斗米折腰，不看他人的脸色。政治生活一旦妨碍了他的人性自由，就宁可回家。他高唱着："归去来兮，田园将芜，胡不归！既自以心为形役，奚惆怅而独悲。悟已往之不谏，知来者之可追。实迷途其未远，觉今是而昨非。舟遥遥以轻飏，风飘飘而吹衣。"何等痛快。朱熹评陶渊明说："晋宋人物，虽曰尚清高，然个个要官职，这边一面清谈，那边一面招权纳货。陶渊明真个能不要，此所以高于晋宋人物。"他岂但只高于晋宋人物，也远高于现代的许多跑官要官、贪财受贿、争权夺利、图名好虚之人。

陶渊明对死亡的思考更是彻底，并有一种另类的美感。他说："有生必有死，早终非命促。千秋万岁后，谁知荣与辱？""死去何所道，托体同山阿。""自古皆有没，何人得灵长？不死复不老，万岁如平常。"人总有一死，何必叹什么命长命短，操心什么死后的荣誉。如果一个人总是不死，那生和死又有什么区别？这种彻底的唯物主义真让我们吃惊。正因为有这种生死观，他从不要什么虚荣，没有一点浮躁。更不会如今人之非要生前争什么镜头、版面，死后留什么传记、文选。

龚自珍说："陶潜酷似卧龙豪，万古浔阳松菊高。莫信诗人竟平淡，二分《梁父》一分《骚》。"梁启超说："这位先生身份太高了，原来用不着我恭维。"说是不用"恭维"，但历来研究、赞美他的人实在太多。他的思想确实影响了一代又一代的人，他的这种达观精神几乎成了后人处世的楷模。如果你抚摸着陶之后的历史画卷，就会听到无数伟人、名人与他的共鸣。而这些人都是中国历史上的群山高峰啊。于是我们就会发现一股从遥远的桃花源深处发出的雷鸣，在历史的大峡谷中，滚滚回荡，隐隐不绝。李白算是中国诗歌的高峰了，被尊为诗仙，但他对陶是何等的敬仰："梦见五柳枝，已堪挂马鞭。何时到彭泽，狂歌陶令前。"他梦见陶公门前的五柳树了，要到彭泽去与他狂歌。白居易曾被贬为江州司马，离陶的家乡不远，他在任上时陶诗不离手："亭上独吟罢，眼前无事时。数峰太白雪，一卷陶潜诗。"苏东坡曾被发配在偏远的海南，他身处逆境时是把陶渊明当老师才度过困境的："吾于诗人，无所甚好，独好渊明之诗。渊明作诗不多，然其诗质而实绮，癯而实腴，自曹、刘、鲍、谢、李、杜诸人，皆莫及也。"他把陶放在曹植、李白、杜甫之上，而且居然把陶诗逐一和了一遍，这恐怕主要是精神上的相通。现代人中毛泽东也有陶渊明情结。他一生轰轰烈烈是是非非，但晚年多次谈到想放浪形骸，寄情山水，去做徐霞客，或者去当一名教书先生。他上庐山，山下的九江就是陶渊明的家乡，于是赋诗道："陶令不知何处去，桃花源里可耕田？"

庄子说"内圣而外王"，事业是皮毛，心灵的自由才是人的终极追求。魏晋人追求的大概就是这个风度，所谓"居官无官官之事，处事无事事之心"，亦即陶渊明说的不要让心情为外在的事物所役使（"既自以心为形役"）。翻阅史书，我们发现凡真正建功立业，轰轰烈烈的大人物，其内心深处都有一个静谧的桃花源，能隐能出，能动能静，收放自如。诸葛亮六出祁山，七擒孟获，火烧赤壁，舌战群儒，一生何等忙碌，但留下的格言是："淡泊明志，宁静致远。”范仲淹“先天下之忧而忧，后天下之乐而乐”，其政治抱负多么强烈，但他的心理支柱是“不以物喜，不以己悲”。辛弃疾晚年写词：“岁岁有黄菊，千载一东篱……都把轩窗写遍，更使儿童诵得，《归去来兮辞》。”邓小平是继毛泽东之后的又一伟人。“文革”之难，他在江西被软禁三年。这个昔日指挥淮海战役的主帅，在一个绿树砖墙的小院里，养了几只鸡，种了几垄菜，挑粪担水，劈柴烧火，如陶渊明那样“带月荷锄”“守拙归园”。后来毛要他出山，他说，我是桃花源中人，只知秦汉，不识魏晋。但正是这种能伸能屈的淡定，让他后来一出山就带来国家民族的中兴。而事成之后他却淡淡地说了一句：“我无大志，只愿国家富裕，我做一个富国的公民就行。”他要归去。陶渊明不是政治家，却勾勒出一个理想社会，让人们不断地去追求；他不是专门的游记作家，却描绘了一幅最美的山水图，让人们不断地去寻找；他不是专门的哲学家，却给出了人生智慧，设计了一种最好的心态，让人们去解脱。如果真要说专业的话，陶渊明只是一个诗人，他开创了田园诗派，用美来净化人们的心灵。中外文学史上从来没有哪一位诗人能像他这样创造了一个社会模式、一种山水布景、一种人生哲学，深深地植根在后人的心中，让人不断地去追寻。

武侯祠前的沉思

中国历史上有无数个名人，但很少有人像诸葛亮这样引起人们长久不衰的怀念；中国大地上有无数座祠堂，但没有哪一座能像成都武侯祠这样，让人生出无限的崇敬、无尽的思考和深深的遗憾。这座带有传奇色彩的建筑，令海内外所有的崇拜者一提起它就产生一种神秘的向往。

武侯祠坐落于成都市区略偏南的闹市。两棵古榕为屏，一对古狮拱卫，当街一座朱红飞檐的庙门。你只要往门口一站，一种尘世暂离而圣地在即的庄严肃穆之感便油然而生。进门是一庭院，满院绿树披道，杂花映目，一条五十米长的甬道直达二门，路两侧各有唐代、明代的古碑一座。这绿荫的清凉和古碑的幽远先叫你有一种感情的准备，我们将去造访一位一千七百年前的哲人。进二门又一座四合庭院，约五十米深，刘备殿飞檐翘角，雄踞正中，左右两廊分别供着二十八位文臣武将。过刘备殿，下十一阶，穿过庭，又一四合院，东、西、南三面以回廊相通，正北是诸葛亮殿。由诸葛亮殿顺一红墙翠竹夹道就到了祠的西部——惠陵，这是刘备的墓，夕阳抹过古冢老松，叫人想起遥远的汉魏。由诸葛亮殿向东有门通向一片偌大的园林。这些树、殿、陵都被一线红墙环绕，墙外车马喧,墙内柏森森。诸葛亮能在一千七百年后享此祀地,并前配天子庙，右依先帝陵，千多年来香火不绝，这气象也真绝无仅有了。

建兴十二年（二三四年），诸葛亮在进行他一生的最后一次对魏作战时病死军中。一时国倾梁柱，民失相父，举国上下莫不痛悲，百姓请建祠庙，但朝廷以礼不合，不许建祠。于是每年清明节，百姓就于野外对天设祭，举国痛呼魂兮归来。这样过了三十年，民心难违，朝廷才允许在诸葛亮殉职的定军山建第一座祠，不想此例一开，全国武侯祠林立。成都最早建祠是在西晋，以后多有变迁。先是武侯祠与刘备庙毗邻，诸葛祠前香火旺，刘备庙前车马稀。明朝初年，帝室之胄朱椿来拜，心中很不是滋味，下令废武侯祠，只在刘备殿旁附带供诸葛亮。不想事与愿违，百姓反把整座庙称武侯祠，香火更盛 。到清康熙年间，为解决这个矛盾，干脆改建为君臣合庙，刘备在前，诸葛亮在后，以后朝廷又多次重申，这祠的正名为昭烈庙（刘备谥号昭烈帝），并在大门上悬以巨匾。但是朝朝代代，人们总是称它为武侯祠，直到今天。“文化大革命”期间曾经疯狂地破坏了多少文物古迹，但武侯祠却片瓦未损，至今每年还有两百万人来拜访。这是一处供人感怀、抒情的所在，一个借古证今的地方。

我穿过一座又一座的院落，悄悄地向诸葛亮殿走去。这殿不像一般佛殿那样深暗，它合为丞相治事之地，殿柱矗立，贯天地正气，殿门前敞，容万民之情。诸葛亮端坐在正中的龛台上，头戴纶巾，手持羽扇，正凝神沉思。往事越千年，历史的风尘不能掩遮他聪慧的目光，墙外车马的喧闹也不能把他从沉思中唤醒。他的左右是其子诸葛瞻、其孙诸葛尚，瞻与尚在诸葛亮死后都为蜀汉政权战死沙场。殿后有铜鼓三面，为丞相当初治军之用，已绿锈斑驳，却余威尚存。我默对良久，隐隐如闻金戈铁马声。殿的左右两壁书着他的两篇名文，左为《隆中对》，条分缕析，预知数十年后天下事；右为《出师表》，慷慨陈词，痛表一颗忧国忧民心。我透过他深沉的目光，努力想从中发现这位东方“思想家”的过去。我看到他在国乱家丧之时，布衣粗茶，耕读山中；我看到他初出茅庐，羽扇轻轻一挥，八十万曹兵灰飞烟灭；我看到他在斩马谡时那一滴难言的浊泪；我看到他在向后主自报家产时那一颗坦然无私的心。记得小时读《三国演义》，总希望蜀国能赢，那实在不是为了刘备，而是为了诸葛亮。这样一位才比天高、德昭宇宙的人不赢，真是天理不容。但他还是输了，上帝为中国历史安排了一出最雄壮的悲剧。

假如他生在西周、盛唐，他会成为周公、魏徵；假如上天再给他十年时间（活到六十三岁不算老吧），他也许会再造一个盛汉；假如他少一点愚忠，真按刘备的遗言，将阿斗取而代之，也许会又建一个什么新朝。我胸中四海翻腾做着这许多的假设，抬头一看，诸葛亮还是那样安静地坐着，目光更加明净，手中的羽扇像刚刚挥过一下。我不觉可笑自己的胡思乱想。我知道他已这样静坐默想一千七百年，他知道天命不可违，英雄无法再造一个时势。

一千七百年前，诸葛亮输给了曹魏，却赢了从此以后所有人的心。我从大殿上走下，沿着回廊在院中漫步。这个天井式的院落像一个历史的隧道，我们随手可翻检到唐宋遗物，甚至还可驻足廊下与古人、故人聊上几句。杜甫是到这祠里做客次数最多的，他的名句“出师未捷身先死，长使英雄泪满襟”，唱出了这个悲剧的主调。院东有一块唐碑，正面、背面、两侧或文或诗，密密麻麻，都与杜甫作着悲壮的唱酬。唐人的碑文说："若天假之年，则继大汉之祀，成先生之志，不难矣。"元人的一首诗叹道："正统不惭传万古，莫将成败论三分。"明人的一首诗简直恨历史不能重写了："托孤未负先君望，恨入岷江昼夜流。"南面东西两廊的墙上嵌着岳飞草书的前后《出师表》，笔走龙蛇，倒海翻江，黑底白字在幽暗的廊中如长夜闪电，我默读着"临表涕零，不知所言"，读着"汉贼不两立，王业不偏安"，看那墨痕如涕如泪，笔锋如枪如戟，我听到了这两位忠臣良将遥隔九百年的灵魂共鸣。

这座天井式的祠院一千七百年来就这样始终为诸葛亮的英气所笼罩，并慢慢积聚而成为一种民族魂。我看到一个个的后来者，他们在这里扼腕叹息、仰天长啸或沉思默想。他们中有诗人，有将军，有朝廷的大臣，有封疆大吏，甚至还有割据巴蜀的草头王。但不管是什么人，不管来自什么出身，负有什么使命，只要在这个天井小院里一站，就受到一种庄严的召唤。人人都为他的凛然正气所感召，都为他的忠义之举而激动，都为他的淡泊之志所净化，都为他的聪明才智所倾倒。人有才不难，历史上如秦桧那样的大奸臣也有歪才；有德也不难，天下与人为善者不乏其人，难的是德才兼备，有才又肯为天下人兴利，有功又不自傲。

历史早已过去，我们现在追溯旧事，也未必对"曹贼"那样仇恨，但对诸葛亮却更觉亲切。这说明诸葛亮在那场历史斗争中并不单纯地为克曹灭魏，他不过是要实现自己的治国理想，是在实践自己的做人规范，他在试着把聪明才智发挥到极限，蜀、魏、吴之争不过是这三种实验的一个载体，他借此实现了作为一个人，一个历史伟人的价值。史载东晋永和三年（三四七年），"桓温征蜀，犹见武侯时小吏，年百余岁。温问曰：‘诸葛丞相今谁与比？’答曰：‘诸葛在时，亦不觉异，自公殁后，不见其比。’”此事未必可信，但诸葛亮确实实现了超时空的存在。古往今来有两种人，一种人为现在而活，拼命享受，死而后已；一种人为理想而生，鞠躬尽瘁，死而后已。一个人不管他的官位多大，总要还原为人；不管他的寿命多长，总要变为鬼；而只有极少数人才有幸被百姓筛选，历史擢拔为神，享四时之祀，得到永恒。

我在祠中盘桓半日，临别时又在武侯像前伫立了一会儿，他还是那样，目光如泉水般明净，手中的羽扇轻轻抬起，一动也不动。

永恒的范仲淹

山东青州为中国最古老的行政区划之一。当年大禹治水后将中国分为九州，即有青州，《禹贡地域图》上有记。现在人们到青州来，主要是两件事，一是上山“拜寿”，二是到城里凭吊范仲淹。

出青州城南五里，有一山名云门山。自山脚下遥望山顶，崖上隐隐有一寿字，这就是人们要来看的奇迹。一条石阶小路折转而上，两边一色翠柏，枝枝蔓蔓，撒满沟沟壑壑。树并不很粗，却坚劲挺拔，都生在石上。树根缘石壁而行，如闪电裂空；树干破石而出，如大纛迎风。偶有一两株树直挡路中，那是修路时不忍斫损，特意留下的，树皮已被游人摸得油光。环视四周，让人感到往日岁月的细密。片刻我们爬到半山望寿阁，在这里小憩，山顶石壁上的大红寿字已历历在目。回望山下，街市远退，田园如织。再鼓余勇，直迫山顶，这时再仰观那寿字犹如一艘多桅巨船，挟云裹雾，好像就要压到头上。同行的一个小伙子贴身字上，还没有寿下“寸”字的一竖高。这是世界上最大的寿字，是书法的精品、极品，日本的书道专家还常渡海西来顶礼膜拜呢。这是明代嘉靖三十九年（一五六〇年），青州衡王为自己祝寿时所刻，距今已四百多年。山上残雪未消，我在料峭春风中，细细端详这个奇迹。这字高七点五米，宽三点七米，也不知当初怎样写上去、刻出来，却又这样不失间架结构，点画笔意。这衡王创造了奇迹，但他当时的目的并不为艺术，正如古墓中出土的魏碑，今天我们看作书法精品，当年不过是死者身边一块普通的石头。衡王刻字希冀自己长寿百岁，同时也向老百姓摆摆皇族的威风。但是数代之后衡王府就被抄家，命不能永存，威风也早风吹雨打去。倒是这个有艺术价值的寿字，寿到如今。

从寿字前左行，进一洞，洞如城门。回望门外云气蒸腾，这是云门山的由来。由门折上山巅，如鲤鱼之背，稍平，上有石阶、有亭、有庙、有佛窟。扶栏远眺，海风东来，云霭茫茫，山川河流，远城近乡，都渺渺如画。遥想当年大禹治水，从这里东去导流入海，天下才得以从漫漫洪水中解救出来，有此青州。从此，人们在这里男耕女织，一代一代地繁衍生息。范仲淹曾来这里为官，李清照曾在这里隐居，衡王在这里治自己的小天地。人们在这石山上摩崖刻字，凿窟造像，喊喊喳喳，忙忙碌碌。唯有这山默默无言。我想当年云门山神看着那个花钱刻字、顶礼求寿的衡王，肯定轻蔑地哼了一声便继续打坐入定了。我环山走着，看着这些从唐至明的遗迹，看着山下缭绕的云雾，真为云门山而骄傲，它蔑风雨而抗雷电，渺四野而越千年。林则徐说山："壁立千仞，无欲则刚。"它无求无欲，永存于世。

从山上下来，到青州城西去谒范公祠。这是人们为纪念北宋名臣范仲淹所修，九百多年来香火不绝。这祠并不大，大约就是两个篮球场大的院子。院心有一井，名范公井，传为范公所修。这井水也不一般，清冽有加，传范仲淹公余用此水调成一种"青州白丸药"，治民痼疾，颇有奇效。如同情人的信物，这井成了后人怀念范公的依托。宋人有诗云："甘清汲取无穷已，好似希文昔日心。"（范仲淹字希文）现在这井还水清如镜。正东有祠堂，有范公像及其生平壁画。祠堂左右供欧阳修和富弼，他们都是当年推行庆历新政时的主要人物。院南有竹林一片，翠竹千竿，蔚然秀地灵之气。竹后有碑廊，廊中刻有范公的名文《岳阳楼记》。院心有古木三株，为唐楸宋槐，可知这祠的久远。树之北有冯玉祥将军的隶书碑联："兵甲富胸中，纵教他虏骑横飞，也怕那范小老子；忧乐观天下，愿今人砥砺振奋，都学这秀才先生。"这两句话准确地概括了范公的一生。

范仲淹从小丧父，家境贫寒。他发愤读书，早起煮一小盆粥，粥凉后划为四块，这就是他一天的饭食。以后他科举得官，授龙图阁大学士，为政清廉，且力图革新。后来，西夏频频入侵，朝中无军事人才，他以文官身份统兵戍边，大败敌寇。西夏人惊呼"他胸中自有雄兵百万"，边民尊称为"龙图老子"。连皇帝都按着地图说，有仲淹在，朕就不愁了。后又调回朝中主持庆历新政的改革，大刀阔斧地除旧图新，又频繁地调至各地任职，亲自推行地方政治的革新。无论在边防、在朝中、在地方，他总是"进亦忧，退亦忧"。其忧国忧民之心如炽如焰。范仲淹是一个诸葛亮、周恩来式的政治家，一生主要是实践。他按自己认定的处世治国之道，鞠躬尽瘁地去做，将全部才华都投身到处理具体政务、军务中去，并不着意为文。不是没有文才，是没有时间。

宋仁宗皇祐三年（一〇五一年）范仲淹到青州任知府，这是他的官宦生涯，也是人生旅途的最后一站。第二年即病逝了。《岳阳楼记》是他去世前七年，因病从前线调内地任职时所作。正如《出师表》一样，这是一个伟人后期的作品，也是他一生思想的结晶。我能想见，一个老人在这小院中，在井亭下、竹林中是怎样地焦虑徘徊，自责自求，忧国忧民。他回忆着“人不寐，将军白发征夫泪”的戍边生活；回忆着“居庙堂之上”，伴君勤政的艰辛；回忆赈灾放粮，所见到的平民水火之苦。他总历代先贤和自己一生的政治阅历，终于长叹一声：“先天下之忧而忧，后天下之乐而乐。”这声大彻大悟的慨叹如名刹大庙里的钟声，浑厚深远，震悟大千。这一声长叹悠悠千年，激励着多少志士仁人，匡正了多少仕人官宦。《岳阳楼记》并不在岳阳楼上所作，洞庭湖之大观当时也不在先生眼前。可以说这是一篇借题发挥之作。范公将他对人生、对社会的理解，将他一生经历的政治波涛，将他胸中起伏的思潮，一起借洞庭湖的万千气象倾泻而出，然后又顿然一收，总成这句名言，化为彩虹，横跨天际，光照千秋。

春风拂动唐楸宋槐的新枝，翠竹摆动着嫩绿的叶片，这古祠在岁月长河中又迈入新的一年。范公端坐祠内，默默享受这满院春光。我院中徘徊，面对范公、欧阳公和富公的神位，默想千年古史中，如他们这样职位的官员有多少，如他们这样勤勉治事的人又有多少，但为什么只有范仲淹才教人千年永记、时时不忘呢？我想一个人只有辛苦地实践，诚实地牺牲还不行，这些只能随寿而终，只能被同时代的人理解。更重要的是，他要能创造一种精神，能提炼出一种符合民心、符合历史规律的思想，是那句“先天下之忧而忧，后天下之乐而乐”的名言，是这种进步的忧乐观使范仲淹得到了永恒。

走出范公祠，上车出城。路边闪过两个高大的石牌楼，突兀地在寒风中寂寞。人说这是当年衡王府的旧址，多么威风的皇族，现在只剩下这路边的牌楼和山上的寿字。遥望云门，雾霭中翠柏披拂，奇峰傲立。在山上刻字的人终究留不住，留下的是这默默无言的山；把门楼修得很高的人还是存不住，长存的是那些曾用生命去捎动历史车轮的人。

读柳永

柳永是中国历史上一个并不大的人物。很多人不知道他，或者碰到过又很快忘了他。但是近年来这根柳丝却紧紧地系着我，倒不是为了他的名句“杨柳岸,晓风残月”,也不为那句“衣带渐宽终不悔,为伊消得人憔悴”，只为他那人，他那身不由己的经历和那歪打正着的成就，以及由此揭示的做人成事的道理。

柳永是福建北部崇安人，他没有为我们留下太多的生平记载，以至于现在也不知道他确切的生卒年月。那年到闽北去，我曾想打听一下他的家世，找一点可凭吊的实物，但一川绿风，山水寂寂，没有一点的音息。我们现在只知道他大约在三十岁时便告别家乡，到京城求功名去了。柳永像封建时代的大多数知识分子一样，总是把从政作为人生的第一目标。其实这也有一定的道理，人生一世谁不想让有限的生命发挥最大的光热？有职才能有权，才能施展抱负，改造世界，名垂后世。那时没有像现在这样成就多元化，可以当企业家，当作家，当歌星、球星，当富翁，要成名只有一条路——去当官，所以就出现了各种各样在从政大路上跋涉着的而被扭曲了的人。像李白、陶渊明那样求政不得而求山水；像苏轼、白居易那样政心不顺而求文心；像孟浩然那样躲在终南山里而窥京城；像诸葛亮那样虽说不求闻达，布衣躬耕，却又暗暗积聚内力，一遇明主就出来建功立业。

柳永是另一类的人物，他先以极大的热情投身政治，碰了钉子后没有像大多数文人那样转向山水，而是转向市井深处，扎到市民堆里，在这里成就了他的文名，成就了他在中国文学史上的地位，他是中国封建知识分子中一个仅有的类型，一个特殊的代表。

柳永大约在天禧元年（一〇一七年），宋真宗天禧元年时到京城赶考。以自己的才华他有充分的信心金榜题名，而且幻想着有一番大作为。谁知第一次考试就没有考上，他不在乎，轻轻一笑，填词道："富贵岂由人，时会高志须酬。"等了三年，第二次开科又没有考上，这回他忍不住要发牢骚了，便写了那首著名的《鹤冲天》。

> 黄金榜上，偶失龙头望。明代暂遗贤，如何向。未遂风云便，争不恣狂荡。何须论得丧。才子词人，自是白衣卿相。
>
> 烟花巷陌，依约丹青屏障。幸有意中人，堪寻访。且恁偎红倚翠，风流事，平生畅。青春都一饷。忍把浮名，换了浅斟低唱。

他说我考不上官有什么关系呢？只要我有才，也一样被社会承认，我就是一个没有穿官服的官。要那些虚名有什么用，还不如把它换来吃酒唱歌。这本是一个在背地发的小牢骚，但是他也没有想一想，你怎么敢用你最拿手的歌词来牢骚呢，他这时或许还不知道自己歌词的分量。它那美丽的语句和优美的音律已经征服了所有的歌迷，覆盖了所有的官家的和民间的歌舞晚会，"凡有井水饮处，即能歌柳词”。这使我想起“文化大革命”中，大书法家沈尹默先生被打成“黑帮”，被逼写检查。但是他写出去的检查大字报，总是糨糊未干就被人偷去，这检查总是交代不了。柳永这首牢骚歌不胫而走传到了宫里，宋仁宗一听大为恼火，并记在心里。柳永在京城又挨了三年，参加了下一次考试，这次好不容易通过了，但临到皇帝亲自圈点放榜时，仁宗说“此人风前月下，好去浅斟低唱，何要浮名？且填词去”，又把他给勾掉了。这次打击实在太大，柳永就更深地扎到市民堆里去写他的歌词，并且不无解嘲地说：“我是奉旨填词。”他终日出入歌馆妓楼，交了许多歌伎朋友，许多歌伎也因他的词而走红，她们真诚地爱护他，给他吃，给他住，还给他发稿费。你想他一介穷书生流落京城有什么生活来源？只有卖词为生。这种生活的压力，生活的体味，还有皇家的冷淡，倒使他一心去从事民间创作。他是第一个去到民间的词作家。这种扎根坊间的创作生活一直持续了十七年，直到他终于在四十七岁那年才算通过考试，得了一个小官。

歌馆妓楼是什么地方啊，是提供享乐，制造消沉，拉你堕落，教你挥霍，引人轻浮，教人浪荡的地方。任你有四海之心、摩天之志，在这里也要魂销骨铄，化作一团烂泥。但是柳永没有被化掉，他的才华在这里派上了用场。成语言：脱颖而出。锥子装在衣袋里总要露出尖来，宋仁宗嫌柳永这把锥子不好，“啪”的一声从皇宫大殿上扔到了市井底层，不想俗衣破袍仍然裹不住他闪亮的锥尖。这真应了柳永自己的那句话“才子词人，自是白衣卿相”，寒酸的衣服裹着闪光的才华。有才还得有志，多少人进了红粉堆里也就把才沤了粪。也许我们可以责备柳永没有大志，同为词人，不像辛弃疾那样“男儿到死心如铁，看试手，补天裂”，不像陆游那样“自许封侯在万里。有谁知，鬓虽残，心未死”。时势不同，柳永所处的时代当北宋开国不久，国家统一，天下太平，经济文化正复苏繁荣。京城汴京是当时世界上最大的都市，新兴市民阶层迅速形成，都市通俗文艺相应发展。恩格斯论欧洲文艺复兴时说，这是需要巨人而且产生了巨人的时代，市民文化呼唤着自己的文化巨人。这时柳永出现了，他是中国历史上第一个专业的市民文学作家。市井这块沃土堆拥着他，托举着他，他像田禾见了水肥一样拼命地疯长，淋漓酣畅地发挥着自己的才华。

柳永于词的贡献，可以说如牛顿、爱因斯坦于物理学的贡献一样，是里程碑式的。他在形式上把过去只有几十字的短令发展到百多字的长调。在内容上把词从官词解放出来，大胆引进了市民生活、市民情感、市民语言，从而开创了市民所歌唱着的是自己的词。在艺术上他发展了铺叙手法，基本上不用比兴，硬是靠叙述的白描的功夫创造出前所未有的意境。就像超声波探测，就像电子显微镜扫描，你得佩服他的笔怎么能伸入到这么细微绝妙的层次。他常常只用几个字，就是我们调动全套摄影器材也很难达到这个情景。比如这首已传唱九百年不衰的名作《八声甘州》：

对潇潇暮雨洒江天，一番洗清秋。渐霜风凄紧，关河冷落，残照当楼。是处红衰翠减，苒苒物华休。唯有长江水，无语东流。

不忍登高临远，望故乡渺邈，归思难收。叹年来踪迹，何事苦淹留？想佳人，妆楼颙望，误几回、天际识归舟。争知我，倚阑干处，正恁凝愁。

一读到这些句子我就联想到第一次置身于九寨沟山水中的感觉，那时照相根本不用选景，随便一抬手就是一幅绝妙的山水图。现在你对着这词，任裁其中一句都情意无尽，美不胜收。这种功夫，古今词坛能有几人？

艺术高峰的产生和自然界的名山秀峰一样是不以人的意志为转移的。柳永自己也没有想到他身后在中国文学史上会占有这样一个重要位置。就像我们现在作为典范而临摹的碑帖，很多就是死人墓里一块普通的刻了主人生平的石头，大部分连作者的姓名也没有。凡艺术成就都是阴差阳错，各种条件交汇而成一个特殊气候，一粒艺术的种子就在这种气候下自然地生根发芽了。柳永不是想当名作家而到市井中去的，他是怀着极不情愿的心情从考场落第后走向瓦肆勾栏，但是他身上的文学才华与艺术天赋立即与这里喧闹的生活气息、优美的丝竹管弦和多情婀娜的女子发生共鸣。他在这里没有堕落，他跳进了一个消费的陷阱，却成了一个创造的巨人。这再次证明成事成才的辩证道理。一个人在社会这架大算盘上只是一颗珠子，他受命运的摆弄；但是在自身这架小算盘上他却是一只拨着算珠的手，才华、时间、精力、意志、学识、环境统统变成了由你支配的珠子。

一个人很难选择环境，却可以利用环境，大约每个人都有他基本的条件，也有基本的才学，他能不能成才成事，原来全在他与外部世界的关系怎么处理。就像黄山上的迎客松，立于悬崖绝壁，沐着霜风雪雨，就渐渐干挺如铁，叶茂如云，游人见了都要敬之仰之了。但是如果当初这一粒松子有灵，让它自选生命的落脚地，它肯定选择山下风和日丽的平原，只是一阵无奈的山风将它带到这里，或者飞鸟将它衔到这里，托于高山之上，寄于绝壁之缝。它哭天天不应，喊地地不灵，一阵悲泣（也许还有如柳永那样的牢骚）之后也就把那岩石拍遍，痛下决心，既然活就要活出个样子。它拼命地吸天地之精华，探出枝叶追日，伸着根须找水，与风斗与雪斗，终于成就了自己。这时它想到：多亏我留在了这里，要是生在山下将平庸一世。

生命是什么，生命就是创造，是携带着母体留下的那一点信息去与外部世界做着最大限度的重新组合，创造一个新的生命。为什么逆境能成大才，就是因为在逆境下你心里想着一个世界，上天却偏要给你另外一个世界。两个世界矛盾斗争的结果，你便得到了一个超乎这两个之上的更新的更完美的世界。而顺境下，时时天遂人愿，你心里没有矛盾，没有企盼，没有一个理想中的新世界，当然也不会去为之斗争，为之创造，那就只有徒增马齿，虚掷一生了。柳永是经历了宋真宗、仁宗两朝四次大考才中了进士的，这四次共取士九百一十六人，其他九百一十五人都顺顺利利地当了官，有的或许还很显赫，但他们大都被历史忘得干干净净，而柳永至今还享此殊荣。

呜呼，人生在世，天地公心。人各其志，人各其才，无大无小，贵贱不分。只要其心不死，才得其用，就能名垂后世，就不算虚度生命。这就是为什么历史记住了秦皇汉武，也同样记住了柳永。

读韩愈

韩愈为唐宋八大家之首，其文章写得好是真的。所以，我读韩愈其人是从读韩愈其文开始的，因为中学课本上就有他的《师说》《进学解》。课外阅读、各种选本上韩文也随处可见。他的许多警句，如“师者，所以传道、授业、解惑也”，“业精于勤荒于嬉，行成于思毁于随”等，跨越了一千多年，仍在指导我们的行为。

但由文而读其人却是因一件事引起的。去年，到潮州出差，潮州有韩公祠，祠依山临水而建，气势雄伟。祠后有山曰韩山，祠前有水名韩江。当地人说此皆因韩愈而名。我大惑不解，韩愈一介书生，怎么会在这天涯海角霸得一块山水，享千秋之祀呢？

原来有这样一段故事：唐代有个宪宗皇帝十分迷信佛教，在他的倡导下国内佛事大盛，元和十二年（八一九年），又搞了一次大规模的迎佛骨活动，就是将据称是佛祖的一块朽骨迎到长安，修路盖庙，人山人海，官、商、民等舍物捐款，劳民伤财，无异于一场闹剧。韩愈对这件事有看法，他当过监察御史，有随时向上面提出诚实意见的习惯。这种官职的第一素质就是不能怕得罪人，因提意见获死罪都在所不辞。所谓“文死谏，武死战”。韩愈在上书前思想好一番斗争，最后还是大义战胜了私心，终于实现了勇敢的“一递”。谁知奏折一递，就惹来了大祸，而大祸又引来了一连串的故事，成就了他的身后名。

韩愈是个文章家，写奏折自然比一般为官者也要讲究些。于理、于情都特别动人，文字铿锵有力。他说那所谓佛骨不过是一块脏兮兮的枯骨，皇帝您“今无故取朽秽之物，亲临观之”，“群臣不言其非，御史不举其失，臣实耻之。乞以此骨付之有司，投诸水火，永绝根本……岂不盛哉，岂不快哉”！这佛如果真的有灵，有什么祸殃，就让他来找我吧。（“佛如有灵，能作祸祟，凡有殃咎，宜加臣身。”）这真有一股不怕鬼、不信邪的凛然大气和献身精神。但是，这正应了我们现时说的“立场不同，感情不同”这句话。韩愈越是肝脑涂地陈利害表忠心，宪宗越觉得他是在抗龙颜，揭龙鳞，大逆不道。于是，大喝一声把他赶出京城，贬到八千里外的海边潮州去当地方小官。

韩愈这一贬，是他人生的一大挫折。因为这不同于一般的逆境，一般的不顺，比之李白的怀才不遇，柳永的屡试不第要严重得多。他们不过是登山无路，而韩愈是已登山顶，又一下子被推到无底深渊，其心情之坏可想而知。他被押送出京不久，家眷也被赶出长安，年仅12岁的小女儿也惨死在驿道旁。韩愈自己觉得实在活得没有什么意思了，他在过蓝关时写了那首著名的诗。我向来觉得韩愈文好，诗却一般，只有这首，胸中块垒，笔底波涛，确是不一样。

一封朝奏九重天，夕贬潮州路八千。
欲为圣明除弊事，肯将衰朽惜残年？

云横秦岭家何在，雪拥蓝关马不前。
知汝远来应有意，好收吾骨瘴江边。

这是给前来看他的侄孙写的，其心境之冷可见一斑。但是，当他到了潮州后，发现当地的情况比他的心境还要坏。就气候、水土而言这里条件不坏，但由于地处偏僻，文化落后，弊政陋习极多极重。农耕方式原始，乡村学校不兴。当时在北方早已告别了奴隶制，唐律明确规定了不准没良为奴，这里却还在买卖人口，有钱人养奴成风。“岭南以口为货，其荒阻处，父子相缚为奴。”其习俗又多崇鬼神，有病不求药，杀鸡杀狗，求神显灵。人们长年在浑浑噩噩中生活。见此情景，韩愈大吃一惊，比之于北方的先进文明，这里简直就是茹毛饮血，同为大唐圣土，同为大唐子民，何忍遗此一隅，视而不救呢？用我们现在的话说，就是同在一片蓝天下，人人都该享有爱。按照当时的规矩，贬臣如罪人服刑，老老实实磨时间，等机会便是，绝不会主动参政。但韩愈还是忍不住，他觉得自己的知识、能力还能为地方百姓做点事，觉得比之百姓之苦，自己的这点冤、这点苦反倒算不了什么。于是他到任之后，就如新官上任一般，连续干了四件事。

一是驱除鳄鱼。当时鳄鱼为害甚烈，当地人又迷信，只知投牲畜以祭，韩愈“选材技吏民，操强弓毒矢”，大除其害。二是兴修水利，推广北方先进的耕作技术。三是赎放奴婢。他下令奴婢可以工钱抵债，钱债相抵就给人自由，不抵者可用钱赎，以后不得蓄奴。四是兴办教育，请先生，建学校，甚至还“以正音为潮人语”，用今天的话说就是推广普通话。不可想象，从他贬潮州到再离潮州而调袁州，八个月就干了这四件事。我们且不说这事的大小，只说他那片诚心。

我在祠内仔细看着题刻碑文和有关资料。韩愈的确是个文人，干什么都要用文章来表现，也正是这一点，为我们留下了如日记一样珍贵的史料。比如，除鳄之前，他先写了一篇《祭鳄鱼文》，这简直就是一篇讨鳄檄文。他说我受天子之命来守此土，而鳄鱼悍然在这里争食民畜，“与刺史亢拒，争为长雄。刺史虽驽弱，亦安肯为鳄鱼低首下心”。他限鳄鱼三日内远徙于海，三日不行五日，五日不行七日，再不行就是傲天子之命吏，“必尽杀乃止”！阴雨连绵不断，他连写祭文，祭于湖，祭于城隍，祭于石，请求天晴。他说天啊，老这么下雨，稻不得熟，蚕不得成，百姓吃什么，穿什么呢？要是我为官的不好，就降我以罪吧，百姓是无辜的，请降福给他们。（“刺史不仁，可以坐罪；唯彼无辜，惠以福也。”）一片拳拳之心。韩愈在潮州任上共有十三篇文章，除三篇短信、两篇上表外，余皆是驱鳄祭天、请设乡校、为民请命祈福之作。文如其人，文如其心。当其获罪海隅、家破人亡之时，尚能心系百姓，真是难能可贵了。

一个人为文不说空话，为官不说假话，为政务求实绩，这在封建时代难能可贵。应该说韩愈是言行一致的。他在政治上高举儒家旗帜，是个封建传统思想道德的维护者。传统这个东西有两面性，当它面对革命新潮时，表现出一副可憎的顽固面孔；而当它面对逆流邪说时，又表现出撼山易撼传统难的威严。韩愈也是这样。他一方面反对宰相王叔文的改革，一方面又对当时最尖锐的两个社会问题，即藩镇割据和佛道泛滥，深恶痛绝，坚决抨击。他亲自参加平定叛乱，到晚年时还以衰朽之身一人一马到叛军营中去劝敌投诚，其英雄气概不亚于关云长单刀赴会。他出身小户，考进士三次落第，第四次才中进士，在考官时又三次碰壁，乌纱帽得来不易，按说他该惜官如命，但是他两次犯上直言，被贬后又继续尽其所能为民办事。这是中国知识分子的传统，以国为任，以民为本，不违心，不费时，不浪费生命。他又倡导古文运动，领导了一场文章革命，他要求“文以载道”“陈言务去”，开一代文章先河，砍掉了骈文这个重形式求华丽的节外之枝而直承秦汉。所以苏东坡说他：“文起八代之衰，道济天下之溺。”他既立业又立言，全面实践了儒家道德。

当我手抚韩祠石栏，远眺滚滚韩江时，我就想，宪宗佞佛，满朝文武，就是韩愈敢出来说话，如果有人在韩愈之前上书直谏呢？如果在韩愈被贬时又有人出来为之抗争呢？历史会怎样改写？还有在韩愈到来之前潮州买卖人口、教育荒废等四个问题早已存在，地方官吏走马灯似的换了一任又一任，其任职超过八个月的也大有人在，为什么没有谁去解决呢？如果有人在韩愈之前解决了这些问题，历史又将怎样写？但是没有，什么都没有。长安大殿上的雕梁玉砌在如钩晓月下静静地等待，秦岭驿道上的风雪，南海丛林中的雾瘴在悄悄地徘徊。历史终于等来了一个衰朽的书生，他长须弓背双手托着一封奏折，一步一颤地走上大殿，然后又单人瘦马，形影相吊地走向海角天涯。

人生的逆境大约可分四种：一曰生活之苦，饥寒交迫；二曰心境之苦，怀才不遇；三曰事业受阻，功败垂成；四曰生命之危，身处绝境。处逆境之心也分四种：一是心灰意冷，逆来顺受；二是怨天尤人，牢骚满腹；三是见心明志，直言疾呼；四是泰然处之，尽力有为。韩愈是处在第二、第三种逆境，而选择了后两种心态，既见心明志，著文倡道，又脚踏实地，尽力去为。只这一点他比屈原、李白就要多一层高明，没有只停留在蜀道叹难、江畔沉吟上。他不辞海隅之小，不求其功之显，只是奉献于民，求成于心。有人研究，韩愈之前，潮州只有进士三名，韩愈之后，到南宋时，登第进士就达一百七十二名。是他大开教育之功，所以韩祠中有诗曰："文章随代起，烟瘴几时开。不有韩夫子，人心尚草莱。"这倒使我想到现代的一件实事。一九五七年反右扩大化中，京城不少知识分子被错划为右派，并发配到基层。当时王震同志主持新疆的开发，就主动收容了一批。想不到这倒促成了春风度玉门，戈壁绽绿荫。那年我在石河子采访，亲身感受到充边文人的功劳。一个人不管你有多大的委屈，历史绝不会陪你哭泣，而它只认你的贡献。"悲壮"二字，无"壮"便无以言"悲"。这宏伟的韩公祠，还有这韩山韩水，不是纪念韩愈的冤屈，而是纪念他的功绩。

李渊父子虽然得了天下，大唐河山也没有听说哪山哪河易姓为李，倒是韩愈一个罪臣，在海边一块蛮夷之地施政八月，这里就忽然山河易姓了。历朝历代有多少人希望不朽，或刻碑勒石，或建庙建祠，但哪一块碑哪一座庙能大过高山，永如江河呢？这是人民对办了好事的人永久的纪念。一个人是微不足道的，但是当他与百姓利益，与社会进步连在一起时就价值无穷，就被社会所承认。我遍读祠内凭吊之作，诗、词、文、联，上起唐宋下迄当今，刻于匾，勒于石，不下百件。一千三百年来，各种人物在这里将韩公不知读了多少遍。我心中也渐渐泛起这样的四句诗：

一封朝奏九重天，夕贬潮州路八千。

八月为民兴四利，一片江山尽姓韩。

红毛线，蓝毛线

政治者，天下之大事，人心之向背也。

向来政治家之间的斗争就是天下之争，人心之争。孙中山以“天下为公”为口号。一个政治家总是以他为公的程度，以他对社会付出的多少来换取人民的支持度，换取社会的承认度。有人得天下，有人失天下。中国从有纪年的共和元年（公元前八四一年）算起，不知有多少数得上名的君臣、政客，他们也讲操守，也讲牺牲，以换取人心，换取天下。

唐太宗爱玩鹞子，魏徵来见，忙捏在手里背在身后，话谈完了，鹞子也死在手中。王莽篡位前为表明不徇私情，甚至将自己的儿子处死。汪精卫年轻时也曾有行刺清廷大臣的壮举。人来人去，政权更替，这种戏演了几千年，但真正把私心减到最小最小，把公心推到最大最大的只有共产党和她的领袖们。当历史演进到二十世纪四十年代末，又将有一次政权大更替时，河北平山县西柏坡这个小山村，再次为我们提供了这个证明。

如今，在西柏坡村口立着五位伟人的塑像，他们是当时党的五大书记：毛泽东、刘少奇、周恩来、朱德、任弼时。五大书记刚从村里走出来，正匆匆忙忙像是要到哪里去。这时中国革命已到了最关键的时候。曾经觊觎并蹂躏了中国的河山达半个世纪之久的日寇终于心衰力竭，无可奈何地举手投降了，中国大地上突然又只剩下两大势力集团：以毛泽东为首的共产党和以蒋介石为首的国民党。

二十年前，蒋介石就"剿共"，现在日本人走了，蒋介石又重做这个梦，你看"东北剿总""华北剿总"，又到处扯起"剿"字旗，他想在北方重演一场当年在江西的戏。但这时，早已南北易位，时势相异。毛泽东从从容容地将五位书记一分为二，他说，我和恩来、弼时在陕北拖住胡宗南，少奇和朱老总可先到河北平山去组织一个工作班子。平山者，晋陕与北平间一块过河的踏石，此时一收天下之势已明矣。

虽然已经有人马数百万，土地数千里，就要开国进京了，但是当五大领袖住进这个小村时，并没有什么金银细软。他们和其他所有的干部一样只有一身灰布棉制服。刘少奇带着那只跟随了他多年的文件箱，那是一个如农家常用的小躺柜，粗粗笨笨，一盖上盖子就可以坐人。这箱子后来进了北京，在"文化大革命"抄家中，幸亏保姆在上面糊了一层花纸才为我们保存了这件文物，现在这小木箱又按原样放在少奇同志房间的右角。

而左角则是一个只有二尺宽、齐膝高的小桌，这是当时从老乡家借来的。少奇同志就是伏在这个小桌上起草了《中国土地法大纲》。他写好"大纲"后，就去村口召开全国土地改革工作会。露天里搭了一个白布棚算是主席台，从各边区来的代表就搬些石头块子散坐在棚前。座中最年轻的代表，是毛泽东的长子毛岸英。这将是一次要把全国搅得天翻地覆，有里程碑意义的大会啊！会场没有沙发，没有麦克风，没有茶水，更没有热毛巾。这是一个真正的会议，一个舍弃了一切形式，只剩下内容，只剩下思想的会议。今天，当我们看到这个小桌、这个会场时，才能顿然悟到，开会本来只有一个目的，那就是工作，大家来到一起是为了接受新思想，通过交流碰撞产生新思想，其他都是多余的，都是附加上去的。可惜后来这种附加越来越多。

这个朴素的会议讲出了中国农民一千多年来一直压在心里的一句话：分土地。这话经太行山里的风一吹，便火星四溅，燃遍全国。而全国早已是布满了干柴，这是已堆了一千多年的干柴啊！从陈胜、吴广到洪秀全，这场火着了又熄，熄了又着，总没有着个透。现在终于大火熊熊，铺天盖地。土地改革极大地调动了农民的积极性。

三大战役中民工支前参战就达八百八十六万人，八百多万啊，相当于国民党的全部陆海空军。陈毅说淮海战役是农民用小推车推出来的。只平山县，土地改革后，王震同志振臂一呼：保卫胜利果实！一次就参军一千五百人，组成著名的三五九旅平山团，这个团一直打到新疆，现在还驻扎在阿克苏。解放战争实质上是十年土地革命的继续，是中国农民一千多年翻身闹革命的总胜利，而土地改革则是开启这股洪流的总闸门。但开启这个闸门的仪式竟是这样的平静，没有红绸金剪的剪彩，没有鼓乐，没有宴会，摆在我们面前的只是这个木箱，这张二尺小桌，和河滩里这一片曾作为会场的光秃秃的石头。

一九四八年五月，毛泽东和周恩来、任弼时在陕北转战一年，拖垮了胡宗南后也来到了这里。五位书记又重新会合了。毛泽东决定在这里摆两着棋。第一着是打三大战役。他在隔壁的院子里布置了一间作战室，国共两党已经斗了二十多年，他要在这里再最后斗一斗蒋介石。

这是一间普通的农家房舍，不到三十平方米，里面摆着三张大桌子。一张作战科用，一张情报科用，一张资料科用。大屋子里彻夜灯火通明（那时已开始有电灯，但又常离不开油灯）。来自全国各战场的电报汇集到这里，参谋们紧张地分析、研究、报告。讲解员说当时很难买到红蓝铅笔，为了节省使用，参谋们就用红毛线、蓝毛线在地图上标识敌我态势。虽然我们这时已在进行着百万大军的总决战了，但其实还穷得很呢。这时南京“国防部”大楼里的是呢绒大桌、真皮沙发、咖啡香烟，他们也绝对想不到共产党会这样穷。

其实到这时共产党还从来没有富过，尤其是党中央最不富。当年中央红军走到陕北时只剩万数人马，一千元钱，人均一毛钱。毛泽东只好向红二十五军去借，徐海东也没有想到中央会这么困难，忙从全军七千五百元的积蓄中抽出五千元。毛、周留在陕北，晋察冀吃穿用都比陕北强。贺龙过河来看毛泽东，毛的警卫员看着贺老总警卫员身上的枪直眼馋。贺胡子也大吃一惊，他无论如何想不到中央机关会这么苦，赶快对警卫员说：“换一下。”共产党是穷惯了，党的最高层是穷惯了。不是他们爱穷，他们坚守一个原则：只要中国的老百姓还穷，党就耻于高过百姓；只要党还穷，第一线还穷，中央机关、党的领袖就绝不肯优于他们。这种生活的清贫，工作条件的清苦，清澈见底地表示着他们的一片心，这就是只有解放全人类才能最后解放自己。

九百多年前封建名臣范仲淹就提出“先天下之忧而忧，后天下之乐而乐”，但真正实现了这句名言的只有共产党。现在毛泽东和他的参谋班子就是在这间最简陋的指挥部里和蒋介石斗法。这反倒生出一种神秘，就像武侠小说里写的，突然有一个貌不惊人的高手随便抽出一把扇子或者一根旱烟管就挑飞了对方手中的七星宝刀。作战室旁那个有一盘小石磨的小院子里，毛泽东在石磨旁抽烟、踱步，不分昼夜地草拟电报。

据统计，三大战役期间毛泽东亲手写了一百九十封电报，电报发出了，作战参谋们就在地图上用红毛线一圈一圈地去拴。先是拴住了沈阳，接着又套住了徐州、淮海，最后红毛线干脆套到了平津的脖子上。三大战役共歼敌一百五十四万。共产党的普通干部们在延安大生产时就学会了纺毛线，想不到这毛线今天派上了这个大用场。黄维在淮海战役被俘，改造出狱后坚持要来西柏坡看一看，当他看到这间简陋的作战室时，感慨唏嘘，连呼："蒋先生当败！蒋先生当败！"蒋介石怎么能不败呢？共产党克己为民，其公心弥盖天下，已经盖住并熔化了敌人的营垒，连蒋介石派来的谈判代表邵力子、张治中都服而不归了。

一着武棋下完，再下一着文棋。一九四九年三月五日，著名的七届二中全会在中央机关的一间大伙房里召开了。现在会议室里还保留着原来主席台上的样子。说是主席台，其实没有台，就是在伙房一头的墙上挂一面党旗，旗下摆一张长方桌，后面放一把旧藤椅。台两侧各有一张桌子是记录席。会场没有麦克风，更没有录音机。出席会议的共三十四名中央委员、十九名候补中央委员，毛主席坐在长桌后面，其余的人都坐在台下。台下也没有固定的椅子，开会时个人就从自己的家里或办公室带个凳子。

会议开了八天，委员们仔细地讨论军事、政治、党务、政权接收等大事。轮到谁发言时就走到那张长桌旁面向大家站着讲话，讲完后又回到自己的凳子上。毛泽东亲自记录，不时插话。领袖与代表咫尺之近，寸许之间。其实这已是老习惯了，许多人都见过一张照片，毛泽东在延安窑洞前站着作报告，黄土地上摆一个小凳子，凳子上放一只大瓷缸子。大家在木凳前席地而坐，据说前排的人口渴了，就端起毛泽东的茶缸喝一口水。不但是党内，就是领袖和百姓也亲密无间。西柏坡坡下有水，有稻田，毛泽东是从小干惯了稻田活的，工作之余就挽起裤腿去和农民插秧。朱老总一脸敦厚，在村头背着手散步，常被误认为是下地回来的老乡。任弼时全家人睡的土炕上至今还放着一架纺车。

五大领袖走过雪山草地，到过东洋西洋，统率千军万马，熟悉中国的经济，遍读经史子集和马（马克思）、恩（恩格斯）、列（列宁）、斯（斯大林），有的还坐过国民党的大牢。他们知识渊如海，业绩高如山，但是他们却这样自自然然地融在革命队伍中，作为普普通通的一分子。伟人者，其思想、作风、境界、业绩已经自然地达到了一个高度，如日升高，如木参天，如水溢岸，你想让它降都降不下来，他当然不会再另外摆什么样子。

一九四九年春的中国共产党，她的五大领袖，她的三十四名中央委员就这样平平静静地坐在北方小山村的这间旧伙房里决定着中国的命运，也决定着党在历史的转折关头该怎么办。住了二十年山沟，现在要进城了，党没有忘记存在决定意识这条哲学的基本原理，没有忘记党员在改造客观世界的同时也要改造主观世界这个准则。

在这间简陋的会议室里，共产党通过了自己的“陋室铭”。毛泽东说，要警惕“糖衣炮弹”“夺取全国胜利，这只是万里长征走完了第一步”“务必使同志们继续地保持谦虚、谨慎、不骄、不躁的作风，务必使同志们继续地保持艰苦奋斗的作风”。本来会议开始时主席台上并排挂着马、恩、列、斯、毛的像，到闭幕时就不这样挂了。会议过程中渐渐形成了一个共识，并通过六项措施：不以党的领导者的名字为地名、街名、企业名，不祝寿，中国同志不与马、恩、列、斯并列，少拍巴掌，少敬酒，不送礼。这真让人吃惊了，党的中央全会竟决定如此细小的事。战战兢兢，如履薄冰，其心之诚，其行之洁，天地可鉴。

当年袁世凯筹备登基，光龙袍上的两颗龙眼珠就值三十万大洋，而共产党为新共和国奠基却只借用了一间旧伙房。我们常说像真理一样朴素，只要道理是真的，裹着这道理的形式是不需多讲究的。这话是用镀金的话筒说出来的还是扯着嗓子喊出来的，关系并不大。

真理不需要过多的形式来打扮，不需要端着架子来公布，它只要客观真实，只要朴素。清皇室册封嫔妃是用金页写成，每页就用十六两黄金。可她们的名字有哪一个被后人记住了呢？红毛线、蓝毛线、二尺小桌、石头会场、小石磨、旧伙房，谁能想到在两个政权最后大决战的时刻，共产党就是祭起这些法宝，横扫江北，问鼎北平的！真是撒豆成兵，指木成阵，怎么打怎么顺了。其实那时使用什么都已无关紧要了，因为我们的心早已到了，任何一件普通东西上都附着我们的理想、信念和为人民服务的宗旨，心诚则灵，天下来归，传檄而定，望风披靡。而蒋政权人心已去，好比一株树，水分跑光了，叶子早已枯黄，不管谁来轻轻摇一下都会枝折叶落的。

当参观结束后，几乎每一个人都要到村口和五大领袖合影一张。五位书记昂首向前，似将远行。到哪里去？当年在村口毛泽东说了一句风趣的话：我们进京赶考去，要考好，不要做李自成。周恩来说，要及格，不要被退回来。

这思考的窑洞

我从延安回来，印象最深的是那里的窑洞。

照理说我对窑洞并不陌生，我是在窑洞里生、窑洞里长的。我对窑洞的熟悉，就像对一件穿旧了的衣服，已经忘记了它的存在。但是，当三年前，我初访延安时，这熟悉的土窑洞却让我的心猛然一颤，以至于三年来如魔在身，萦绕不绝。因为这普通的窑洞里曾住过一位伟大的人，而那些伟大的思想也就像生产土豆、小米一样在这黄土坡上的土洞里奇迹般的生产了出来。

延安是中国共产党领导全国人民进行民族革命和民主革命斗争的心脏，是艰苦岁月的代名词。在大多数人的脑海里，延安的形象是战争，是大生产，是生死存亡的一种苦苦挣扎。但是当我见到延安时，历史的硝烟已经退去，眼前只有几排静静的窑洞，而每个窑洞门口又都钉有一块木牌，上面写明某年某月，毛泽东同志居住于此，著有哪几本著作。有的只有几十天，仍然有著作产生。这时，仿佛墙上的钉子不是钉着木牌，而是钉住了我的双脚，我久久伫立，不能移步。院子里扫得干干净净，几棵柳树轻轻地垂着枝条，不远处延河水在静静地流。我几乎不能想象，当年边区敌伪封锁，无衣无食，每天都在流血牺牲，每天都十万火急，毛泽东同志却稳稳地在这里思考、写作，酿造他的思想，他的与中国实际相结合的马克思主义。

我看着这一排排敞开的窑洞，突然觉得它就是一排思考的机器。在中国，有两种窑洞，一种是给人住的，一种是给神住的。你看敦煌、云冈、龙门、大足石窟存了多少佛祖，北岳恒山上的石洞里甚至还一并供奉着孔子、老子和释迦牟尼。这实际上是老百姓在假托一个神贮存自己的思想、自己的信仰。彻底的唯物主义者不需要偶像，眼前这土窑洞里甚至连一张毛泽东的画像也没有，但是五十年了，来这里的人络绎不绝，因为这窑洞里的每一粒空气分子中都充满着思想。我仿佛看见每个窑洞的门上都刻着“实事求是”，耳边总是响着毛泽东同志那句话：“‘实事’就是客观存在着的一切事物，‘是’就是客观事物的内部联系，即规律性，‘求’就是我们去研究。”

自党中央从一九三八年一月由保安迁到延安，毛泽东同志在延安先后住过四处窑洞。这窑洞首先是一个指挥部，毛泽东和他的战友在这里运筹帷幄，决胜千里。但为了这些决策的正确，为了能给宏伟的战略找到科学的理论根据，毛泽东在这里于敌机的轰炸声中，于会议的缝隙中，拼命地读书写作，所以更确切点说，这窑洞是毛泽东的书房。当我在窑洞前漫步时我无法掂量，是从这里发出的电报、文件作用大，还是在这里写出的文章、著作作用大。马克思当年献身工人运动，当他看到由于理论准备不足，工人运动裹足不前时，就宣布退出会议，然后走进书斋，终于写出了《资本论》这本远远超出具体决定，跨越时空，震撼地球，推动历史的名著。

但是，当时的毛泽东无法退出会议，甚至无法退出战斗和生产，他在延安期间每年还有三百斤公粮的生产任务。他的房子里也不能如马克思一样有一张旧沙发，他只有一张旧木床，也没有咖啡，只有一杯苦茶。他只能将自己分身为二，用右手批文件，左手写文章。他是一个中国式的民族英雄，像古代小说里的那种武林高手，挥刀逼住对面的敌人，又侧耳辨听着背后射来的飞箭，再准备着下一步怎么出手。当我们与对手扭打在一起，急得用手去撕，用脚去踢，用牙去咬时，他却暗暗凝神，调动内功，然后轻轻吹一口气，就把对手卷到九霄云外。他是比一般人更深一层，更早一步的人。他是领袖，更是思想家。随着时间的推移，他这些文章的力量已经大大超过了当时的文件、决定。像达摩面壁一样，这些窑洞确实是毛泽东和他的战友修炼真功的地方，是蒋介石把他们从秀丽的南方逼到这些土窑洞里。

四壁黄土，一盏油灯，这里已经简陋到不能再简陋。但是唯物质生活的最简最陋，才激励共产党的领袖们以最大的热忱，最坚忍的毅力，最谦虚的作风，去作最切实际的思考。毛泽东从小就博览群书，但是为了救国救民，他还在不停地武装自己。对艾思奇这个比他小十六岁的一介书生，毛泽东写信说："你的《哲学与生活》是你的著作中更深刻的书，我读了得益很多，抄录了一些，送请一看是否有抄错的。其中有一个问题略有疑点（不是基本的不同），请你再考虑一下，详情当面告诉。今日何时有暇，我来看你。"记得在艾思奇同志逝世二十周年时，在中央党校的展柜里我还见到过毛泽东同志的另一封亲笔信，上有"与您晤谈，受益匪浅，现整理好笔记送上，请改"等字样。这不是对哪个人的谦虚，是对规律、对真理的认同。中国历史上曾有许多礼贤下士的故事，刘备三顾茅庐，刘邦正在洗脚听见有人来访，就急得倒拖着鞋出迎。他们只不过是为了成自己的大事。而毛泽东这时是真正地在穷究社会历史的规律，他将一切有志者引为同志，把一切有识者奉为老师。蒋介石，这个中国历史上最后一个地主阶级的最高统治者，他何曾想到现时延安窑洞里这一批人的厉害。他以为这又是陈胜揭竿、刘邦斩蛇、朱元璋起事，他万万没有想到毛泽东早就跳出了那个旧圈子而直取历史唯物主义和辩证唯物主义。

我在窑洞里徘徊，看着这些绵软的黄土，感受着这暖融融、湿润润的空气，不觉勾起一种遥远的回忆。我想起小时躺在家乡的窑洞里，身下是暖烘烘的土炕，仰脸是厚墩墩的穹顶，炕边坐着做针线的母亲，一种说不出的安全和温馨。窑洞在给神住以前，首先是给人住的，它体现着人与大地的联系。希腊神话里的英雄安泰只要脚不离地就力大无穷，任何敌人休想战胜他，而在一次搏斗中他的敌人就先设法使他脱离地面，然后击败了他。斯大林曾用这个故事来比喻党与人民的关系。延安岁月是毛泽东及我们党与土地、与人民联系最紧密的时期。他住在窑洞里，上下左右都是纯厚的黄土，大地紧紧地搂抱着他，四壁上下随时都在源源不断地向他输送着力量。他眼观六路，成竹在胸。

在一孔窑洞前的木牌上注明毛泽东在这里完成了《论持久战》。依稀在孩童时我就听父亲讲过这本书的传奇，那时他们在边区，眼见河山沦陷，寇焰嚣张，愁云压心。一天发下了几本麻纸本的《论持久战》，几天后村内外便到处是歌声笑声，有如春风解冻一般。这个小册子在我家一直珍藏到“文化大革命”。后来读党史才知道当时连蒋介石都喜得如获至宝，发至全军每个军官一本。同时这本书很快又在美国出版。毛泽东为写这篇文章在窑洞里伏案工作九个日夜，连炭火烧了棉鞋也全然不知。第九天早晨，当他推开窑门，让警卫员把稿子送往清凉山印刷厂时，我猜想他的心情就像罗斯福签署了原子弹生产批准书一样激动。以后战局的发展果然都在他的书本之中。

一个伟人的思想是什么，是客观存在的规律，是事物间本来的联系，所以真理最朴素，伟人其实与我们最接近。一次，在延安雷电击死一头毛驴，驴主人说："老天无眼，咋不劈死毛泽东。"有人要逮捕这个农民，消息传到窑洞里，毛泽东说骂必有因，一了解，是群众公粮负担太重。于是他下令每年由二十万担减到十六万担，又听从李鼎铭的建议精兵简政。毛泽东在这窑洞里领导了著名的延安整风，他的许多深刻的论述挽救了党，挽救了多少干部，但是当他知道有人被伤害时，就到党校礼堂作报告，说："今天我是特意来向大家检讨错误的，向大家赔个礼！"并恭恭敬敬地把手举到帽檐下。一九四二年，华侨领袖陈嘉庚访问延安，他刚在重庆吃过八百元一桌的宴席，这时却在毛泽东的窑洞里吃两毛钱的客饭，但他回去后写文章说，中国的希望在延安。一九四五年黄炎培访问延安，他看到边区的兴旺，想到以后的中国，问一个政权怎样才能永葆活力。毛泽东说，办法就是讲民主，就是让人民来监督。我想他说这话时一定仰头环视了一下四周厚实的黄土。"七大"前后很多人主张提毛泽东思想，他坚决不同意。他说："这不是我个人的思想，是千百万先烈用鲜血写出来的，是党和人民的智慧。""我这个人思想是发展的，我也会犯错误。"作家萧三要为他写传，他说还是去多写群众。他是何等的清醒啊！政局、形势、作风、对策，都装在他清澈如水的思想里。

胡宗南进犯，他搬出了曾工作九年的延安窑洞，到米脂县的另一孔窑洞里设了一个沙家店战役指挥部。古今中外有哪一孔窑洞配得上这份殊荣啊，土墙上挂满地图，缸盖上摊着电报，土炕上几包烟，一个大茶缸，地上一把水壶，还有一把夜壶。中外军事史上哪有这样的司令部，哪有这样的统帅。毛泽东三天两夜不出屋，不睡觉，不停地抽烟、喝茶、吃茶叶、撒尿、签发电报，一仗俘敌六千余。他是有神助啊！这神就是默默的黄土，就是拱起高高的穹庐、瞪着眼睛思考的窑洞。大胜之后他别无奢求，推开窑门对警卫说，只要吃一碗红烧肉。

当你在窑洞前徘徊默想时，耳边会响起黄河的怒吼，眼前会飘过往日的硝烟。但是你一眨眼，面前仍只有这一排静静的窑洞。自古都是心胜于兵，智胜于力。中国革命的胜利实在是一种思想的胜利，是毛泽东思想的胜利，是毛泽东那几篇文章的胜利。延安的这些窑洞真不愧为毛泽东思想的生产车间，延安时期是毛泽东展示才华思考写作的辉煌时期，收入《毛泽东选集》（四卷本）的一百五十六篇文章，有一百一十二篇是在这个时期写成的。毛泽东离开延安在陕北又转战了一年，胡宗南丢盔弃甲，哪里是他的对手。

一九四七年十二月的一天，毛泽东在陕北米脂的一个窑洞里展纸研墨，他说："我好久没有写文章了，写完这一篇就要等打败蒋介石再写了。"他大笔一挥，写了《目前形势和我们的任务》，说我们要打正规战，要进攻大城市了。这是他在陕北窑洞里写的最后一篇文章，写罢掷笔，便挥师东渡黄河，直捣黄龙，为人民政权定都北京去了。他再没有回延安，只是在宝塔山下留下了这一排永远思考的窑洞。思想这面铜镜总是靠岁月的擦磨来现其光亮，半个世纪过去了，作为政治家、军事家的毛泽东离我们渐走渐远，而作为思想家的毛泽东却离我们越来越近。

一座小院和一条小路

作为伟人的邓小平，一生不知住过多少宅院宾馆，但唯有这座小院最珍贵，这是“文化大革命”中他突然被打倒、被管制时住的地方。作为伟人的邓小平，一生转战南北，不知走过多少路，唯有这条小路最宝贵，这是他从中共中央委员会总书记、国务院副总理任上突然被安排到一个县里当钳工时，上班走的路。在小平同志去世后两个月，我有缘到江西新建县（今江西省南昌市新建区）拜谒这座小院和轻踏这条小路。

这是一座有六七百平方米的院子，原本是一所军校校长的住宅，“文化大革命”中军校停办。一九六九年十月小平同志在中南海被软禁，三年之后和卓琳还有他的继母又被转到江西，三个平均年龄近七十岁的老人守着这座孤楼小院。仿佛是一场梦，他从中南海的红墙内，从总书记的高位上被甩到了这里，开始过一个普通百姓的生活，不，比普通百姓还要低一等的生活。他没有自由，要受监视，要被强制劳动。我以崇敬之心，轻轻地踏进院门。

现在单看这座院子，应该说是一处不错的地方。楼前两棵桂花树簇拥着浓绿的枝叶，似有一层浮动的暗香。地上的草坪透出油油的新绿。人去楼空，二层的窗户静静地垂着窗帘，储存着一段珍贵的历史。整个院子庄严肃穆，甚至还有几分高贵。但是当我绕行到楼后时，心就不由得一阵紧缩，只见在青草秀木之间斜立着一个发黑的柴棚和一个破旧的鸡窝，稍远处还有一块菜地，一下子破坏了小院的秀丽与平静，将军楼也无法昂起它高贵的头。小院的主人曾经是受到了一种怎样的屈辱啊！

当时三个老人中，六十五岁的邓小平成了唯一的壮劳力，因此劈柴烧火之类的粗活就落在他的身上。他曾经是指挥过淮海战役的直接统帅啊，当年巨手一挥收敌六十五万，接着又挥师过江，再收半壁河山。可是现在，他这双手只能在烟熏火燎的煤炉旁劈柴，只能弯下腰去，到鸡窝里去捡那枚还微微发热的鸡蛋，到菜地里去泼一瓢大粪，好收获几苗青菜，聊补菜金的不足。要知道，这时他早已停发工资，只有少许生活费。就这样，还得节余一些捎给那一双在乡下插队的小儿女。这不亚于韩信的胯下之辱，但是他忍住了。士可杀而不可辱，名重于命固然可贵，但仍然是为一己之名。士之明大义者，命与名外更有责，是以责为重，名为轻，命又次之。有责未尽时，命不可轻抛，名不敢虚求。司马迁所谓："耻辱者，勇之决也。"自古能担大辱而成大事者是为真士，大智大勇，真情真理。人生有苦就有乐，有得意就有落魄。共产党人既然自许只有解放全人类才能最后解放自己，就能忍得人间所有的苦，受得世上所有的气。共产党从诞生那一天起就开始受挤压、受煎熬。有时一个国家都难逃国耻，何况一个人呢？世事沧桑不由己，唯有静观待变时。

一年后，他的长子，"文化大革命"中被迫害致残的邓朴方也被送到这里。多么壮实的儿子啊，现在却只能躺在床上了。他给儿子翻身，背儿子到外面去晒太阳。他将澡盆里倒满热水，为儿子一把一把地搓澡。热气和着泪水一起模糊了老父的双眼，水滴顺着颤抖的手指轻轻滑落，父爱在指间轻轻地流淌，隐痛却在他的心间阵阵发作。这时他抚着的不只是儿子摔坏的脊梁，他摸到了国家民族的伤口，他心痛欲绝，老泪纵横。我们刚刚站立不久的国家，我们正如日中天的党，突然遭此拦腰一击，其伤何重，元气何存啊！后来邓小平说，“文化大革命”是他一生最痛苦的时期。痛苦也能产生灵感，伟人的痛苦是和国家的命运连在一起的。作家的灵感能产生一部作品，伟人的灵感却可以产生一个时代。小平在这种痛苦的灵感中看到历史又到了一个拐弯处。

我在院子里漫步，在楼上楼下寻觅，觉得身前身后总有一双忧郁的眼睛。二楼的书橱里，至今还摆着小平同志研读过的《列宁全集》。楼前楼后的草坪，早已让他踩出一道浅痕，每天晚饭后他就这样一圈一圈地踱步，他在思索，在等待。他戎马一生，奔波一生，从未在一个地方闲处过一年以上。现在却虎落平阳，闲踏青草，暗落泪花。如今沿着这一圈踩倒的草痕已经铺上了方砖，后人踏上小径可以细细体味一位伟人落难时的心情。我轻轻踏着砖路行走，前面总像有一个敦实的身影。“居庙堂之高则忧其民，处江湖之远则忧其君”，贬臣无己身，唯有忧国心。当年屈原在汨罗江边大概就是这个样子。现在，赣江边又出现了一个痛苦的灵魂。

但上面绝不会满足于就让小平在这座院子里种菜、喂鸡、散步，也不能让他有太多的时间去遐想。按照当时的逻辑，“走资派”的改造，是重新到劳动中去还原。小平又被安排到住地附近的一个农机厂去劳动。开始，工厂想让他去洗零件，活轻，但人老了，腿蹲不下去；想让他去看图纸，眼又花了太费力。这时小平自己提出去当钳工，工厂不可理解。不想，几天下来，老师傅伸出大拇指说："想不到，你这活儿够四级水平。"小平脸上静静的，没有任何表情。他的报国之心，他的治国水平，该是几级水平呢？这时全国所有报纸上的大标题称他是中国二号"走资派"（但是奇怪，"文化大革命"后查遍所有的党内外文件，却找不到任何一个对他处分的决定）。金戈铁马东流水，治国安邦付西风，现在他只剩下了钳工这个老手艺了。钳工就是他十六岁刚到法国勤工俭学时学的那个工种，时隔半个世纪，恍兮，惚兮，历史竟绕了这么大一个圈子。

工厂照顾小平年迈，就在篱笆墙上开了一个口子，这样他就可以抄近路上班，大约走二十分钟。当时决定撕开篱笆墙的人绝没有想到，这一举措竟为我们留下一件重要文物，现在这条路已被当地人称为"小平小路"。工厂和住地之间有浅沟、农田，"小平小路"蜿蜒其间，青青的草丛中袒露出一条红土飘带。我从工厂围墙（现已改成砖墙）的小门里钻出来，放眼这条小路，禁不住一阵激动。这是一条再普通不过的乡间小路，我在儿时，就在这种路上摘酸枣、抓蚂蚱，看着父辈们背着牛腰粗的柴草，腰弯如弓，在路上来去。路上走过牧归的羊群，羊群荡起尘土，模糊了天边如血的夕阳，中国乡间有多少条这样的路啊！有三年时间，小平每天要在这条小路上走两趟。他前后跟着两个负监视之责的士兵，他不能随便和士兵说话，而且也无法诉说自己的心曲。他低头走路时只有默想，想自己过去走的路，想以后将要走的路。他肚里已经装了太多太多的东西，他有许多许多的想法。他是与中国现代史，与中国共产党党史同步的人。

五四运动爆发那年，他十五岁就考入留法预备学校，中国共产党成立的第二年，他就在法国加入少年共产党。以后到苏联学习，回国领导百色起义，参加长征，太行抗日，淮海决战，新中国成立，当总书记、副总理。党和国家走过的每一步，都有他的脚印。但是他想走的路，并没有能全部走成，相反，还因此而受打击，被贬抑。他像一只带头羊，有时刚想领群羊走一条捷径，背后却突然飞来一块石头，砸在后脖颈上。他一惊，只好作罢，再低头走老路。第一次是一九三三年，“左倾”的临时中央搞军事冒险主义，他说这不行，挨了一石头，从省委宣传部长任上一下被贬到苏区一个村里去开荒。第二次是一九六二年，“大跃进”、公社化严重破坏了农村生产力，他说要让群众自己选择生产方式，还借用刘伯承的话说，“不管白猫黄猫，抓住老鼠就是好猫”，结果大抓阶级斗争，大批“单干风”“翻案风”，当然上面也没有接受他的建议。第三次就是“文化大革命”了，他不能同意林彪、江青一伙胡来，就被彻底贬了下来，贬到了江西老区，他第一次就曾被贬过的地方，也是他当年开始长征的地方。历史又转了一个圈，他又重新踏到了这块红土地上。

这里地处郊县，还算安静。但是报纸、广播还有串联的人群不断传递着全国的躁动。到处是大字报的海洋，到处在喊“砸烂党委闹革命”，在喊“宁要社会主义的草，不要资本主义的苗”。疯了，全国都疯了！这条路再走下去，国将不国，党将不党了啊。难道我们从江西苏区走出去的路，从南到北长征万里，又从北到南铁流千里，现在却要走向断崖，走入死胡同了吗？他在想着历史开的这个玩笑。他在小路上走着，细细地捋着党的“七大”“八大”“九大”，我们到底出了什么问题？曾作为国家领导人，一位惯常思考大事的伟人，他的办公桌没有了，会议室没有了，文件没有了，用来思考和加工思想的机器全被打碎了，现在只剩下这条他自己踩出来的小路。他每天循环往复地走在这条远离京都的小路上，来时二十分钟，去时还是二十分钟。秋风乍起，衰草连天，田园将芜，他一定想到了当年被发配到西伯利亚的列宁。海天寂寂，列宁在湖畔的那间草棚里反复就俄国革命的理论问题作着痛苦的思考，写成了《俄国社会民主党人的任务》，提出了一个著名的原理："没有革命的理论就不会有革命的运动。"那么，我们现在正遵从着一个什么样的理论呢？他一定也想到了当年的毛泽东，也是在江西，毛泽东被"左倾"的党中央排挤之后，静心思考写作了《中国的红色政权为什么能够存在？》。那是从这红土地的石隙沙缝间汲取养分而成长起来的思想之苗啊。实践出理论，但是实践需要总结，需要拉开一定的距离进行观察和反思。就像一个画家挥笔作画时，常常要退后两步，重新审视一番，才能把握自己的作品一样，革命家有时要离开运动的旋涡，才能看清自己事业的脉络。他从十五岁起就寻找社会主义，从法国到苏联，再到江西苏区。直到后来掌了权，他又参与搞社会主义，搞合作化、"大跃进"、公社化。后来发生了"文化大革命"。现在离开了运动，他由领袖降成了平民，他突然问自己：到底什么是社会主义？中国需要什么样的社会主义？

整整有两年多的时间，小平就在这条路上来来回回地思索，他脑子里闪过一个题目，渐渐有了一个轮廓。就像毛泽东当年设计一个有中国特色的武装斗争道路一样，他在构思一个有中国特色的社会主义。这思想种子的发芽破土，是在十年后党的"十二大"上，他终于发出一声振聋发聩的呼喊："走自己的道路，建设有中国特色的社会主义，这就是我们总结长期历史经验得出的基本结论。”伟人落难和常人受困是不一样的。常人者急衣食之缺，号饥寒之苦；而伟人却默穷兴衰之理，暗运回天之力。所谓西伯拘而演《周易》，孔子厄而著《春秋》，屈原赋《骚》(《离骚》)，孙子论《兵》(《孙子兵法》)，置己身于度外，担国家于肩上，不名一文，甚至生死未卜，仍忧天下。整整三年时间，小平种他的菜，喂他的鸡，在乡间小路上日出而作，日入而歇。但是世纪的大潮在他的胸中风起云涌，湍流激荡，如长江在峡，如黄河在壶，正在觅一条出路，正要撞开一个口子。可是他的脸上静静的，一如这春风中的田园。只有那双眼睛透着忧郁，透着明亮。

一九七一年秋季的一天，当他又这样带着沉重的思考步入车间，正准备摇动台钳时，厂领导突然通知大家到礼堂去集合。军代表宣布了一份文件：林彪仓皇出逃，自我爆炸。全场都惊呆了，空气像凝固了一样。小平脸上没有表情，只是努力侧起耳朵。军代表破例请他坐到前面来，下班时又允许他将文件借回家中。当晚，人们看到小院二楼上那间房里的灯光一直亮到很晚。一年多后小平奉召回京，江西新建县就永远留下了这座静静的院子和这条红土小路。而这之后中国又开始了新的长征，走出了一条改革开放、为全世界所震惊的大道。

带伤的重阳木

毛泽东有一首词，里面有一句：“岁岁重阳，今又重阳。”今年重阳节刚过我就到湖南湘潭来看一棵树，树名重阳木。开始听到这个名字我还以为是当地人的俗称。后来一查才知道这就是它的学名。大戟科，重阳木属。产长江以南，根深树大，冠如伞盖，木质坚硬，抗风、抗污能力极强，常被乡民膜拜为树神。能以它为标志命名为一个属种，可见这是一种很正规、很典型的树。湘潭是毛泽东的家乡，也是彭德怀的家乡，我曾去过多次，而这次却是专门为了这棵树，为了这棵重阳木。

这棵重阳木长在湘潭市黄荆坪村外的一条河旁，河名流叶河，从上游的隐山流下来的。隐山是湖湘学派的发源地，南宋时胡安国在这里创办“碧泉书院”，后逐渐发展成一个著名学派，出了周敦颐、王船山、曾国藩、左宗棠等不少名人。现隐山范围内还有左宗棠故居、周敦颐的濂溪书堂等文化景点。这条河从山里流出，进入平原的人烟稠密地带后，就五里一渡，八里一桥，碧浪轻轻，水波映人。而每座桥旁都会有一两棵枝繁叶茂的大树，供人歇脚纳凉。我要找的这棵重阳木就在流叶桥旁，当地人叫它“元帅树”，和彭德怀元帅的一段逸事有关。

我们到达的时候已是午后，太阳西斜，远山在天边显出一个起伏的轮廓，深秋的田野上裸露着刚收割过的稻茬，垄间的秋菜在阳光下探出嫩绿的新叶。河边有农家新盖的屋舍，远处有冉冉的炊烟，四野茫茫，寥廓江天，目光所及，唯有这棵大树，十分高大，却又有一丝的孤独。这树出地之后，在两米多高处分为两股粗壮的主干，不即不离并行着一直向天空伸去，枝叶遮住了路边的半座楼房。由于岁月的侵蚀，树皮高低不平，树纹左右扭曲，如山川起伏，河流经地。我们想量一下它的周长，三个人走上前去伸开双臂，还是不能合拢。它伟岸的身躯有一种无可撼动的气势，而柔枝绿叶又披拂着，轻轻地垂下来，像是要亲吻大地。虽是深秋，树叶仍十分茂密，在斜阳中泛着粼粼的光。五十五年前，一个人们永远不会忘记的故事就发生在这棵树下。

一九五八年，那是共和国历史上的特殊年份，也是彭德怀心里最纠结不解的一年。还是在上年底，彭就发现报上出现了一个新名词："大跃进。"他不以为然，说跃进是质变，就算产量增加也不能叫跃进呀。转过年，一九五八年的二月十八日，彭为《解放军报》写祝贺春节的稿子，就把秘书拟的"大跃进"全改成了"大发展"。而事有凑巧,同天《人民日报》发表毛泽东修改过的社论却在讲"促进生产大跃进"。也许从这时起，彭的头脑里就埋下了一粒疑问的种子。三月中央下发的正式文件说："这是一个社会主义的生产'大跃进'和文化'大跃进'的运动。"接着中央在成都开会，毛泽东在会上的讲话意气风发、势如破竹。彭也被鼓舞得热血沸腾。五月北戴河会议通过《关于在农村建立人民公社的决议》，并要求各项工作“大跃进”，钢产量比上年要翻一番，彭也举手同意。

会后的第二天他即到东北视察，很为沿途的“跃进”气氛所感动。他向部队讲话说：“过去唱‘起来，饥寒交迫的奴隶’，中国人民几千年饿肚子，今年解决了。今年钢产量一千零七十万吨，明年两千五百万吨，‘一天等于二十年’，我是最近才相信这番话的。”十月他到甘肃视察，看到盲目搞大公社致使农民杀羊、杀驴，生产资料遭破坏，公社食堂大量浪费粮食，社员却吃不饱，又心生疑虑。回到北京，部队里有人要求成立公社，要求实行供给制。他说：“这不行，部队是战斗组织，怎么能搞公社？不要把过去的军事共产主义和未来‘各尽所能，按需分配’的共产主义分配混为一谈。”十二月中央在武汉召开八届六中全会，说当年粮食产量已超万亿斤，彭说怕没有这么多吧，被人批评保守。他就这样在痛苦与疑惑中度过了一九五八年。

武汉会议一结束，彭没有回京，便到湖南做调查，他想家乡人总是能给他说些真话。湖南省委书记周小舟陪同调查，他介绍说全省建起五万个土高炉，能生火的不到一半，能出铁的更少。而为了炼铁，群众家里的铁锅都被收缴，大量砍伐树木，甚至拆房子、卸门窗。彭德怀没有住招待所，住在彭家围子自己的旧房子里。当天晚上乡亲们挤满了一屋子，七嘴八舌说社情。他最关心粮食产量的真假，听说有个生产队亩产过千斤，他立即同干部打着手电步行数里到田边察看。他蹲下身子拔起一蔸稻子，仔细数秆、数粒。他说：“你们看，禾蔸这么小，秆子这么瘦，能上千斤？我小时种田，一亩五百，就是好禾呢。”他听说公社铁厂炼出六百四十吨铁，就去看现场，算细账，说为了这一点铁，动用了全社的劳力，稻谷烂在地里，还砍伐了山林，这不合算。他去看公社办的学校，这里也在搞军事化，从一年级开始就全部住校。寒冬季节，门窗没有玻璃，狮子大张口，冷风飕飕直往屋里灌。孩子们住上下层的大通铺，睡稻草，尿床，满屋臭气。食堂吃不饱，学生们面有菜色。他说："小学生军事化，化不得呀！没有妈妈照顾要生病的。快开笼放雀，都让他们回去吧。"当天学生们就都回了家，高兴得如遇大赦。

彭总这次回乡住了两个晚上一个白天，看了农田、铁场、学校、食堂、敬老院。他用筷子挑挑食堂的菜，没有油水。摸摸老人的床，没有褥子，眉头皱成了一团。他说："这怎么行，共产主义狂热症，不顾群众的死活。"那天，他从黄荆坪出来看见一群人正围着一棵大树，熙熙攘攘，原来又是在砍树。他走上前说："这么好的树，长成这个样子不容易啊。你们舍得砍掉它？让它留下来在这桥边给过路人遮点荫凉不好吗？"这时大树的齐根处已被斧子砍进一道深沟，青色的树皮向外翻卷，木质部已被剁出一个深窝，雪白的木茬飞满一地。而在桥的另一头，一棵大槐树已被放倒。他心里一阵难受，像是在战场上，看到了流血倒地的士兵，紧绷着嘴一句话也不说，便默默地上了车，接着前去韶山考察人民公社。周小舟见状连忙吩咐干部停止砍树，这天是一九五八年十二月十七日。

这个彭老总护树的故事，我大约三年前就已听说，一直存在心里，这次才有缘到现场一看。这棵重阳木紧贴着石桥，桥边有一座房子，房主是位姓欧阳的老人，当年他正在现场，讲述往事如在眼前。他印象最深的还是那句话：给老百姓留一点荫凉！我问那棵阻拦不及而被砍掉的古槐在什么位置，老人顺手往桥那边一指。桥外是路，路外是收割后的水田，一片空茫，我就去凭吊那座古桥。这是一座不知修于何年何月的老石桥，由于现代交通的发达，旁边早已另辟新路，它也被弃而不用，但石板仍然完好，桥正中留有一条独轮车辗出的深槽。石板经过无数脚步、车轮，还有岁月的打磨，光滑得像一面镜子，在夕阳中静静地沉思着。车辙里、栏杆底下簇拥着刚飘落的秋叶，这桥还在不停地收藏着新的记忆。我蹲下身去，仔细察看树上当年留下的斧痕。这是一个方圆深浅都近一尺的树洞，可知那天彭总喝退刀斧时，这可怜的老树已被砍得有多深。我们知道，树木是通过表皮来输送营养和水分的，五十五年过去了，可以清晰地看到，树皮小心地裹护着树心，相濡以沫，一点一点地涂盖着木质上的斧痕，经年累月，这个洞在一圈一圈地缩小。现在虽已看不到裸露的伤口，但还是留下了一个凹陷着的碗口大的疤痕。疤痕成一个圆窝形，这令我想起在气象预告图上常见的海上风暴旋动的窝槽，又像是一个旧社会穷人卖身时被强按的红手印，似有风雨、哭喊、雷鸣回旋其中。五十五年的岁月也未能抚平它的伤痛。就像一只受伤的老虎，躲在山崖下独自舔着自己的伤口，这棵重阳木偎在石桥旁，靠树皮组织分泌的汁液，一滴一滴地填补着这个深可及骨的伤洞。我用手轻轻抚摸着洞口一圈圈干硬的树皮，摸着这些枯涩的皱褶，侧耳静听着历史的回声。

彭德怀在湘潭调查之后，又回京忙他的军务。但“大跃进”的狂热，遍地冒烟的土高炉，田野里无人收割的稻谷、棉花，公社大食堂没有油水的饭菜，一幕一幕，在他的脑子里总是挥之不去。转过年，就是一九五九年，彭万万没有想到这竟是他人生的转折之年，也是中国共产党命运的转折之年。其时“大跃进”、人民公社造成的经济败象已逐渐显露出来，这年七月中央在庐山召开会议准备纠

"左"，彭根据他的调查据实给毛泽东写了一封信。他不知道，毛是绝不允许别人否定他的"大跃进"、人民公社的，于是雷霆震怒，就将他并支持他意见的黄克诚、张闻天、周小舟一起打成"彭、黄、张、周"反党集团。从此，党内高层噤若寒蝉，再也听不到不同意见，党和毛的自我纠错能力也日弱一日，直到发生"文化大革命"大难。

彭德怀生性刚正不阿，又极认真。他罢官后被安置在北京郊外一处荒废的院子里，就自己开荒、积肥、种地，要验证那些亩产千斤、万斤的神话。一九六一年十二月他再次向毛写信申请回乡调查。这又是一个寒冷的冬季，他回乡住了五十六天。经过一九五八年的大砍伐，家乡举目四望，已几乎看不到一棵树。他对陪同人员说："你看山是光秃秃的，和尚脑壳没有毛。我二十三四岁时避难回家种田，推脚子车（独轮车）沿湘河到湘潭，一路树荫，都不用戴草帽。再长成以前那样的山林，恐怕要五十年、八十年也不成。现在农民盖房想找根木料都难。"他一共写了五个调查报告，其中有一个是专门在黄荆坪集市调查到的木料的价格。回京后他给家乡寄来四大箱子树种，嘱咐大家要想尽法子多种树。他念念不忘栽树、护树，是因为这树连着百姓的命根子啊。

他虽是戎马一生，在炮火硝烟中滚爬，却是爱绿如命。抗日战争中，八路军总部设在山西武乡。山里人穷，春天以榆钱（榆树花）为食。彭就在总部门口栽了一棵榆树，现在已有参天之高，老乡呼之为"彭总榆"，成了永久的纪念。一九四九年，他率大军进军西北，驻于陕西白水县之仓颉庙外。庙中有"二龙戏珠"古柏一株。炊事班做饭无柴就爬上树将那颗"珠子"割下来烧了火。彭严肃批评并当即亲笔书写命令一道："全体指战员均须切实保护文物古迹，严格禁止攀折树木，不得随意破坏。”现在这命令还刻在树下的石头上。彭总不忘百姓，百姓也不忘彭总。他的冤案昭雪之后，这棵重阳木就被当地群众称为“元帅树”，年年祭奠，四时养护。我在树旁看到农民刚砌好的一口井，上面也刻了“元帅井”三个字。而树下还有一块石碑，辨认字迹，是一九九八年有一个企业来领养这棵树，国家林业局还为此正式发了文，并作了档案记录。那年的树龄是四百九十年，树高二十二米，胸径一点二米。又十五年过去了，这树已过五百大寿，更加高大壮实。彭总又回到了湘潭大地，回到了人民群众之中。

因为当年回乡调查是周小舟陪同，他在庐山上又支持彭的意见，所以也被罚同罪，归入反党。周也是湘潭人，他的故居离这棵重阳木只有二里地，我顺便又去拜谒。这是一座白墙黑瓦的小院，典型的湘中民居。周在这里度过了童年，后来到北方学习，参加革命，领导一二·九运动，极有才华。因为到延安汇报工作，被毛泽东看中，便留下当了一年的秘书。后又南下，直到任湖南省委书记。毛泽东本是十分欣赏他的，一九五六年曾对他说：“你已经不是小舟了，你成了承载几千万人的大船。”可惜他和彭德怀一样，也是为民请命不顾命的人。庐山会议后，他一下子从省委书记被贬为一个公社副书记。但他还是尽自己所能保护百姓。在那个非常时期他的公社是最少饿肚子的。

看过这棵重阳木的当晚，我夜宿韶山，窗外就是毛泽东塑像广场，月光如水，老歌“太阳最红，毛主席最亲”的旋律在夜空中轻轻飘荡。我清理着白天的笔记和照片，很为毛未能听取彭、周的逆耳忠言而遗憾。周曾是他的秘书，而彭从长征到抗美援朝，也是他很倚重的人，毛曾有诗“谁敢横刀立马，唯我彭大将军”，但终因政见不合，自损大将，自折手足。谁能想到三个曾经出生入死的战友、忠诚共事的同志、不出百里的老乡，在庐山上面对自己家乡的同一堆调查材料，却得出不同的结论，翻脸为仇，指为“反党”。这真是一场悲剧。周在一九六二年十二月二十五日，毛生日的前夜去世，疑为自杀。而直到一九六五年，毛才重新启用彭，并说：“也许真理在你那边。”但这一点友谊和真理的回光又很快被第二年开始的“文化大革命”的狂潮所吞灭。现在毛、彭、周三人都早已作古。“岁岁重阳，今又重阳”，人们年复一年地讲述着重阳木的故事，三个战友和老乡却再也不能重聚。这棵重阳木却不管寒来暑往，风吹雨打，还在一圈一圈地画着自己的年轮。我想，随着岁月的流逝，中国大地上如果要寻找一九五八年到一九五九年那场灾难的活着的记忆，就只有这棵重阳木了，而且这记忆还在与日俱长，并随着尘埃的落定日见清晰，它是一部活着的史书。作为自然生命的树木却能为人类书写人文记录，这真是万物有灵，天人合一。它还会超出我们生命的十倍、百倍，继续书写下去。半个多世纪后，当人们再来树下凭吊时，也许那伤口已经平复，但总还会留下一个疤痕。树木无言，无论功过是非，它总是在默默地记录历史。正是：

元帅一怒为古树，喝断斧钺放生路。
忍看四野青烟起，农夫炼钢田禾枯。
谏书一封庐山去，烟云渺渺人不复。
唯留正气在人间，顶天立地重阳木。

觅渡，觅渡，渡何处

常州城里那座不大的瞿秋白纪念馆我已经去过三次。从第一次看到那个黑旧的房舍，我就想写篇文章。但是六个年头过去了，还是没有写出。瞿秋白实在是一个谜，他太博大深邃，让你看不清摸不透，无从写起但又放不下笔。去年我第三次访瞿秋白故居时正值他牺牲六十周年，地方上和北京都在筹备关于他的讨论会。他就义时才三十六岁，可人们已经纪念了他六十年，而且还会永远纪念下去。是因为他当过党的领袖？是因为他的文学成就？是因为他的才气？是，又不全是。他短短的一生就像一幅永远读不完的名画。

我第一次到纪念馆是一九九〇年。纪念馆本是一间瞿家的旧祠堂，祠堂前原有一条河，叫觅渡河，河上有一桥叫觅渡桥。一听这名字我就心中一惊，觅渡，觅渡，渡在何处？瞿秋白是以职业革命家自许的，但从这个渡口出发并没有让他走出一条路。“八七会议”他受命于“白色恐怖”之中，以一副柔弱的书生之肩，挑起了统率全党的重担，发出武装斗争的吼声。但是他随即被王明、被自己的人一巴掌打倒，永不重用。后来在长征时又借口他有病，不带他北上。而比他年纪大身体弱的徐特立、谢觉哉等都安然到达陕北，活到了建国。他其实不是被国民党杀的，是为“左倾”路线所杀。是自己的人按住了他的脖子，好让敌人的屠刀来砍。而他先是仔细地独白，然后就去从容就义。

如果瞿秋白是一个如李逵式的人物，大喊一声：“你朝爷爷砍吧，二十年后又是一条好汉。”也许人们早已把他忘掉。他是一个书生啊，一个典型的中国知识分子，你看他的照片，一副多么秀气但又有几分苍白的面容。

他一开始就不是舞枪弄刀的人。他在黄埔军校讲课，在上海大学讲课，他的才华熠熠闪光，听课的人挤满礼堂，爬上窗台，甚至连学校的老师也挤进来听。后来成为大作家的丁玲，这时也在台下瞪着一双稚气的大眼睛。瞿秋白的文才曾是怎样折服了一代人。后来成为文化史专家、新中国文化部副部长的郑振铎，当时准备结婚，想求秋白刻一对印，瞿秋白开的润格是五十元。郑付不起转而求茅盾。婚礼那天，瞿秋白手提一手绢小包，说来送礼金五十元，郑不胜惶恐，打开一看却是两方石印，可想他当时的治印水平。瞿秋白被排挤离开党的领导岗位之后，转而为文，短短几年他的著译竟有五百万字。鲁迅与他之间的敬重和友谊，就像马克思与恩格斯一样地完美。瞿秋白夫妇到上海住鲁迅家中，鲁迅和许广平睡地板，而将床铺让给他们。秋白被捕后鲁迅立即组织营救，他就义后鲁迅又亲自为他编文集，装帧和用料在当时都是第一流的。

瞿秋白与鲁迅、茅盾、郑振铎这些现代文化史上的高峰，也是齐肩至顶的啊。他应该知道自己身躯内所含的文化价值，应该到书斋里去实现这个价值。但是他没有，他目睹人民沉浮于水火，目睹党濒于灭顶，他振臂一呼，跃向黑暗。只要能为社会的前进照亮一步之路，他就毅然举全身而自燃。他的俄文水平在当时的中国是数一数二了，他曾发宏愿，要将俄国文学名著介绍到中国来，他牺牲后鲁迅感叹说，本来《死魂灵》由秋白来译是最合适的。这使我想起另一件事。和秋白同时代的有一个人叫梁实秋，在抗日高潮中仍大写悠闲文字,被“左”翼作家批评为“抗战无关论”。他自我辩解说，人在情急时固然可以操起菜刀杀人，但杀人毕竟不是菜刀的使命。他还是一直弄他的“纯文学”，后来确实也成就很高，一人独立译完了《莎士比亚全集》。现在,当我们很大度地承认梁实秋的贡献时，更不该忘记秋白这样的，情急用菜刀去救国救民，甚至连自己的珠玉之身也扑上去的人。如果他不这样做，留把菜刀作后用，留得青山来养柴，在文坛上他也会成为一个甚至十个梁实秋。但是他没有!

如果瞿秋白的骨头像他的身体一样地柔弱，他一被捕就招供认罪，那么历史也早就忘了他。革命史上有多少英雄就有多少叛徒。曾是共产党总书记的向忠发、政治局委员的顾顺章，都有一个工人阶级的好出身，但是一被逮捕，就立即招供。此外像陈公博、周佛海、张国焘等高干，还可以举出不少。而瞿秋白偏偏以柔弱之躯演绎了一场泰山崩于前而不惊的英雄戏。

他刚被捕时敌人并不明了他的身份，他自称是一名医生，在狱中读书写字，连监狱长也求他开方看病。其实，他实实在在是一个书生、画家、医生，除了名字是假的，这些身份对他来说一个都不假。这时上海的鲁迅等正在设法营救他。但是一个听过他讲课的叛徒终于认出了他。特务乘其不备突然大喊一声：“瞿秋白！”他却木然无应。敌人无法，只好把叛徒拉出当面对质。这时他却淡淡一笑说：“既然你们已认出了我，我就是瞿秋白。过去我写的那份供词就权当小说去读吧。”

蒋介石听说抓到了瞿秋白，急电宋希濂去处理此事，宋在黄埔时听过他的课，执学生礼，想以师生之情劝其降，并派军医为之治病。他死意已决，说：“减轻一点痛苦是可以的，要治好病就大可不必了。”当一个人从道理上明白了生死大义之后，他就获得了最大的坚强和最大的从容。这是靠肉体的耐力和感情的倾注所无法达到的，理性的力量就像轨道的延伸一样坚定。一个真正的知识分子向来是以理行事，所谓士可杀而不可辱。文天祥被捕，跳水、撞墙，唯求一死。鲁迅受到恐吓，出门都不带钥匙，以示不归之志。毛泽东赞扬朱自清宁肯饿死也不吃美国的救济粉。秋白正是这样一个典型的已达到自由阶段的知识分子。蒋介石见威胁利诱实在不能使之屈服，遂下令枪决。刑前，秋白唱《国际歌》，唱红军歌曲，泰然自行至刑场，高呼“中国共产党万岁”，盘腿席地而坐，令敌开枪。从被捕到就义，这里没有一点死的畏惧。

如果瞿秋白就这样高呼口号为革命献身，人们也许还不会这样长久地怀念他研究他。他偏偏在临死前又抢着写了一篇《多余的话》，这在一般人看来真是多余。我们看他短短的一生斗争何等坚决：他在国共合作中对国民党右派的批驳，在党内对陈独秀右倾路线的批判何等犀利；他主持“八七会议”，决定武装斗争，永远功彪史册；他在监狱中从容斗敌，最后英勇就义，惊天地动鬼神。这是一个多么完整的句号。但是他不肯，他觉得自己实在渺小，实在愧对党的领袖这个称号，于是用解剖刀，将自己的灵魂仔仔细细地剖析了一遍。别人看到的他是一个光明的结论，他在这里却非要说一说这光明之前的暗淡，或者光明后面的阴影。这又是一种惊人的平静。就像敌人要给他治病时，他说，不必了。他将生命看得很淡。现在，为了做人，他又将虚名看得很淡。他认为自己是从绅士家庭，从旧文人走向革命的，他在新与旧的斗争中受着煎熬，在文学爱好与政治责任的抉择中受着煎熬。他说以后旧文人将再不会有了，他要将这个典型，这个痛苦的改造过程如实地录下，献给后人。他说过："光明和火焰从地心里钻出来的时候，难免要经过好几次的尝试，试探自己的道路，锻炼自己的力量。"他不但解剖了自己的灵魂，在这《多余的话》里还嘱咐死后请解剖他的尸体，因为他是一个得了多年肺病的人。这又是他的伟大，他的无私。

我们可以对比一下，世上有多少人都在涂脂抹粉，挖空心思地打扮自己的历史，极力隐恶扬善。特别是一些地位越高的人越爱这样做，别人也帮他这样做，所谓为尊者讳。而他却不肯。作为领袖，人们希望他内外都是彻底的鲜红，而他却固执地说，不，我是一个多重色彩的人。在一般人是把人生投入革命，在他是把革命投入人生，革命是他人生实验的一部分。当我们只看他的事业，看他从容赴死时，他是一座平原上的高山，令人崇敬；当我们再看他对自己的解剖时，他更是一座下临深谷的高峰，风鸣林吼，奇绝险峻，给人更多的思考。他是一个内心既纵横交错，又坦荡如一张白纸的人。

我在这间旧祠堂里，一年年地来去，一次次地徘徊。我想象着当年门前的小河，河上来往觅渡的小舟。瞿秋白就是从这里出发，到上海办学，去会鲁迅；到广州参与国共合作，去会孙中山；到苏俄去当记者，去参加共产国际会议；到汉口去主持"八七会议"，发起武装斗争；到江西苏区去，主持教育工作。他生命短促，行色匆匆。他出门登舟之时一定想到"野渡无人舟自横"，想到"轻解罗裳，独上兰舟”。那是一种多么悠闲的生活，多么美的诗句，是一个多么宁静的港湾。他在《多余的话》里一再表达他对文学的热爱，他多么想靠上那个码头。但他没有，直到临死前的一刻他还在探究生命的归宿。他一生都在觅渡，可是到最后也没有傍到一个好的码头，这实在是一个悲剧。但正是这悲剧的遗憾，人们才这样以其生命的一倍、两倍、十倍的岁月去纪念他。

如果他一开始就不闹什么革命，只要随便拔下身上的一根汗毛，悉心培植，他也会成为著名的作家、翻译家、金石家、书法家或者名医。梁实秋、徐志摩现在不是尚享后人之飨吗？如果他革命之后，又拨转船头，退而治学呢，仍然可以成为一个文坛泰斗。与他同时代的陈望道，本来是和陈独秀一起筹建共产党的，后来退而研究修辞，著《修辞学发凡》，成了中国修辞第一人，人们也记住了他。可是秋白没有这样做。他另有所求，但又求而无获，甚至被人误会。

一个人无才也就罢了，或者有一分才干成了一件事也罢了，最可惜的是他有十分才只干成了一件事，甚而一件也没有干成，这才叫后人惋惜。你看岳飞的诗词写得多好，他是有文才的，但世人只记住了他的武功。辛弃疾是有武才的，他年轻时率一万义军反金投宋，但南宋政府不用他，他只能“醉里挑灯看剑，梦回吹角连营”，后人也只知他的诗才。瞿秋白以文人为政，又因政事之败而反观人生。如果他只是慷慨就义再不说什么，也许他早已没入历史的车轮。但是他又说了一些看似多余的话，他觉得探索比到达更可贵。当年项羽兵败，虽前有渡船，却拒不渡河。项羽如果为刘邦所杀，或者他失败后再渡乌江，都不如临江自刎这样留给历史永远的回味。项羽面对生的希望却举起了一把自刎的剑，秋白在将要英名流芳时却举起了一把解剖刀，他们都把行将定格的生命的价值又推上了一层。

哲人者，宁肯舍其事而成其心。

秋白不朽！

跨越百年的美丽

一九九八年是居里夫人发现放射性元素镭一百周年。

一百年前的一八九八年十二月二十六日，法国科学院人声鼎沸，一位年轻漂亮、神色庄重又略显疲倦的妇人走上讲台，全场立即肃然无声。她叫玛丽·居里，她今天要和她的丈夫比埃尔·居里一起在这里宣布一项惊人发现，他们发现了天然放射性元素镭。本来这场报告，她想让丈夫来做，但比埃尔·居里坚持让她来讲，因为在此之前还没有一个女子登上过法国科学院的讲台。玛丽·居里穿着一袭黑色长裙，白净端庄的脸庞显出坚定又略带淡泊的神情，而那双微微内陷的大眼睛，则让你觉得能看透一切，看透未来。她的报告使全场震惊，物理学进入了一个新时代，而她那美丽庄重的形象也就从此定格在历史上，定格在每个人的心里。

关于放射性的发现，居里夫人并不是第一人，但她是关键的一人。在她之前，一八九六年一月，德国科学家伦琴发现了 X 射线，这是人工放射性。一八九六年五月，法国科学家贝克勒尔发现铀盐可以使胶片感光，这是天然放射性。这都还是偶然的发现，居里夫人却立即提出了一个新问题，其他物质有没有放射性？物质世界里是不是还有另一块全新的领域？别人在海滩上捡到一块贝壳，她却要研究一下这贝壳是怎样生、怎样长、怎样冲到海滩上来的。别人摸瓜她寻藤，别人摘叶她问根。是她提出了放射性这个词。两年后，她发现了钋，接着发现了镭，冰山露出了一角。为了提炼纯净的镭，居里夫妇搞到一吨可能含镭的工业废渣。他们在院子里支起了一口锅，一锅一锅地进行冶炼，然后再送到化验室溶解、沉淀、分析。而所谓的化验室是一个废弃的、曾停放解剖用尸体的破棚子。玛丽终日在烟熏火燎中搅拌着锅里的矿渣，她衣裙上、双手上，留下了酸碱的点点烧痕。一天，疲劳至极，玛丽揉着酸痛的后腰，隔着满桌的试管、量杯问比埃尔："你说这镭会是什么样子？"比埃尔说："我只是希望它有美丽的颜色。"经过三年又九个月，他们终于从成吨的矿渣中提炼出了零点一克镭，它真的有极美丽的颜色，在幽暗的破木棚里发出略带蓝色的荧光。它还会自动放热，一小时放出的热能融化等重的冰块。

旧木棚里这点美丽的淡蓝色荧光，是用一个美丽女子的生命和信念换来的。这项开辟科学新纪元的伟大发现好像不该落在一个女子头上。千百年来，漂亮就是一个女人的最高荣誉，最大资本，只要有幸得到这一点，其余便不必再求了。莫泊桑在他的名著《项链》中说："女人并无社会等级，也无种族差异；她们的姿色、风度和妩媚就是她们身世和门庭的标志。"居里夫人是属于那一类很漂亮的女子，她的肖像如今挂遍世界各国的科研教学机构，我们仍可看到她昔日的风采。但是她偏偏没有利用这一点资本，她的战胜自我也恰恰就是从这一点开始的。

当她还是个小学生时就显示出上帝给她的优宠，漂亮的外貌已足以使她讨得周围所有人的喜欢。但她的性格里天生还有一种更可贵的东西，这就是人们经常加于男子汉身上的骨气。她坚定、刚毅，有远大、执着的追求。为了不受漂亮的干扰，她故意把一头金发剪得很短，她对哥哥说："毫无疑问，我们家里的人有天赋，必须使这种天赋由我们中的一个表现出来！"她中学毕业后在城里和乡下当了七年家庭教师，积攒了一点学费便到巴黎来读书。当时大学里女学生很少，这个高额头、蓝眼睛、身材修长的漂亮的异国女子，很快成了人们议论的中心。男学生们为了能更多地看她一眼，或有幸凑上去说几句话，常常挤在教室外的走廊里，她的女友甚至不得不用伞柄赶走这些追慕者。但她对这种热闹不屑一顾，她每天到得最早，坐在前排，给那些追寻的目光一个无情的后脑勺。

她身上永远裹着一层冰霜的盔甲，凛然使那些"追星族"不敢靠近。她本来住在姐姐家中，为了求得安静，便一人租了间小阁楼。一天只吃一顿饭，日夜苦读。晚上冷得睡不着，就拉把椅子压在身上，以取得一点感觉上的温暖。这种心无旁骛、悬梁刺股、卧薪尝胆的进取精神，就是一般男子也是很难做到的啊。宋玉说有美女在墙头看他三年而不动心，范仲淹考进士前在一间破庙里读书，晨起煮粥一碗，冷后划作四块，是为一天的口粮。而在地球那一边的法国，一个波兰女子也这样心静，这样执着，这样耐得苦寒。她以二十五岁的妙龄，面对追者如潮而毫不心动。她只要稍微松一下手，回一下头，就会跌回温软的怀抱和赞美的泡沫中，但是她有大志，有大求，她知道只有发现、创造之花才有永开不败的美丽，所以她甘愿让酸碱啃蚀她柔美的双手，让呛人的烟气吹皱她秀美的额头。

本来玛丽·居里完全可以换另外一种活法。她可以趁着年轻貌美如现代女孩吃青春饭那样，在钦羡和礼赞中活个轻松，活个痛快。但是她没有，她知道自己更深一层的价值和更远一些的目标。成语“浅尝辄止”是指人对外部世界的认识，殊不知有多少人对自己也常是浅尝辄止，见宠即喜。数年前一位母亲对我说她刚上初中的女儿成绩下降，为什么？答曰：“知道爱美了，上课总用铅笔杆做她的卷卷头。”美对人来说是一种附加，就像格律对诗词也是一种附加。律诗难作，美人难为，做得好惊天动地，做不好就黄花萎地。玛丽·居里让全世界的女子都知道，她们除了“身世”和“门庭”之外，还有更重要的东西。

一八五二年斯托夫人写的《汤姆叔叔的小屋》在《民族时代》刊物上连载，导致美国南北战争的爆发，林肯说是一个小妇人引发了一场解放黑奴的大革命。比斯托夫人约晚五十年，居里夫人发现了镭，也是一个小妇人引发了一场革命，科学革命。它直接导致了后来卢瑟夫对原子结构的探秘，导致了原子弹的爆炸，导致了原子时代的到来。更重要的是这项发现的哲学意义。哲学家说，事物无时无刻不在变。西方哲人说，人不能两次踏进同一条河流。北宋元丰五年（一〇八二年）东方哲人苏东坡赤壁望月长叹道：“盖将自其变者而观之，则天地曾不能以一瞬；自其不变者而观之，则物与我皆无尽也。”现在，居里夫人证明镭便是这样“不能以一瞬”而存在的物质，它会自己不停地发光、放热、放出射线，能灼伤人的皮肤，能穿透黑纸使胶片感光，能使空气导电。它刹那间是自己又不是自己。哲理就渗透在每个原子的毛孔里。玛丽·居里几乎在完成这项伟大自然发现的同时也完成了对人生意义的发现。

她也在不停地变化着，当工作卓有成效的同时，镭射线也在无声地侵蚀着她的肌体。她美丽健康的容貌在悄悄地隐退，她逐渐变得眼花耳鸣，苍白乏力。而比埃尔不幸早逝，社会对女性的歧视更加重了她生活和思想上的沉重负担。但她什么也不管。只是默默地工作。她从一个漂亮的小姑娘，一个端庄坚毅的女学者，变成科学教科书里的新名词“放射线”，变成物理学的一个新计量单位“居里”，变成一条条科学定理，她变成了科学史上一块永远的里程碑。“自其不变者而观之”，她得到了永恒。“长恨春归无觅处，不知转入此中来”，就像化学的置换反应一样，她的青春美丽换位到了科学的教科书里，换位到了人类文化的史册里。

居里夫人的美名从她发现镭那一刻起就流传于世，迄今已经百年，这是她用全部的青春、信念和生命换来的荣誉。她一生共得了十项奖金、十六种奖章、一百零七个名誉头衔，特别是两次诺贝尔奖。她本来可以躺在任何一项大奖或任何一个荣誉上尽情地享受，但是她视名利如粪土，她将奖金赠给科研事业和战争中的法国，而将那些奖章送给六岁的小女儿去当玩具。上帝给的美形她都不为所累，尘世给的美誉她又怎肯背负在身呢？凭谁论短长，漫将浮名换了精修细研，她一如既往，埋头工作到六十七岁离开人世，离开了她心爱的实验室。直到她死后四十年，她用过的笔记本里，还有射线在不停地释放。

爱因斯坦说：“在所有的世界著名人物当中，玛丽·居里是唯一没有被盛名宠坏的人。”她实事求是，超凡脱俗，知道自己的目标，更知道自己的价值。在一般人要做到这两个自知，排除干扰并终生如一，是很难很难的，但居里夫人做到了。她让我们明白，人有多重价值，是需要多层开发的。有的人止于形，以售其貌；有的人止于勇，而呈其力；有的人止于心，而有其技；有的人达于理，而用其智。诸葛亮戎马一生，气吞曹吴，却不披一甲，不佩一刃；毛泽东指挥军民万众，在战火中打出一个新中国，却从不受军衔，不背一枪。大音希声，大道无形，大智之人，不耽于形，不逐于力，不恃于技。他们淡淡地生活，静静地思考，执着地进取，直进到智慧高地，自由地驾驭规律，而永葆一种理性的美丽。

居里夫人就是这样一位挺立在智慧高地的伟人。

百年明镜季羡老

九十八岁的季羡林先生离我们而去了。

初识先生是在二十世纪九十年代的一次颁奖会上。新闻出版署每两年评选一次全国优秀图书，季老是评委坐第一排，我干一点宣布谁谁讲话之类的“主持”之事。他大概看过我哪一篇文章，托助手李玉洁女士来对号，我赶忙上前向他致敬。会后又带上我的几本书到北大他的住处去拜访求教。先生的住处是在校园北边的一座很旧的老式楼房，朗润园十三号楼，他住一层。那天我穿树林，过小桥找到楼下，一位司机正在擦车，说正是这里，刚才老人还出来看客人来了没有。

房共两套，左边一套是他的会客间、卧室兼书房，不过这个只能叫书房之一，主要是用来写散文随笔的。我在心里给它一个名字叫“散文书屋”。著名的《牛棚杂忆》就产生在这里。一张睡了几十年的铁皮旧床，甚至还铺着粗布草垫。环墙满架是文学方面的书，还有朋友、学生的赠书。他很认真，凡别人送的书，都让助手仔细登记、编号、上架。到书多得放不下时，就送到学校为他准备的专门的图书室去。他每天四时即起，就在床边的一张不大的书桌上写作。这是他多年的习惯，学校里都知道，号称“北大一盏灯”。等到会客室里客人多时，就先把熟一点的朋友让到这间房里。有一次春节我去看他，碰到教育部长来拜年，一会儿市委副书记又来，他就很耐心地让我到书房等一会儿，并没有一些大人物借新客来就逐旧客走的手段。这时你可以尽情地仰观满架的藏书，还可低头细读他写了一半的手稿。他用钢笔，总是那样整齐的略显扁一点的小楷。学校考虑到他年高，尽量减少打扰，就在门上贴了不会客之类的小告示。助手也常出面挡驾。但先生很随和，常主动出来，请客人进屋。助手李玉洁女士说：“没办法，你看我们倒成了恶人。”

这套房子的对面还有一套东屋，我暗叫它“学术书房”。共两间房，全是季老治学时用的语言、佛教等方面的书。人要在书架夹道中侧身穿行。向南临窗也有一小书桌，是先生专注于学术文章的地方。我曾带我的搞摄影的孩子，在这里为先生照过一次相。他就很慷慨地为一个孙辈小儿写了一幅勉励的字，还要写上“某某小友惠存”。他每有新书出版送我时，也要写上“老友或兄指正”之类，弄得我很紧张。他却总是慈祥地笑一笑问：“还有一本什么新书送过你没有？”有许多书我是没有的，但这份情太重，我不敢多受，受之一二本已很满足，就连忙说有了，有了。

先生年事已高，一般我是不带人，或带任务去看他的。只有一次，我住中央党校，离北大不远，党校办的《学习时报》大约正逢几周年，要我向季老求字，我就带了一个年轻记者去采访他。采访中记者很为他的平易近人和居家生活的简朴所感动。那天助手李玉洁女士讲了一件事。季老很为目前社会上的奢靡之风担忧。特别是水资源的浪费，我知道他是多次呼吁的，但没有办法。他就从自家做起，在马桶水箱里放了两块砖，这样来减少水箱的排水量。这位年轻的女记者，当时笑弯了腰，她不能理解，先生生活起居都有国家操心，自己何至于这样认真。以后过了几年，她每次见到我都提起那事，说季老可亲可爱就像她家乡农村的一位老爷爷。后来季老住进三〇一医院，为了整理老先生的谈话我还带过我的一位学生去他处，这位年轻人回来后也说，总觉得先生就像是隔壁邻居家的一位老大爷。

先生永远是一身中山装，每日三餐粗茶淡饭。他是在二十四岁那一年，人生可塑可造的年龄留洋的啊，一去十年。以后又一生都在搞外国文学、外语教学和中外文化交流的研究，怎么就没有一点儿洋味呢？近几年基因之说盛行，我就想大概是他身上农民子弟的基因使然。他在一篇回忆文章里讲到小时穷得吃不饱饭，给一个亲戚家割牛草，送草后不走，磨蹭着等到中午，只为能吃一口玉米饼子。他现在仍极为节俭，害怕浪费，厌恶虚荣。每到春节，总有各级官场上的人去看他，送许多大小花篮，他对这总是暗自摇头。他住的病房门口的走廊上总是摆着一条花篮的长龙。花又大房间又放不下，要去找他的病房这成了一个标志。我知道先生是最怕虚应故事的，有一年老同学胡乔木邀他同去敦煌，他当然想去，但一想沿途的官场迎送，便婉言谢绝。

知道他的所好，后来我去看他，就专送最土的最实用的东西。一次从香山下来，见到山脚下地摊上卖红薯，很干净漂亮的红薯，我就买了一些直接送到病房，他极高兴。他很喜欢我的家乡出的一种“沁州黄”小米，只能在一片小范围的土地上长，过去是专供皇上的。现在人们有了经营头脑，就打起贡品的招牌，用一种肚大嘴小的青花瓷罐包装。先生吃过米后，却舍不得扔掉罐子，在窗台上摆着，说插花很好看。后来，聊得多了，我还发现一丝微妙，虽是同一批大学者，但他对洋派一些的人物，总是所言不多。

我到先生处聊天，一般是我说得多些，考虑先生年高，出门不便，我尽量通报一点社会上的信息。有时政、社会新闻，也有近期学术动态，或说到新出的哪一本书，哪一本杂志。有时出差回来，就说一说外地见闻。有时也汇报一下自己的创作，他都很认真地听。助手兼秘书李玉洁说先生希望你们多来，他还给常来的人都起个"雅号"，我的雅号是"政治散文"。他还就着这个意思为我的散文集写过一篇序。如时间长了未见面，他会问，"政治散文"怎么没有来？

一次我从新疆回来，正在创作《最后一位戴罪的功臣》，我谈到在伊犁采访林则徐旧事。虎门销烟之后林被清政府发配伊犁，家人和朋友要依清律出银为他赎罪，林坚决不肯，不愿认这个罪。在纪念馆里有他就此事写给夫人的信稿。还有发配入疆，过"果子沟"时，大雪拥谷，车不能走，林氏父子只好下车蹬雪而行。其子跪地向天祷告："父若能早日得救召还，孩儿愿赤脚蹚过此沟。"先生听着眼角已经饱含泪水。他对爱国和孝敬老人这两种道德观念是看得很重的。他说，爱国各国都爱，但中国人爱国观念更重些。欧洲许多小国，历史变化很大，唯有中国有自己一以继之的历史，爱国情感也就更重。他对孝道也很看重，说"孝"这个词是汉语里特有的，外语里没有相应的单词。我因在报社分管教育方面的报道，一次到病房里看他，聊天时说到儿童教育，他说："我主张小学生的德育标准是热爱祖国、孝顺父母、尊敬师长、和睦伙伴。"并当即提笔写下这四句话，后来发表在《人民日报》上。

先生原住在北大，房子虽旧，环境却好。门口有一水塘，夏天开满荷花。他有一文专记此事。是他的学生从南方带了一把莲子，他随手扬入池中，一年、两年、三年就渐渐荷叶田田，红花映日。在北大这处荷花水景也有个名字，就叫“季荷”。但二〇〇三年，就是中国大地“非典型肺炎”大流行的那一年，先生病了，年初住进了三〇一医院，开始治疗一段还回家去住一两次，后来就只好以医院为家了。“留得枯荷听雨声”，季荷再也没见到它的主人。

我到医院看先生时常碰到护士换药。是腿伤，要伸到伤口里洗脓涂药，近百岁老人受此折磨，令人心中不是滋味，他却说不痛。助手说，哪能不痛？但先生从不言痛，医院都说他是最好伺候的，配合最好的模范病人。他很坦然地对我说，自己已老朽，对他用药已无价值。他郑重建议医院千万不要用贵药，实在是浪费。医院就骗他说，药不贵。一次护士说漏嘴：“季老，给您用的是最好的药。”这句话倒叫他心里长时间不安。不过他的腿疾却神奇般的好了。

先生在医院享受国家领导人待遇，刚进来时住在聂荣臻元帅曾住过的病房里。我和家人去看他，一切条件都好，但有两条不便。一是病房没有电话（为安静，有意不装）；二是没有一个方便的可移动的小书桌。先生是因腿疾住院的，不能行走、站立，而他看书、写作的习惯却丢不掉。我当即开车到玉泉营市场买了一个有四个小轮的可移动小桌，下可盛书，上可写字。先生笑呵呵地说，这就好了，这就好了。我再去时，小桌上总是堆满书，还有笔和放大镜。后来先生又搬到三〇一南院，条件更好一些。许多重要的文章，如悼念巴金、臧克家的文章都是在小桌板上，如小学生那样伏案写成的。他住院四年，竟又写了一本《病榻杂记》。

我去看季老大部分是问病，或聊天，从不敢谈学问。在我看来他的学问高深莫测，他大学时受教于陈寅恪等国学大师，留德十年，回国后与胡适、傅斯年共事，朋友中有朱光潜、冯友兰、吴晗、任继愈、臧克家，还有胡乔木、乔冠华等。“文化大革命”前他创办并主持北大东方语言文学系二十年。他研究佛教、研究佛经翻译、研究古代印度和西域的各种方言，又和英、德、法、俄等语比较。试想我们现在读古汉语已是多么吃力费解，他却去读人家印度还有西域的古语言，还要理出规律。我们平常听和尚念经，嗡嗡然，如蜂鸣，就是看翻译过来的佛经“揭谛揭谛波罗揭谛”也不知所云，而先生却要去研究分辨对比这些经文是梵文的还是那些已经消失的西域古国文字。又研究法显、玄奘如何到西天取经，这经到汉地以后如何翻译，只一个“佛”就有佛陀、浮陀、浮图、勃陀、母陀、步他、浮屠、香勃陀等二十多种译法。不只是佛经、佛教，他还研究印度古代文学，翻译剧本《沙恭达罗》、史诗《罗摩衍那》。他不像专攻古诗词或古汉语、古代史的学者，是直接在自己的领地上打天下，享受成果和荣誉，他是在依稀可辨的东方古文字中研究东方古文学的痕迹，在浩渺的史料中寻找中印交流与东西方交流的轨迹，以及那些思想、文化的源流。比如他从梵文的“糖”字考证中竟如茧抽丝，写出一本八十万字的《糖史》，真让人不敢相信。这些东西在我们看来像一片茫茫的原始森林，稍一涉足就会迷路而不得返。我对这些实在心存恐惧，所以很长时间没敢问及。但是就像一个孩子觉得糖好吃就忍不住要打听与糖有关的事，以后见面多了，我还是从旁观的角度提了许多可笑的问题。

我说您研究佛教，信不信佛？他很干脆地说：“不信。”这让我很吃一惊，中国知识分子从苏东坡到梁漱溟，都把佛学当作自己立身处世规则的一部分，先生却是这样坚决地说不。他说："我是无神论。假如是研究一个宗教，结果又信这个教，说明他不是真研究，或者没有研究通。"

我还有一个更外行的问题："季老，您研究那些外国的古代的学问，总是让人觉得很遥远，对现在的社会有什么用？"他没有正面回答，说："学问，不能拿有用还是无用的标准来衡量，只要精深就行。当年牛顿研究万有引力有什么用？"是的，我从来没有考虑过这个问题，牛顿当时如果只想有用无用，可能早经商发财去了。事实上，所有的科学家在开始研究一个原理时，都没有功利主义地问有何用，只要是未知，他就去探寻。研究结果出来后，有没有用，那是后人的事。先生在回答这个问题时的那一份平静，深深地印在我的脑子里。

有一次，我带一本新出的梁漱溟的书去见他。他说崇拜梁漱溟，我就趁势问："您还崇拜谁？"他说："并世之人，还有彭德怀。"这又让我吃了一惊。一个学者怎么最崇拜的是一个将军？他说："彭德怀在庐山会议上敢说真话，这一点不简单，很可贵。"我又问："接着还有可崇拜的人吗？""没有了。"他又想了一会儿："如果有的话，马寅初算一个。"我没有再问。我知道，希望说真话一直是他心中隐隐的痛。为此他在"文化大革命"结束后又写作出版了《牛棚杂忆》。当他知道巴金去世时，在病中写了《悼巴金》，特别提到巴老的《真话集》。

我看着他，老人端坐在小桌后面的沙发里，挺胸，目光投向窗户一侧的明亮处，两道长长的寿眉从眼睛上方垂下来，那样深沉慈祥；前额刻着的皱纹、嘴角处的棱线，连同身上那件特有的病袍，显出几分威严。我想起先生对自己概括的一个字“犟”，这一点他和彭总、马老是相通的。不知怎么，我脑子里又飞快地联想到先生的另一个形象。一次，在人民大会堂开一个关于古籍整理的座谈会。任继愈老先生讲了一个故事，说北京图书馆的善本只限定一定资格的学者才能借阅。季先生带的研究生要查阅，但不够资格。先生就亲到北图，借出书来让学生读，他端坐一旁等着，如一幅寿者课童图。渐渐地，这与他眼前端坐病室的身影叠加起来，历史就这样洗磨出一位百岁老人，一个经历了由民国至中华人民共和国，其间又经历了“文化大革命”和改革开放的中国知识分子的形象。

近几年我越来越觉得应该为先生做点事，便整理一点与先生的谈话。后来先生的眼睛又几近失明，他题字时几乎是靠惯性，笔一停就连不上了。我又想到先生不只是一个专业学者，他的思想、精神和文采应加快普及和传播。于是去年建议帮他选一本面对青少年的文集，他欣然应允，并自定题目，自题书名。在提到编辑思想时，他一再说：“我这一生就是一面镜子。”我就写了一篇短跋，表达我对先生的尊敬和先生的社会意义。去年这套《季羡林自选集》终于出版，想不到这竟是我为先生做的最后一件事。而谈话整理，总因各种打扰，惜未做完。

现在我翻着先生的著作，回忆着与他无数次的见面，先生确是一面镜子，一面百年的明镜。在这面镜子里可以照出百年来国家民族的命运，也可以照见我们自己的人生。

青山不老

《三国演义》里有一个故事，写庞德与关羽决战，身后抬着一具棺材，以示此行你死我活，就是我死了也没什么了不起，埋了就是。真乃一副堂堂男子汉大丈夫的气概。这种气概大约只有战争中才能表现出来，只有在书本上才能见到。但是当我在一个小山沟里遇到一位无名老者时，我却比读这段《三国演义》还要激动。

窗外是参天的杨柳。院子在沟里，山上全是树，所以我们盘腿坐在土炕上谈话就如坐在船上，四围全是绿色的波浪，风一吹，树梢卷过涛声，叶间闪着粼粼的波。

但是我知道这条山沟以外的大环境，这是中国的晋西北，是西伯利亚大风常来肆虐的地方，是干旱、霜冻、沙尘暴等一切与生命作对的怪物盘踞之地。过去，这里风吹沙起能一直埋到城头，县志载："风大作时，能逆吹牛马使倒行，或擎之高二三丈而坠。"可是就在如此险恶的地方，我对面的这个手端一杆旱烟的瘦小老头，他竟创造了这块绿洲。

我还知道这个院子里的小环境。一排三间房，就剩下老者一人，还有他的棺材。那棺材就停在与他一墙之隔的东屋里。老人每天早晨起来抓把柴煮饭，带上干粮扛上锹进沟上山，晚上回来，吃过饭，抽袋烟睡觉。他是在六十五岁时组织了七位老汉开始治理这条沟的，现在已有五人离世，却已绿满沟坡。他现在已八十一岁，他知道终有一天早晨他会爬不起来，所以那边准备了棺材。他可敬的老伴，与他风雨同舟一生，也是在一天他栽树回来时，静静地躺在炕上过世了。他没有儿子，只有一个女儿在城里工作，三番五次地回来接他出去享清福，他不走。他觉得自己生命的价值就是种树，那边的棺材就是这价值结束时的归宿。他敲着旱烟锅不紧不慢地说着，村干部在旁边恭敬地补充着……十五年啊，绿化了八条沟，造了七条防风林带，三千七百亩林网。去年冬天一次就从林业收入中资助村民每户买了一台电视机，这是一个多么了不起的奇迹！但他还不满意，还有宏伟的设想，还要栽树，直到他爬不动为止。

我们就在这样的环境中谈话，像是站在生死边界上的谈天，但又是这样随便。主人像数家里的锅碗那样数着东沟西坡的树，又拍拍那堵墙开个玩笑，吸口烟……我还从没有经历过这样的采访。

在屋里说完话，老人陪我们到沟里去看树。杨树、柳树，如臂如股，劲挺在山洼山腰。看不见它们的根，山洪涌下的泥埋住了树的下半截，树却勇敢地顶住了它的凶猛。这山已失去了原来的坡形，而依着一层层的树形成一层层的梯，老人说："这树根下的淤泥也有两米厚，都是好土啊！"是的，保住了这些黄土，我们才有这绿树。有了这绿树，我们才守住了这片土。

看完树，我们在村口道别，老人拄着拐杖，慢慢迈进他那个绿风荡荡的小院。我不知怎么一下又想到那具棺材，不觉鼻子一酸，也许老人进去就再出不来。作为政治家的周恩来在病床上还批阅文件；作为科学家的华罗庚在讲台上与世人告别；作为一个山野老农，他就这样来实现自己的价值。一个人如果将自己的生命注入一种事业，那么生与死便不再有什么界限。他活着已经将自己的生命转化为另一样东西，他死了，这东西还永恒地存在。他是真正与山川共存，日月同辉了。达尔文和爱因斯坦都说过，生死于他们无所谓了，因为他们所要发现的都已发现。老人是这样地坦然，因为他的生命已转化为一座青山。

老人姓高，名富。这个普通的人让我领悟了一个伟大的哲理：青山是不会老的。

热　炕

神池是晋西北最高最冷的县。春三月里的一天，我来这里是为了访问一个乡村女教师。她的事迹很简单：在一盘土炕上教书已二十五年。一个年轻女子,隐居深山,盘腿坐炕,一豆青灯,几个顽童,二十五年。这是何等清贫、坚忍的炼丹修道式的生活啊，我一定要去看看。

车子进了山,在洪水沟里,在荆棘丛中颠簸,几头黄牛拦住了路,一阵寒风袭进了窗。翻上一个山头,早没有了路。朝南走,越走越窄,渐渐容不下四个车轮，急刹车，旁边已是万丈深渊，谷底阴坡上的几棵小柏树像盆景一般。退回去，再绕到北面走，却是一坡积雪。算了，下车步行吧，远处已经看见了炊烟。风像刀子一样专找着领口、袖口往里钻。山上除了残雪，就是在风中抖动的如钢丝一样的枯草茎。

转过一个山坳，出现一道山梁，上面散摆着一些院落。村口的第一个院子就是学校，传出了孩子们清脆的念书声。我们刚踏进院子，一个中年妇女在窗玻璃上一闪，急忙迎了出来。她就是炕头小学的女教师贾淑珍。炕头上分三排盘腿坐着十三个孩子。一个个瞪着天真的眼睛，看着我们这些山外来客。炕下放着一溜小棉鞋。炕对面的椅子上靠着一块小黑板，上面写着汉语拼音。贾老师迎进我们说：“天这么冷，你们好辛苦，快炕上坐。”一边让孩子们往炕里挤一挤。山里的冷天，家里最暖和的地方就是炕头，如同宾馆会客室里的正席沙发，是专让贵客的。我们不愿打扰这间小窑洞里的教学秩序，不肯上炕，她便对炕角的一个女孩（班长）说：“把课文再抄一遍，抄完做二十页的练习题。”就让我们到她的窑洞里。这是在学校下面的又一座院子，五孔窑洞，和普通农家没有什么两样。

我盘腿坐在炕头上。双腿感到热乎乎的，身上的寒气渐渐被逼散。挨着炕沿是一口农村常见的二尺大锅，好像我们不是来采访的，而是来走亲戚。贾淑珍揭开锅盖，急慌慌地舀水、抱柴，要做客饭。一边又心疼我们穿得太少，不知山里冷。同来的几个年轻人不会盘腿，她也还是推着人家上炕。县里的同志劝她，还是抓紧时间说会儿话，北京的记者来一趟不容易。她却坚持，不做饭也要喝点水。我在一旁静静地观察着她，微胖的身子，忠厚的脸膛，执着的热情，再加上身下这盘热烘烘的土炕，一种似曾相识的意境回到我的身旁。我像在梦里，又回到了童年时的小山村。我忘不了，那时家里一来了客人就先说吃饭，以致后来进了城，不理解怎么来了客人只说抽烟。

久违了，这淳朴的乡情。久违了，这盘热烘烘的土炕。

贾淑珍终于被劝着放下柴火，坐到炕沿上，开始叙说她这段平凡的往事。

“那是一九六一年，我十七岁，刚从初中毕业，和张亮结了婚，来到这个村。全村不到二十户，没有学校。八九个娃娃，不是在村里爬树，就是在地里害庄稼。我给支书说，我念书不多，总还能看住个娃娃吧，比他们在村里撒野强。当时队里没有窑，我刚结婚，还没孩子，就把学校办到了我的洞房里。”

“你爱人会同意吗？”

“他心好，说反正他白天劳动也不在家，炕上还坐不下十来个娃？就这样，娃娃们从各家有的拿来拉风箱的小板凳，有的拿来妈妈的梳头匣，抱在怀里，算是课桌。我把家里的一块杀猪案板洗了洗，刷上炕洞烟末当黑板，又把山上的白土碾成面，和上山药蛋粉，搓成条，就是粉笔。没有书，就回到娘家村里借，人家村子大，四十户，有个小学。”

贾淑珍坐在炕边，像叙家常一样，追忆着往事。话里并没有多么崇高的理想，也没有多么宏伟的计划，更没有什么壮烈的举动。一切都顺乎自然，村里的娃娃没人管，自己就当看娃的；办起学校无教室，野惯了的孩子，撕了窗户，扯了炕席。地下，雨天、雪天两脚泥；冬天烧炕，还要出去打柴、搂草烧炕。同一盘炕上四个年级，有的上算术，有的上语文，有的爱打爱闹，有的胆小不敢说话。她都靠自己无私的心，靠慈母式的情，把这批野孩子带大一茬又一茬。从一九六二年开始办学，到现在已经二十五年了。只在那花烛洞房中的土炕上，就送走了十二茬学生。到一九七四年他们两口子盖了五间窑，又专门给学生留了两间。学生娃多了，一间窑已经放不下。直到一九八三年，村里富了，才专为学校盖了三孔窑。全村三十五岁以下的无不是她的学生。她教的第一批学生，他们的孩子又在她的炕头上毕业升到了初中。

土炕，我下意识地摸摸身下这盘热烘烘的土炕。这就是憨厚的北方农民一个生存的基本支撑点，是北方民族的摇篮。在这盘土炕上，人们睡觉、吃饭、纺线、织布。雨雪天男人们就坐在这里编筐、织席，晚间又常挤到谁家炕头上说古拉家常。这九尺炕头便是他们的生活舞台，世世代代他们就这样繁衍、生存、进步，而贾淑珍又在舞台上加进新的内容——教育。人呱呱坠地，来到这炕上，不该光吃、睡和为生存而干活，还应该有文化、有精神文明。这个普通的女教师，你给炕赋予了新的含义。

我突然想到：她自己的孩子怎么办呢？作为一个女人总要拉扯孩子，屎呀、尿呀，还不就是这一盘炕？

她说："现在的年轻人，生孩子产假就半年。我生这三个孩子都休息一周就上课。我那些孩子也怪，不怎么费人。课间十分钟，喂喂奶，换换尿布。不会爬时用枕头围在炕角，我们上我们的课。到会爬时，用绳子拴着，炕上地方不够啊。再大一点就放到地上，扶着炕沿走，看着炕上的娃们念书。再大一点，他也就盘腿坐在炕上了。所以我那些娃们都念书早，老二今年才二十岁，就要大学毕业了。"

"可是坐月子，总得有人来伺候，这里连人也转不开啊。"

贾淑珍脸上掠过一丝依稀的难以觉察的苦楚说："我六岁上就死了娘。张亮,在我认识他时,也早就无爹无妈了。我们是两个孤儿，没有什么亲人来伺候。"

我心里不觉一紧，难得这样的两个好人，两个苦命的人结合啊。他们很少得到父母的爱，却又最懂得这种爱。二十五年了，在这盘土炕上，他们连同自己的，共带大了四十二个孩子。可以想见，自己孩子嘤嘤的哭声和学生娃们琅琅的书声，是怎样组成这土炕上的交响乐的。孩子扶着炕沿，那双明亮的大眼睛是怎样好奇地瞪着炕上这么多哥哥姐姐，还有正在小黑板上写字的妈妈的。好一幅窑洞授课图！（那天下山后我向一位画家说起这次采访时，他直后悔当时没有跟我去，否则一定可以创作一幅好画。）

我问："张亮现在干什么？"

"他在十五里外的一个村里教书。"

"你为什么不和他调到一起？"

"我们这个村小，他回来吧，用不着两个。我去他那村吧，一走，学校也就停了。因为一九八三年以前，村里没有专门给学校盖窑。现在虽说有了窑，可谁想来呢？到乡里开一次会，回来就要爬两小时的坡。直到去年这个村才通了电。"

别人不愿来，她却舍不得走。事情总得有人干，是苦是亏，总得有人吃。自觉奉献，自觉牺牲，这就是她的人生哲学，平平静静，自自然然。

我问："张亮常回来吗？"

"也就是半个月开一次联校会议，见个面。有时星期日回来住一天。二月十一那天，他那个村里唱大戏，他回来问我去不去看戏。我们这个村小，自我嫁过来也没有请过剧团。我说去吧，可是一转念，这十几个娃娃怎么办？今年还有两个毕业生升学呢，缺不得课。算了，不看了，有甚好呢。"

我们就这样不紧不慢地拉着话。外面窗台上两只大芦花鸡正啄着窗玻璃。里面窗台上摆着一盆石榴，两盆月季，鸡要吃那绿叶子。阳光射到室内，在炕上投下一个明亮的大方块。屋子里比来时暖和多了。隔着光线，我端详了一下她的脸，已爬上不少皱纹。我计算她今年该是四十四岁，这正是一个女人的第二黄金年华。我过去采访过许多中年女科学家、女工程师，她们满腹学识正好配着那富态的身材，雍容的风度，春华虽过，却秋实满枝，生命正堪骄傲之时。至于这个年龄的演员，却还光彩犹存呢。可她至少像五十多岁。多年为人师表的严肃和山里生活的清苦，塑造了她这种谦虚、诚实、任劳任怨和略显憔悴的身影、风度。我心里只是莫名地为她惋惜和不平，但说出口的却是这么一句：

"山里生活这么多年，身子骨还好吧？"

"好甚哩。这眼睛都认不出人了，五百度的近视。人家小胡来过几次了，刚才一见，怎么也想不起。不知道的，还以为眼高哩。"说着，她揉揉眼眶，眼睛已经湿润了，忙又解释一句，"这眼不好，动不动就流泪。"

我想起刚才她说，村里直到去年才通电。二十五年，一豆油灯，一本一本地批改作业，哪有眼睛不坏的。

我说："近视，就该早点配副眼镜啊。"

"有哩，就是戴不出去。人家见了会说，看！当劳模了，神的，酸的，还戴个镜子。"

我们不禁"轰"的一声笑了。我说："怕什么？刚才在山下还看见一个赶驴车的农民戴着眼镜哩。再说，只近视也不该流泪啊。我就是五百度，你看，摘了镜子不是好好的？你怕是还有什么病呢。"

"是哩。六年前检查说是肝炎。进城打了个方，回来连吃了四十服，就再没去看。离不得，一进城少说也得七天，谁代课呢？山里人，身子能扛呢。"

贾老师这话教我大吃一惊，近年来不少中年人都死于肝病，大都是累死的。我忙问："右肋下疼吗？"

"疼，有时像针扎。"

"背困吗？"

"累了，后背沟、腰就困。腿软，回联校开一次会，发愁得走不回来。"

"不是吓唬你，贾老师，你身上肯定有病呢。为了能够多教几茬学生，你也得看啊。"我想到可怕的后果，没有敢说出口。她还是那句话，没人代课。我抬头看看墙上的奖状和镜框里的大照片。她近七八年来，年年被评为地、省以上的劳模，到北京、省城开过会，领过奖。可怎么就没有顺便看看病呢？大凡这种人已经形成一个模式，只知工作，不顾身子，明知有病，不去想它。

我看看表，已近中午，想找她最早的几个学生谈谈。她说："最大的一茬学生才小我四岁，有的在县里、乡里都当干部了。有的当了老师，村里还有几个，这几天送粪哩，山道远，一时半会儿回不来。"

我想到山后面雪地里司机该等急了，便要起身告辞。她还是坚持要我们吃了午饭，我们赶紧逃了出来。

街上，一群妇女正在向阳处纳鞋底。我走过去问一个十七八岁的姑娘："贾老师教过你吗？"

"教过。呶，他也是贾老师的学生哩。"姑娘顺手指了指一个过路的小伙子。

妇女们七嘴八舌地说："贾老师可是好人哩！"

贾淑珍说："乡亲们好，就是去野地里拾点地皮菜、黑山药，回来也要给我送一碗。"

我们返回学校的窑洞前，邀她一起和孩子们照张相。她高兴地进屋唤孩子。小家伙们出溜出溜地奔下炕，赤着小脚片找自己的鞋。她却理理这个的头发，拉拉那个的领子，还为一个最小的孩子擤了一把鼻涕，笑着说：“看这样子，还照相哩。”

我再一次在旁偷偷地、静静地观察她。这哪里是一名教师，完全是个慈母，一个山里的母亲，她有四十二个孩子。

告别时，我还是提醒她要看病，又留了一张名片，说到城里有什么困难，我可以帮忙。她却一直念叨着，来了一趟，饭也没吃一口，又说风大，你们衣裳单，别着凉。快转过山坳时，我回身看了一眼，她还在风里向我们挥手。村民们的话又响在我耳旁：“贾老师，好人哩。”这样的好人真不多啊，像一棵灵芝草，静静地藏在深山里。这个二十户的小村托了她的福啊！几十年来，有了一个她，全村就没有一个文盲，还出了两个大学生、两个中专生。都说教师是蜡烛，她就是这样默默地燃着自己，在这无人知晓的山里，在那盘农家最普通的土炕上。

三十年的草原四十年的歌

内蒙古歌手在民族宫大剧院演出了一场“蒙古族长调歌曲演唱会”，主题是保护草原，遏制沙化。大幕未启，节目单发下来，上面赫然印着一位老歌手的名字：哈扎布。我心中猛然一惊，真的他还在世！

我没有见过哈扎布，也没有听过他的歌。记住这个名字是因为叶圣陶的一首诗《听蒙古族歌手哈扎布歌唱》。一九六八年我大学毕业被分配到内蒙古工作，一到当地先搜集资料，有一本名人游内蒙古的诗文集，其中有叶老这首诗。开头两句就印象极深，至今仍能背出。

他的歌韵味醇厚，像新茶，像陈酒。
他的歌节奏自然，像松风，像溪流。

我读这诗已是三十多年前，这三十多年间再未听说过哈扎布的名字，更没有想到今天还能听到他的歌。

因为是呼唤保护环境，恢复生态，晚会的气氛略有点压抑。老歌手是最后出台的，主持人介绍说他今年整八十岁。他着一件红底暗花蒙古袍，腰束宽带，满脸沧桑，一身凝重。年轻歌手们一字排开拱列两旁。他唱的歌名叫《苍老的大雁》，嗓音略带暗哑，是典型的蒙古族长调。闭上眼睛，一种天老地荒、苍苍茫茫的情绪袭上我心。过去内蒙古闻名海内外，是因它美丽的草原，美丽的歌声。我三十年前在那里当记者，曾在草原上驰过马，躺在草窝里仰望蓝天白云，静听那远处飘来的，不是为了演唱而唱的歌。当时一些传唱全国的著名歌词现在还能记得，“鞭儿击碎了晨雾，羊儿低吻着草香”。那时无论如何也不会想到，这种美丽几十年后就要消失。近几年沙尘暴频起草原，直捣北京。去年，北京一家大报曾发表了一整版今昔对比的照片，并配通栏大标题：《昔日风吹草低见牛羊，今天老鼠跑过见脊梁》。今晚，我闭目听歌，不觉泪涌眼眶。新茶陈酒味不再，松涛无声水不流。当年叶老因歌而起的意境已不复存在，剧场一片清寂。我仿佛看见一只苍老的大雁，在蓝天下黄沙上一圈圈地盘旋，在追忆着什么，寻找着什么。坐在我身后的是一位至今仍在草原上当记者的同志，他悄悄地说了一句：“心里堵得慌。”

晚会后回到家里深夜难眠，我起身找到三十多年前的笔记本，叶老的诗还赫然其上。

他的歌韵味醇厚，
像新茶，像陈酒。
他的歌节奏自然，
像松风，像溪流。
每个字都落在人心坎上，

叫人默默颌首。
高一点低一点就不成，
快一点慢一点也不就，
唯有他那样恰好刚够，
才叫人心醉神怡，尽情享受。
语言不通又有什么关系，
但听歌声就能知情会意。
无边的草原在歌声中涌现，
草嫩花鲜，仿佛嗅到芳春气息，
静静的牧群这儿是，那儿也是，
共进美餐，昂头舔舌心欢喜。
跨马的健儿在歌声中飞跑，
独坐的姑娘在歌声中支颐，
健儿姑娘虽然远别离，
你心我心情如一，
海枯石烂毋相忘，
誓愿在天鸟比翼，在地枝连理。
这些个永远新鲜的歌啊，
真够你回肠荡气。
他的歌韵味醇厚，
像新茶，像陈酒。
他的歌节奏自然，
像松风，像溪流。
莫说绕梁，简直绕心头。

更何有我，我让歌占有。

弦停歌歇绒幕垂，

竟没想到为他拍手。

当年叶老虽听不懂蒙语，但他真切地听到了其中的草嫩花鲜、静静的牧群，还有回肠荡气的爱情。我查了一下叶老写诗的日期：一九六一年九月，距今正好四十年。我抄这诗也过了三十年。三十年、四十年来，当我们惊喜地看着城市里的水泥森林疯长时，却没想到草原正在被剥去绿色的衣裳，无冬无夏，羞辱地裸露在寒风与烈日中。

没有绿色哪有生命？没有生命哪有爱情？没有爱情哪有歌声？若叶老在世，再听一遍哈扎布的歌，又会为我们写一首怎样深沉的诗？归来吧，我心中的草原，还有叶老心中的那一首歌。

第二辑

追寻那遥远的美丽

晋　　祠

出太原西南行五十里，有一座山名悬瓮。山上原有巨石，如瓮倒悬。山脚有泉水涌出，就是有名的晋水。在这山下水旁，参天古木中林立着百余座殿、堂、楼、阁，亭、台、桥、榭。绿水碧波绕回廊而鸣奏，红墙黄瓦随树影而闪烁，悠久的历史文物与优美的自然风景浑然一体，这就是三晋名胜晋祠。

西周时，年幼的成王姬诵即位，一日与其弟姬虞在院中玩耍，随手拾起一片落地的桐叶，剪成玉圭形，说："把这个圭给你，封你为唐国诸侯。"天子无戏言，于是其弟长大后便来到当时的唐国，即现在的山西做了诸侯。《史记》称此为"剪桐封弟"。姬虞后来兴修水利，唐国人民安居乐业。后其子继位，因境内有晋水，便改唐国为晋国。人们缅怀姬虞的功绩，便在这悬瓮山下修一所祠堂来祀奉他，后人称为晋祠。

晋祠之美，在山美、树美、水美。

这里的山，巍巍的如一道屏障，长长的又如伸开的两臂，将这处秀丽的古迹拥在怀中。春日黄花满山，径幽而香远；秋来草木郁郁，天高而水清。无论何时拾级登山，探古洞，访亭阁，都情悦神爽。

古祠设在这绵绵的苍山中，恰如淑女半遮琵琶，娇羞迷人。

这里的树，以古老苍劲见长。有两棵老树，一曰周柏，一曰唐槐。那周柏，树干劲直，树皮皴裂，冠顶挑着几根青青的疏枝，偃卧于石阶旁，宛如老者说古；那唐槐，腰粗三围，苍枝屈虬，老干上却发出一簇簇柔条，绿叶如盖，微风拂动，一派鹤发童颜的仙人风度。其余水边殿外的松、柏、槐、柳，无不显出沧桑几经的风骨，人游其间，总有一种缅古思昔的肃然之情。也有造型奇特的，如圣母殿前的左扭柏，拔地而起，直冲云霄，它的树皮却一齐向左边拧去，一圈一圈，纹丝不乱，像地下旋起了一股烟，又似天上垂下了一根绳。其余有的偃如老妪负水，有的挺如壮士托天，不一而足。祠在古木的荫护下，显得分外幽静、典雅。

这里的水，多、清、静、柔。在园内信步，那里一泓深潭，这里一条小渠。桥下有河，亭中有井，路边有溪，石间有细流脉脉，如线如缕；林中有碧波闪闪，如锦如缎。这么多的水，又不知是从哪里冒出的，叮叮咚咚，只闻佩环齐鸣，却找不到一处泉眼，原来不是藏在殿下，就是隐于亭后。更可爱的是水清得让人叫绝。无论多深的渠、潭、井，只要光线好，游鱼、碎石，历历可见。而水势又不大，清清的波，将长长的草蔓拉成一缕缕的丝，铺在河底，挂在岸边，合着那些金鱼、青苔、玉栏倒影，织成了一条条的大飘带，穿亭绕榭，冉冉不绝。当年李白至此，曾赞叹道："晋祠流水如碧玉，百尺清潭泻翠娥。"你沿着水去赏那亭台楼阁，时常会发出这样的自问：怕这几百间建筑都是在水上漂着的吧！

然而，最美的还是祖先留给我们的文化遗产。这里保存着我国古建筑的"三绝"。

一是圣母殿。这是全祠的主殿，是为虞侯的母亲邑姜所修的。建于宋天圣年间，重修于宋崇宁元年（一一〇二年），距今已有八百八十年[①]。殿外有一周围廊，是我国古建筑中现在能找到的最早实例。殿内宽七间、深六间，极宽敞，却无一根柱子，原来屋架全靠墙外回廊上的木柱支撑。廊柱略向内倾，四角高挑，形成飞檐。屋顶黄绿琉璃瓦相扣，远看飞阁流丹，气势雄伟。殿堂内宋代泥塑的圣母及四十二尊侍女，是我国现存宋塑中的珍品。她们或梳妆、洒扫，或奏乐、歌舞，形态各异，人物形体丰满俊俏，面貌清秀圆润，眼神专注，衣纹流畅，匠心之巧，绝非一般。

二是殿前柱上的木雕盘龙。这是我国现存最早的盘龙殿柱。雕于宋元祐二年（一〇八七年）。八条龙各抱定一根大柱，怒目利爪，周身风从云生，一派生气。距今虽近千年，仍鳞片层层，须髯根根，不能不叫人叹服木质之好与工艺之精。

三是殿前的鱼沼飞梁。这是一个方形的荷花鱼沼，却在沼上架了一个十字形的飞梁，下由三十四根八角形的石柱支撑，桥面东西宽阔，南北翼如。桥边栏杆、望柱都形制奇特，人行桥上，随意左右，如泛舟水面，再加上鱼跃清波，荷红映日，真乐而忘归。这种突破一字桥形的十字飞梁，在我国现存的古建筑中是仅有的一例。

以圣母殿为主的建筑群还包括献殿、牌坊、钟鼓楼、金人台、水镜台等，都造型古朴优美，用工精巧。全祠除这组建筑之外，还有朝阳洞、三台阁、关帝庙、文昌宫、胜瀛楼、景清门等，都依山傍水，因势砌屋，或架于碧波之上，或藏于浓荫之中，糅造化与人工于一体。就是园中的许多小品，也极具匠心。比如这假山上本有

① 此文创作于一九八二年，距宋崇宁元年（一一〇二年）为八百八十年。

一挂细泉垂下，而山下却立了一个汉白玉的石雕小和尚，光光的脑门，笑眯眯的眼神，双手齐肩，托着一个石碗，那水正注在碗中，又溅到脚下的潭里，却总不能满碗。和尚就这样，一天一天，傻呵呵地站着。还有清清的小溪旁，突然跑来一只石雕大虎，两只前爪抓着水边的石块，引颈探腰，嘴唇刚好埋入水面，那气势好像要一吸百川。你顺着山脚，傍着水滨去寻吧。真让你访不胜访，虽几游而不能尽兴。历代文人墨客都看中了这个好地方，至今山径石壁、廊前石碑上，还留着不少名人题咏。有些词工句丽，书法精湛，更为湖光山色平添了许多风韵。

这晋祠从周唐叔虞到任立国后自然又演过许多典故。当年李世民就从这里起兵反隋，得了天下。宋太宗赵光义，曾于太平兴国四年（九七九年）在这里消灭了北汉政权，从而结束了中国历史上五代十国的分裂局面。一九五九年陈毅同志游晋祠时兴叹道：“周柏唐槐宋献殿，金元明清题咏遍。世民立碑颂统一，光义于此灭北汉。”

晋祠就是这样，以她优美的身躯来护着这些珍贵的历史文化。她，真不愧为我国锦绣河山中一颗璀璨的明珠。

壶口瀑布

壶口在晋、陕两省的边境上，我曾两次到过那里。

第一次是雨季，临出发时有人告诫："这个时节看壶口最危险，千万不要到河滩里去，赶巧上游下雨，一个洪峰下来，根本来不及上岸。"果然，车还在半山腰就听见涛声隐隐如雷，河谷里雾气弥漫，我们大着胆子下到滩里，那河就像一锅正沸着的水。壶口瀑布不是从高处落下让人们仰视垂空的水幕，而是由平地向更低的沟里跌去，人们只能俯视被急吸去的水流。其时正是雨季，那沟已被灌得浪沫横溢，但上面的水还是一股劲地冲进去，冲进去……我在雾中想寻找想象中的飞瀑，但水浸沟岸，雾罩乱石，除了扑面而来的水汽，震耳欲聋的涛声，什么也看不见，什么也听不见，只有一个可怕的警觉：仿佛突然就要出现一个洪峰将我们吞没。于是，急慌慌地扫了几眼，我便匆匆逃离，到了岸上回望那团白烟，心还在不住地跳……

第二次我专选了个枯水季节。春寒刚过，山还未青，谷底显得异常开阔。我们从从容容地下到沟底，这时的黄河像是一张极大的石床，上面铺了一层软软的细沙，踏上去坚实而又松软。我一直走到河心，原来河心还有一条河，是突然凹下去的一条深沟，当地人叫“龙槽”，槽头入水处深不可测，这便是“壶口”。我倚在一块大石头上向上游看去，这龙槽顶着宽宽的河面，正好形成一个“丁”字。河水从五百米宽的河道上排排涌来，其势如千军万马，互相挤着、撞着，推推搡搡，前呼后拥，撞向石壁，排排黄浪霎时碎成堆堆白雪。山是青冷的灰，天是寂寂的蓝，宇宙间仿佛只有这水的存在。当河水正这般畅快地驰骋着时，突然脚下出现一条四十多米宽的深沟，它们还来不及想一下，便一齐跌了进去，更涌、更挤、更急。沟底飞转着一个个旋涡，当地人说，曾有一头黑猪掉进去，再漂上来时，浑身的毛竟被拔得一根不剩。我听了不觉打了一个寒噤。

黄河在这里由宽而窄，由高到低，只见那平坦如席的大水像是被一个无形的大洞吸着，顿然拢成一束，向龙槽里隆隆冲去。先跌在石上，翻个身再跌下去，三跌、四跌，一川大水硬是这样被跌得粉碎，碎成点，碎成雾。从沟底升起一道彩虹，横跨龙槽，穿过雾霭，消失在远山青色的背景中。当然这么窄的壶口一时容不下这么多的水，于是洪流便向两边涌去，沿着龙槽的边沿轰然而下，平平的，大大的，浑厚庄重如一卷飞毯从空抖落。不，简直如一卷钢板出轧，的确有那种凝重，那种猛烈。尽管这样，壶口还是不能尽收这一川黄浪，于是又有一些各自夺路而走的，乘隙而进的，折返迂回的，它们在龙槽两边的滩壁上散开来，或钻石觅缝，汩汩如泉；或淌过石板，潺潺成溪；或被夹在石间，哀哀打漩。还有那顺壁挂下的，亮晶晶的如丝如缕……而这一切都隐在湿漉漉的水雾中，罩在七色彩虹中，像一曲交响乐，一幅写意画。我突然陷入沉思，眼前这个小小的壶口，怎么一下子集纳了海、河、瀑、泉、雾，所有水的形态？兼容了喜、怒、哀、怨、愁，人的各种感情？造物者难道是要在这壶口中浓缩一个世界吗？

看罢水，我再细细观察脚下的石。这些如钢似铁的顽物竟被水凿得窟窟窍窍，如蜂窝杂陈，更有一些地方被旋出一个个光溜溜的大坑，而整个龙槽就是这样被水齐齐地切下去，切出一道深沟。人常以柔情比水，但至柔至软的水一旦被压迫竟会这样怒不可遏。原来这柔和之中只有宽厚绝无软弱，当她忍耐到一定程度时就会以力相较，奋力抗争。据《徐霞客游记》所载，当年壶口的位置还在这下游一千五百米处。你看日夜不止，这柔和的水硬将铁硬的石寸寸地剁去。

黄河博大宽厚，柔中有刚；挟而不服，压而不弯；不平则呼，遇强则抗；死地必生，勇往直前。像一个人，经历了许多磨难便有了自己的个性，黄河被两岸的山、地下的石逼得忽上忽下，忽左忽右时，也就铸成了自己伟大的性格。这伟大只在冲过壶口的一刹那才闪现出来被我们看见。

古城平遥记

听说山西平遥将被定为历史文化名城，我特意去采访。

平遥，北魏时即设县治，名曰平陶，后避魏太武帝拓跋焘讳，改为平遥，至今已一千四百多年。其为文化古城，理由有三：一是至今还有一座保存完好的古代城墙；二是城内还有许多古香古色的店铺和一些古老的手工业工艺；三是近郊有一座艺术价值极高的古寺。二十世纪八十年代的今天，还有这么一个古代细胞，确属不易。先说那城，铁钉大门，锯形女墙，长长的护城河，一如我们从古画上看到的那样。县志载，周宣王时，大将尹吉甫北伐猃狁，在这里驻兵，首筑此城。待做了县治后，历代又不断增修，现存城池是明洪武三年（一三七〇年）扩建后留下的，城墙高三丈二，宽一丈五，周长约十二里，还基本完好。这是全国两千多个县中罕见的一例。城墙上共修有七十二个戍楼。我从那喧嚣的大都市走来，弃车登城，一下子就像回到了古代社会。戍楼上仿佛军旗猎猎，刁斗声声。极目城郊，平畴绿野，阡陌相连。俯视城内，高脊瓦房鳞次栉比，店铺纵横，摊贩沿街，似闻叫卖之声。闭锁性是封建社会的特点，你沿城墙而行，就会发现这城严实得像一个铁桶。过去一般县城只有四门，而这平遥城却有六门。这是因为，当年这里商业已很发达，南来北往的商人，进城出城的农民，终日络绎不绝，因此东西城墙又各增开一门。当地人说这城是一只乌龟。你看，南门是头，北门是尾，东西四门是四条腿。说来也巧，南门外又恰有一条叫柳根河的河擦城而过，从上往下看，这整座城确实像一个正在吸水的乌龟。奇怪的是，每座城门瓮城的内外门本应是垂直一线的，而唯东北一门却偏偏斜了。门外有条路，蜿蜒如蛇状。当地人说，路去十五里，近处有一寺，寺内有一塔，名麓台塔。那实则是一根木桩，龟的一条腿是系在这桩上的，所以这城门是斜的。不然这龟早就跑到河里去了。我们听着都笑了，倒也有点道理。

下得城墙，细游市井，更见古味。街极窄，仅容一马车，两旁一律为店铺。我随便走进一家布店，这里没有现代商店的玻璃柜台，全是红木柜面，已磨得油光。缘墙小格货架，室内光线稍欠亮些，却浮着一种异样的味道，正是“古香”。店铺外的每根椽头上，原本是一律雕有龙头的，“文化大革命”中大都作为“四旧”破除了，幸有少数还在，看那雕工是极精细的。县委的同志说，不久将全部修复。街上许多行业的店铺都以“古陶”命名，更见古色。这些房子中还有一种可看的，就是“票号”旧址。票号便是今日的银行。据说中国最早的票号是发源于平遥和邻近的太古县，平遥人过去在外经商的极多，赚了钱，要往家里送，很不安全，还要雇保镖，于是便生出这票号，专管兑取银钱。我看了一处叫“日升昌”的票号旧址。五进深院层层有门，俨然金库重地。如今是县里一处机关在此办公，不久将腾出来，好专供人考察游览。

平遥还有两样够得上古的名产：一是牛肉。我在孩童时便知这是极稀有的珍肴，曾偶得试尝，几十年来常常回味。据说其牛在杀前先灌饱花椒水，牛肉先用当地产的一种硝盐生腌七天，然后再煮，并不加任何作料。多少年来，人们用现代的手段分析，易地易法试制，终不得其味，因此至今还是一绝。另一种是漆器，其历史可追溯到唐代，现在还可找到明代的原作。它一律选上好的椴木制成，猪血砖灰抹缝，再涂以中国老漆，共四遍。每遍涂后都要用细砂纸蘸水，细细打磨，最后一遍，则要用手掌蘸麻油用力推磨，所以叫"平遥推光漆"，制成后平滑如镜，光可鉴人。更绝的是，这种家具不避水火，一壶开水浇上去不起皮，火红的烟头放上不留痕。据说，某次国外捞得一古代沉船，船上其他物件早已被海水浸泡得面目全非，唯有一个小炕桌，拭去泥沙，光彩照人。翻过桌底，却有"平遥"二字。漆器设计师薛生金同志十六岁拜师学艺，现在已是这种绝技的专家，也领我看了漆器厂的产品陈列室。这里有桌、柜、几、凳、屏，凡生活中各式家具应有尽有。妙的是，这些家具虽千姿百态，却总不脱一种统一的韵味——"古色"。比如这电视柜，本是现代有了电视机之后才为它设计的，但它色调深沉，腿脚处又微现出弧度，再饰以云纹，谁说不古？更奇的是描金彩绘，有花、草、鸟、兽和全套古典小说人物。这画用的是一种特别的入漆颜料。既有油画的明暗调子，又有国画的精确线条，别是一种艺术。平遥推光漆器已名扬海外，出口是不需检验的。

出城去，近郊还有宋、金、元、明、清古迹共七十六处，而以佛寺最多。我国历史上崇尚佛教的北魏政权曾在山西建都，留下了以云冈石窟为首的一大批佛教艺术。在平遥郊外也有一座名寺叫"双林"，建于北魏，重修于明，取释迦牟尼圆寂之地长满娑罗双树之意。寺内建筑倒也平平，却保存了大量极有艺术价值的悬塑、彩塑。整套的佛祖故事都用泥塑了出来，探出墙壁，悬在空中。所以有人说，连环画应是我国首创。被专家们评为艺术价值最高的是十八尊泥塑罗汉。这些佛国里的神，竟与地上的人是相通的。有一尊名哑罗汉，有口不能言，目眦裂，脸通红，一副急迫之状。其余的笑罗汉，面如春风；醉罗汉，两眼惺忪；病罗汉，形容枯槁。人创造了神，看来神还是脱不了人。宗教是内容，艺术是手段，那内容现在对多数人来讲，已晦涩难懂，而这手段自身倒让人探究无穷。这里中外游人日益增多，内有不少是专为艺术而来的。

晚上宿在县委招待所里，这招待所竟也是一件古董。当年大概是一家有钱人的深宅。正房一溜五孔大窑洞，窑上有楼。两侧厢也是五窑五房，成三合大院。东北角有雕栏玉阶曲折上下。上面大约原是小姐的绣楼。据说这样的古宅在城中还所存甚多。晚饭后我在院中散步，两旁中国式的高屋脊在苍茫暮色中庞然耸立，使我觉得正处在一座幽谷之中。这时明月东升，又将这一片古色罩上了一层朦胧。四周极静，远近隐隐传来三两声火车的鸣笛声，叫人知道这不是魏晋。

梁思成落户大同

当北京正在为拆掉梁思成、林徽因故居而弄得沸沸扬扬满城风雨时，山西大同却悄悄地落成一座梁思成纪念馆。这是我知道的国内第一座关于他的纪念馆，没有出现在他拼死保护的古都北京，也没有出现在他的祖籍广东，却坐落在塞外古城大同。我当时听到这件事不觉大奇，主持城建的耿彦波市长却静静地回答说："这有两个原因，一是二十世纪三十年代梁先生即来大同考察，为古城留下许多宝贵资料，这次古城重建全赖他当年的文字和图录；二是新中国成立初期梁先生提出将北京新旧城分开建设以保护古都的方案，惜未能实现。六十多年后，大同重建正是用的这个思路。"大同人厚道，古城重建工程还未完工，便先在东城墙下为先生安了一座住宅。开馆半年，参观者已过三万人。

梁思成是古建专家，但更不如说他是古城专家、古城墙专家。他后半生的命运是与古城、古城墙连在一起的。一九四九年初解放军攻城的炮声传到了清华园，他不为食忧，不为命忧，却为身边的这座古城北平担忧。一夜有两位神秘人物来访，是解放军派来的，手持一张北平城区图，诚意相求，请他将城内的文物古迹标出，以免为炮火所伤。从来改朝换代一把火啊，项羽烧阿房，黄巢烧长安，哪有未攻城先保城的呢？仁者之师啊，他激动得说不出话来，标图的手在颤抖。这是他一生最难忘的一幕。

中国有世界上最古老的房子，却没有留下怎么盖房的文字。一代一代，匠人们口手相传地盖着宏伟的宫殿和辉煌的庙宇，诗人们笔墨相续，歌颂着雕栏玉砌，却不知道祖先留下的这些宝贝是怎么样造就的。梁思成说：“独是建筑，数千年来，完全在技工匠师之手。其艺术表现大多数是不自觉的师承及演变之结果。这个同欧洲文艺复兴以前的建筑情形相似。这些无名匠师，虽在实物上为世界留下许多伟大奇迹，在理论上却未为自己或其创造留下解析或夸耀。”如何发扬光大我民族建筑技艺之特点，在以往都是无名匠师不自觉的贡献，今后却要成为近代建筑师的责任了。直到二十世纪二十年代末，国内发现了一本宋版的《营造法式》，但人们不懂它在说些什么。大学者梁启超隐约觉得这是一把开启古建之门的钥匙，便把它寄给在美国学建筑的儿子梁思成，希望他能向洪荒中开出一片新天地。梁思成像读天书、破密码一样，终于弄懂这是一本古代讲建筑结构和方法的图书。

纸上得来终觉浅，他从欧美留学回来便一头扎进实地考察之中。那时的中国兵荒马乱，梁带着他美丽的妻子林徽因和几个助手跑遍了河北、山西的古城和古庙。山西的北部为佛教西来传入中原时的驻足之地，庙宇建筑、雕塑壁画等保存丰富；又是北方游牧民族定居、建都之地，城建规模宏大。二十世纪三十年代，西方科学研究的“田野调查”之法刚刚引进，这里就成为中国第一代古建研究人的理想实验田。一九三三年九月六日，梁思成、林徽因一行来到大同，下午即开始调查测量华严寺，接着又对云冈、善化寺进行详细考察，十七日后又往附近的应县木塔、恒山悬空寺调查。再后来，梁、林又专门去了一次五台山，直到卢沟桥的炮声响起他们才撤回北平。因为有梁思成的到来，这些上千年的殿堂才首次有现代照相机、经纬仪等设备为其量身造影。在纪念馆里我们看到了梁思成满面风尘爬在大梁上的情景，也看到了秀发披肩、系着一条大工作围裙的林徽因正双手叉腰，专注地仰望着一尊有她三倍之高的彩塑大佛，这就是他们当时的工作。幸亏抢在日本人占领之前，这次测量留下了许多宝贵资料。以后许多文物即毁在侵略者的炮火下。抗战八年，他们到处流浪，丢钱丢物也不肯丢掉这批宝贵资料，终于在四川长江边一个叫李庄的小镇上完成了中国古建研究的重要成果，也成就了梁、林在中国建筑史上的地位。

现在纪念馆的墙上和橱窗里还有梁、林当年为大同所绘的古建图，严格的尺寸、详尽的数据、漂亮的线条，还有石窟中那许多婀娜灵动的飞天。真不知道当时在蛛网如织、蝙蝠横飞、积土盈寸的大殿里，在昏暗的油灯下，在简陋的旅舍里，他们是怎样完成这些开山之作的。这些资料不只是为大同留下了记录，也为研究中国建筑艺术提供了依据。

一九四九年新中国成立，饱受战乱之苦又饱览古建之学的梁思成极为兴奋。他想得很远，九月开国前夕，他即上书北平市长聂荣臻将军，说自己“对于整个北平建设及其对于今后数十百年影响之极度关心”“人民的首都在开始建设时必须‘慎始’”，要严格规划，不要“铸成难以矫正的错误”。他头脑里想得最多的是怎样保存北京这座古城。当时保护文物的概念已有，但是，把整座城完好保存，不破坏它的结构布局，不损失城墙、城楼、民居这些基本元素，这却是梁思成首次提出。他曾经设想为完整保留北京古城，在其西边再另辟新城以应首都的工作和生活之需；他又设想在城墙上开辟遗址公园，“城墙上面，平均宽度约十米，可以砌花池，栽植丁香、蔷薇一类的灌木，或铺些草地，种植草花，再安放些园椅。夏季黄昏，可供数十万人纳凉游息；秋高气爽的时节，登高远眺，俯视全城，西北苍苍的西山，东南无际的平原，居住于城市的人民可以这样接近大自然，胸襟壮阔；还有城楼角楼等可以辟为陈列馆、阅览室、茶点铺。这样一带环城的文娱圈、环城立体公园，是全世界独一无二的”。你看，他的论文和建议，也这样富有文采，可知其人是多么纯真浪漫，这就是民国一代学人的遗风。现在我们在纪念馆里还可以看到他当年手绘的城头公园效果图。但是他的这个思想太超前了，不但与新中国翻身后建设的狂热格格不入，就是当时比较发达、正亟待从战火中复苏的伦敦、莫斯科、华沙等都市也无法接受。其时世界各国都在忙于清理战争垃圾，重建新城。刚解放的北京竟清理出三十四万九千吨垃圾、六十一万吨大粪，人们恨不能将这座旧城一锹挖去，他的这些理想也就只能是停留在建议中和图纸上了。建国后的十多年间，北京今天拆一座城楼，明天拆一段城墙。每当他听到轰然倒塌的声响，或者锹镐拆墙的咔嚓声，他就痛苦得无处可逃。他说拆一座门楼是挖他的心，拆一层城墙是剥他的皮。诚如他在给聂荣臻的信里所言，他想的是“今后数十百年”的事啊。向来，知识分子的工作就不是处置现实，而是探寻规律，预示未来。他们是先知先觉，先人之忧，先国之忧，所以也就有了超出众人、超出时代的孤独，有了心忧天下而不为人识的悲伤。

一九六五年，他率中国建筑代表团赴巴黎出席世界建筑师大会，这时许多名城如伦敦、莫斯科、罗马在战后重建中都有了拆毁古迹的教训，法国也正在热烈争论巴黎古城的毁与存。会议期间法国终于通过了保护巴黎古城另建新区的方案，而这时比巴黎更古老的北京却开始大规模地拆毁城墙。消息传来，他当即病倒。回国途中他神志恍惚，如有所失，过莫斯科时在中国大使馆小住，他找到一本《矛盾论》，把自己关在房子里苦读数遍，在字里行间寻找着，希望能排解心中的矛盾。一年后，"文化大革命"爆发，北京开始修地铁，而地铁选线就正在古城墙之下，好像专门要矫枉过正，要惩罚保护，要给梁思成这些"城墙保皇派"一点颜色看，硬是推其墙、毁其城、刨其根，再入地百米，铺上铁轨，拉进机车，终日让隆隆的火车去震扰那千年的古城之根。这正合了"文化大革命"中最流行的一句革命口号，"打翻在地，再踏上一只脚"，算是挖了古城北京的祖坟。记得那几年我正在北京西郊读书，每次进出城都是在西直门城楼下的公交车站换车，总要不由得仰望一会儿那巍峨的城楼和翘动的飞檐。如果赶在黄昏时刻，那夕阳中的剪影，总叫你心中升起一阵莫名的感动。但到毕业那年，楼去墙毁，沟壑纵横，黄土漫天。而这时梁思成早已被赶出清华园，经过无数次的批斗，然后被塞进旧城一个胡同的阴暗小屋里，忍受着冬日的寒风和疾病的折磨，直到一九七二年去世。辛弃疾晚年怀才不遇，报国无门，他曾自嘲姓氏不好，"艰辛做就，悲辛滋味，总是辛酸、辛苦"。梁先生是熟悉宋词的，他晚年在这间房子里一定也联想到自己的姓氏，真是凄凉做就，悲凉滋味，凉得叫他彻心彻骨。这是他在这个生活、工作，并拼命为之保护的城市里的最后一个住所，就是这样一间旧房也还是租来的。我们伟大的建筑学家，研究了中国古往今来所有的房子，终身以他的智慧和生命来保护整座北京城，但是他一生从没有一间属于自己的房子。

今天我站在新落成的大同古城墙上，想起林徽因当年劝北京市领导人的一句话："你们现在可以拆毁古城，将来觉悟了也可以重修古城，但真城永去，留下的只不过是一件人造古董。"我们现在就正处在这种无奈和尴尬之中。但是重修总是比抛弃好，毕竟我们还没有忘记历史，在经历了痛苦的反思后又重续文明。现在的城市早已没有城墙，有城墙的城市是古代社会的缩影，城墙上的每一块砖都保留着那个时代的信息和文化基因。每一个有文化的民族都懂得爱护自己的古城犹如爱护自己身上的皮肤。我看过南京的明城墙，墙缝里长着百年老树，城砖上刻有当年制砖人的名字，而缘砖缝生长的小树根竟将这个我们不相识的古人拓印下来，他生命的信息融入了这棵绿树，就这样一直伴随着改朝换代的风雨走到我们的面前。我想当初如果听了梁先生的话，北京那四十公里长的古城墙，还有十多座巍峨的城楼，至今还会完好保存。我们爬上北京的城楼能从中读出多少感人的故事，听到多少历史的回声。现在我只能在大同城头发思古之幽情和表示对梁先生的敬意了。

我手抚城墙，城内的华严寺、善化寺近在咫尺，那不是假古董，而是真正的辽、宋古建文物，是《营造法式》书中的实物。寺内的佛像至今还保存完整，栩栩如生。他们见证了当年梁先生的考察，也见证了近年来这座古城的新生。抚着大同的城墙我又想起在日本参观过的奈良古城，梁思成是在日本出生的，其时他的父亲梁启超正流亡日本。日本人民也世代不会忘记他的大恩。"二战"后期盟国开始对日本本土进行大规模轰炸，有一百九十九座城市被毁，九成建筑物被夷为平地，这时梁先生以古建专家的身份挺身而出，劝阻美军轰炸机机下留情，终于保住了最具有日本文化特色的奈良古城。三十年后这座城市被联合国宣布为世界文化遗产，她保有了全日本十分之一的文物。梁思成是为全人类的文化而生的，他超越民族，超越时空。这样想来，他的纪念馆无论是在古都北京还是在塞外大同都是一样的，人们对他的爱、对他的纪念，也是超越地域、超越时空的。

我手抚这似古而新的城墙垛口，远眺古城内外，在心中吟哦着这样的句子：大同之城，世界大同。哲人之爱，无复西东。古城巍巍，朔风阵阵。先生安矣！在天之魂。

杏花村访酒

一般的可游之处，大约有两类。一是风景特殊的好，悦目赏心，怡人情怀；二是古迹名胜，可惊可叹，长人见识。当我去过我国著名的汾酒的产地山西杏花村后，真不知道该怎样来将它归类。

说是村，并名以“杏花”，其实现在这里只是一个普通的酒厂，历史上这里确曾杏林千亩，繁花如云的，但现在已荡然无存。可是凡来晋之人，无不尽力设法去游一次。这魅力，实在是因为它那骄傲的产品——汾酒。游人之意并不在山水之间，而在酒。

来参观的人，一般安排两个节目，一是喝酒，二是看酒。先品其味，再看它的由来。餐厅是蛮别致的。墙上挂着名人字画，最醒目的是郭沫若手书的那首“杏花村里酒如泉”诗。墙角有一个酒柜，内有两个坛子，分别装着“汾酒”和“竹叶青”。服务员按照一般酒馆的做法，打开柜盖，将酒灌入瓶，再由瓶斟入杯。当液面停止了波动，你看杯中的汾酒，纯净透明，就像刚才并没有注入什么。竹叶青呢，则呈一点淡淡的黄色，令人想起春天里新柳鹅黄，不觉间，一阵清香，已渐渐地，像一层看不见的薄雾漫过桌面，扑入你的胸怀，钻进你的衣袖。人们这时并不要靠眼鼻，而是全身无处不感觉到它的美了。主人举杯，我试酌一口，唇初沾而馨绵，口将咽又生甜，味柔和隽远。客人都笑了，脸上泛出甜甜的酒窝。但人们并没有大声赞美，只是微笑着颔首，仿佛怕喧声破坏了这酒的恬静。原来我国的名酒有四个香型，即浓、酱、清、复合。这汾酒是清香型的代表。不求那浓、那烈；只要这纯、这真。其他酒如艳丽少妇，浓妆重抹。这汾酒呢，则如窈窕淑女，淡梳轻妆。大约正是因为这纯，才使它成为名酒之祖。贵州的茅台，是清康熙年间，一个山西盐商传去的。陕西的西凤，是“山西客户迁入，始创西凤酒”。至今我国不少地方的酒名中，仍带有“汾”字，如“湘汾”“溪汾”“佳汾”，可见其渊源。

看酒的制作，是很有趣的。先将高粱等原料粉碎，拌上曲，压入一个个大瓮里，这瓮又要深埋入土中。这些原料及工艺看似很粗糙，甚至还有点不卫生之嫌。发酵之后，便放在一个大甑中蒸，一会儿便蒸馏出一股清澈的细泉，流入筒中，淙淙有声，这便是酒。酒泉接着汇入“酒海”。那是一个双层大厦的酒库，内放着一万三千多只半人高的大缸。酒在这里一直要静静地待上二至四年才能出厂，这叫“熟化”。这套工艺大约在酿酒之初就如此。每参观至此，客人们都会问，那粗瓷大瓮难道不可以换成水泥池或搪瓷罐吗？那丑陋的大甑不可以换成工业蒸馏塔吗？换是可以的，也确曾换过，但是那汾酒也便不是汾酒了。这些粗则粗点、丑亦够丑的瓮甑，已有一千四百多年的历史，其间有什么奥秘，人们一时还难得仔细。另外，更神秘者还有二。一是这地下的水，二是这杏花村上空的空气。这里经年制酒，空气中生出一种特别的微生物来，于汾酒的发酵特别有利。开始人们不知此道，有的老师傅退休后，身怀绝技，受聘他乡，但使出全身的解数，那酒终不姓“汾”。技艺可传，水与气难移。主人每向游人讲到此处，脸上总要漾出一种微笑，神秘、自豪、得意。这汾酒一九一五年获巴拿马万国博览会的金奖，一解放又被列为我国的八大名酒之一。以后其他名酒虽各有交替，它却稳坐“八大名酒 ”之交椅。

当你走完全部生产线，在包装车间里对着透明胶管中那一股股急喷出来的、晶莹的酒泉，看着它迅速注满了一个个透明的玻璃瓶时，你又一次惊异于这酒的纯了，纯得像山泉。这泉不知来自多么深的地层，经过了多少砂石、岩层的过滤，终于溢出地面，在杂花野树与茂林修竹的覆蔽下静静地流淌。这实在是它的魅力,它的奥秘。

喝过酒，也看过了酒，我们被让到招待所里小憩，这招待所也别致，是一座中国式的四合大院，取名曰“醉仙居”。院心有古井，有假山，山下有水，有草。草地上有一条泥塑的黄牛从山脚处转来，牛背上牧童横笛,牛后山石上有碑,题着杜牧那首“借问酒家何处有，牧童遥指杏花村”的名诗。环院，南北为客房，东侧为碑廊，记录着南北朝以来汾酒的历史。西侧为陈列室，室内也有许多关于汾酒的名人题赠。这时，虽主人已在房中泡好热茶，连声招呼客人休息，但大家却总在院中流连。不错，人们是为访酒而来，但要是这里没有这些酒外之物，那酒何处没有？人们之所以固执地要到杏花村来，实在是要来品味、依恋与凭吊一会儿这酒中所凝聚的民族文化，就像在八达岭的长城上远眺，在故宫大殿前的柱础旁沉思。

杏花村，实在是一个特殊的去处。来游的人，其意并不在山水，但也不全在酒。

榆林红石峡记

每个城市都有自己的名片，如巴黎之铁塔、北京之天安门、上海之黄浦江、长沙之橘子洲头。在榆林则是红石峡。峡在城北三里。正大漠北来，浩浩乎平沙无垠，忽巨峡断野，黄绿两分，奇景突现。

峡之奇有三。一是沙中见河，曰榆溪河。此大漠之地，人常以为黄沙漫漫，旱象连连。殊不见，却有一河无首无尾涌出沙中，绿波映天，穿峡而过。二是山色全红。大漠有峡已自为奇，而石又赤红，每当晨曦晚照之时，两岸峭壁危岩，就如团团火焰，接地映天。三是峡中遍布石刻。刀凿斧痕，题刻满山。这是它的迷人之处。

自秦汉以来，榆林即为北疆要塞，红石峡天险其北，镇北台雄视其上，历代征战以此为烈。古诗云：“屯兵红石峡，斩将黑山城。血染芹河赤，氛收榆塞清。”想当年，鼙鼓震天，马嘶镝鸣。将军战罢归来，弹剑呼酒，分麾下炙，长烟落日，悲笳声声。于是便削石为纸，振河为墨，铁钩银划，直抒胸臆。个中人物，最知名者有二。一是清代名臣左宗棠。清朝后期，列强瓜分中国，英、俄染指西北，左于同治五年（一八六六年）受命陕甘总督。其时，朝中正起“海防”“塞防”之争。投降派谓塞外不毛之地，不值得经营，更欲放弃新疆，任其存亡。左力排谬说，以陕督之职筹粮备饷，又领钦差之命，提兵西进，一举收复新疆，固我中华万世之基业。其用兵之时更植树千里左公柳，春风直度玉门关。他的老部下刘厚基时任榆绥总兵，就向他为红石峡求字。他即大书“榆溪胜地”。左宗棠在陕甘经营十多年，雄图大略，边情难舍。这四字虽赞榆溪，却更赞西北。观其书法，用笔沉着，结字险劲，雄踞壁上，隐隐股肱之臣，浩浩大将之风。还有一位，是抗日名将马占山。马曾任东北边防军师长，黑河警备司令。一九三一年率部在黑龙江打响抗日第一枪，后受排挤，移驻西北，一腔热血，报国无门。他一九四一年来游此地，眼见祖国河山破碎，愤而连刻两石“还我河山”。其字笔捺沉重，深陷石中，说不尽的臣子恨、亡国痛。石峡中这类慷慨激昂文字还有许多，如“巩固山河”“威震九边”“力挽狂澜”等，皆横竖如枪戟，点撇响惊雷。今日读来仍虎震幽谷，风卷残云。

中国之大，何处无峡；峡多刻石，何处无字？然红石峡正当中原大漠之分，蒙汉农牧之界。北望牛羊轻牧而白云落地，南眺稻粱初熟又绿浪接天。天老地荒，沉沉一线，地分绥陕，史接秦汉。呜呼，收南北而熔古今，唯此一峡。其全长三百米，南北走向，东西两岸，一川文字，满河经典。除述边关豪情，还有写风光之秀，如“蓬莱仙岛”“塞北江南”；写地势之险，如“天限南北”“雄吞边际”；有感念地方官吏的治民之德，如“功在名山”“恩衍宗嗣”；有表达民族团结之情，如“中外一统”“蒙汉一家”；等等，各种汉、满文字题刻凡二百余幅。好一部刻在石壁上的地方志，一枚盖在大漠上的中国印。正是：

赤壁青史，铁铸文章。大漠之魂，中华脊梁。

冬日香山

要不是有公务，谁会在这天寒地冻的时节来香山呢？可话又说回来，要不是恰在这时来，香山性格的那一面，我又哪能知道呢？

开三天会，就住在公园内的别墅里。偌大个公园为我们独享，也是一种满足。早晨一爬起来我便去逛山。这里，我春天时来过，是花的世界；夏天时来过，是浓荫的世界；秋天时来过，是红叶的世界。而这三季都游客满山，说到底是人的世界。形形色色的服装，南腔北调的话音，随处抛撒的果皮、罐头盒，手提录音机里的迪斯科音乐，这一切将山路林间都塞满了。现在可好，无花、无叶、无红、无绿，更没有人，好一座空落落的香山，好一个清净的世界。

过去来时，路边是夹道的丁香，厚绿的圆形叶片，白的或紫色的小花。现在只剩下灰褐色的劲枝，头挑着些已弹去种子的空壳。

过去来时，林间树下是厚厚的绿草，茸茸地由山脚铺到山顶；现在它们或枯萎在石缝间，或被风扫卷着聚缠在树根下。

过去来时，山坡上是些层层叠叠的灌木，扑闪着已经霜红的叶片，如一团团的火苗，在秋风中翻腾；现在远望灰蒙蒙的一片，其身其形和石和土几乎融在一起，很难觅到它的音容。如果说秋是水落石出，冬则是草木去而山石显了。在山下一望山顶的鬼见愁，黑森森的石崖、蜿蜒的石路，历历在目。连路边的巨石也都像是突然奔来眼前，过去从未相见似的。可以想见，当秋气初收、冬雪欲降之时，这山感到三季的重负将去，便迎着寒风将阔肩一抖，抖掉那些攀附在身的柔枝软叶，又将山门一闭，推出那些没完没了的闲客。然后正襟危坐，巍巍然俯视大千，静静地享受安宁。我现在就正步入这个虚静世界。苏轼在夜深人静时去游承天寺，感觉到寺之明静如处积水之中，我今于冬日游香山，神清气朗如在真空。

与春夏相比，这山上不变的是松柏。一出别墅的后门就有十几株两抱之粗的苍松直通天穹。树干粗粗壮壮，溜光挺直，直到树梢尽头才伸出几根遒劲的枝，枝上挂着束束松针，该怎样绿还是怎样绿。树皮在寒风中呈紫红色,像壮汉的脸。这时太阳从东方冉冉升起，走到松枝间却寂然不动了。我徘徊于树下又斜倚在石上，看着这红日绿松，心中澄静安闲如在涅槃，觉得胸若虚谷，头悬明镜，人山一体。此时我只感到山的巍峨与松的伟岸，冬日香山就只剩下这两样了。苍松之外，还有一些幼松，栽在路旁，冒出油绿的针叶，好像全然不知外面的季节。与松做伴的还有柏树与翠竹。柏树或矗立路旁，或伸出于石岩，森森然，与松呼应。翠竹则在房檐下山脚旁，挺着秀气的枝，伸出绿绿的叶，远远地做一些铺垫。你看它们身下那些形容猥琐的衰草败枝，你看它们头上的红日蓝天，你看那被山风打扫得干干净净的石板路，你就会明白松树的骄傲。它不因风寒而筒袖缩脖，不因人少而自卑自惭。我奇怪人们的好奇心那么强，可怎么没有想到在秋敛冬凝之后再来香山看看松柏的形象。

当我登上山顶时回望远处，烟霭茫茫，亭台隐隐，脚下山石奔突，松柏连理，无花无草，一色灰褐，好一幅天然焦墨山水图。焦墨笔法者舍色而用墨，不要掩饰只留本质。你看这山，她借着季节相助舍掉了丁香的香味、芳草的倩影、枫树的火红，还有游客的捧场。只留下这常青的松柏来做自己的山魂。山路寂寂，阒然无人。我边走边想，比较着几次来香山的收获。春天来时我看她的妩媚，夏天来时我看她的丰腴，秋天来时我看她的绰约，冬天来时却有幸窥见她的骨气。她在回顾与思考之后，毅然收起了那些过眼繁花，只留下这铮铮硬骨与浩然正气。靠着这骨这气，她会争得来年更好的花，更好的叶，和永远的香气。

香山，这个神清气朗的冬日。

草原八月末

朋友们总说，草原上最好的季节是七八月。一望无际的碧草如毡如毯，上面盛开着数不清的五彩缤纷的花朵，如繁星在天，如落英在水，风过时草浪轻翻，花光闪烁，那景色是何等的迷人。但是不巧，我总赶不上这个季节，今年上草原时，又是八月之末了。

在城里办完事，主人说："怕这时坝上已经转冷，没有多少看头了。"我想总不能枉来一次，还是驱车上了草原。车子从围场县出发，翻过山，穿过茫茫林海，过一界河，便从河北进入内蒙古境内。刚才在山下沟谷中所感受的峰回路转和在林海里感觉到的绿浪滔天，一下都被甩到另一个世界上，天地顿然开阔得好像连自己的五脏六腑也不复存在。两边也有山，但都变成缓缓的土坡，随着地形的起伏，草场一会儿是一个浅碗，一会儿是一个大盘。草色已经转黄了，在阳光下泛着金光。由于地形的变换和车子的移动，那金色的光带在草面上掠来飘去，像水面闪闪的亮波，又像一匹大绸缎上的反光。草并不深，刚可没脚脖子，但难得的平整，就如一只无形的大手用推剪剪过一般。这时除了将它比作一块大地毯，我再也找不到准确的说法了。但这地毯实在太大，除了天，就剩下一个它；

除了天的蓝，就是它的绿；除了天上的云朵，就剩下这地毯上的牛羊。这时我们平常看惯了的房屋街道、车马行人还有山水阡陌，已都成前世的依稀记忆。看着这无垠的草原和无穷的蓝天，你突然会感到自己身体的四壁已豁然散开，所有的烦恼连同所有的雄心、理想都一下子逸散得无影无踪。你已经被融化在这透明的天地间。

车子在缓缓地滑行，除了车轮与草的摩擦声，便什么也听不到了。我们像闯入了一个外星世界，这里只有颜色没有声音。草一丝不动，因此你也无法联想到风的运动。停车下地，我又疑似回到了中世纪。这是桃花源吗？该有武陵人的问答声；是蓬莱岛吗？该有浪涛的拍岸声。放眼尽量地望，细细地寻，不见一个人，于是那牛羊群也不像是人世之物了。我努力想用眼睛找出一点声音。牛羊在缓缓地移动，它不时抬起头看我们几眼，或甩一下尾，像是无声电影里的物，玻璃缸里的鱼，或阳光下的影。仿佛连空气也没有了，周围的世界竟是这样空明。

这偌大的草原又难得的干净。干净得连杂色都没有。这草本是一色的翠绿，说黄就一色的黄，像是冥冥中有谁在统一发号施令。除了草便是山坡上的树。树是成片的林子，却整齐得像一块刚切割过的蛋糕，摆成或方或长的几何图形。一色桦木，雪白的树干，上面覆着黛绿的树冠。远望一片林子就如黄呢毯上的一道三色麻将牌，或几块积木，偶有几株单生的树，插在那里，像白袜绿裙的少女，亭亭玉立。蓝天之下干净得就剩下了黄绿、雪白、黛绿这三种层次。我奇怪这树与草场之间竟没有一丝的过渡，不见丛生的灌木、蓬蒿，连矮一些的小树也没有，冒出草毯的就是如墙如堵的树，而且整齐得像公园里常修剪的柏树墙。大自然中向来是以驳杂多彩的色和参差不齐的形为其变幻之美的，眼前这种异样的整齐美、装饰美，倒使我怀疑不在自然中。这草场不像内蒙古东部那样风吹草低见牛羊，不像西部草场那样时不时露出些沙土石砾，也不像新疆、四川那样有皑皑的雪山、郁郁的原始森林作背景。它像什么？像谁家的一个庭院，“庭院深深深几许”。这样干净，这样整齐，这样养护得一丝不乱，却又这样大得出奇。本来人总是在相似中寻找美。我们的祖先创造了苏州园林那样的与自然相似的人工园林，获得了奇巧的艺术美。现在轮到上帝向人工学习，创造了这样一幅天然的装饰画，便有了一种神秘的梦幻美，使人想起宗教画里的天使浴着圣光，或郎世宁画里骏马腾啸嬉戏在林间，美得让人分不清真假，分不清是在天上还是人间。

在这个大浅盘的最低处是一片水，当地叫泡子，其实就是一个小湖。当年康熙帝的舅父曾带兵在此与阴谋勾结沙俄叛国的噶尔丹部决一死战，并为国捐躯，因此这地名就叫将军泡子。水极清，也像凝固了一样，连云朵的倒影也纹丝不动。对岸有石山，鲜红色，说是将士的血凝成。历史的活剧已成隔世渺茫的传说。我遥望对岸的红山、水中的白云，觉得这泡子是一块凝入了历史影子的透明琥珀，或一块凝有三叶虫的化石。往昔岁月的深沉和眼前大自然的纯真使我陶醉。历史只有在静思默想中才能感悟，有谁会在车水马龙的街市发思古之幽情？但是在古柏簇拥的天坛，在荒草掩映的圆明废园，只会有一些具体的可确指的联想。而这空旷、静谧、水草连天、蓝天无垠的草原，教人真想长啸一声“念天地之悠悠”，想大呼一声“魂兮归来”。教人灵犀一点想到光阴的飞逝，想到天地人间的长久。

我们将返回时，主人还在惋惜未能见到草原上千姿百态的花。我说，看花易，看这草原的纯真难。感谢上帝的安排，阴差阳错，我们在花已尽，雪未落，草原这位小姐换装的一刹那见到了她不遮不掩的真美。正如观众在剧场里欣赏舞台上浓妆长袖的美人是一种美，画家在画室里欣赏裸立于窗前晨曦中的模特又是一种美。两种都是艺术美，但后者是一种更纯更深地展示着灵性的美。这种美不可多得也无法搬上舞台，它不但要有上帝特造的极少数的标准的模特，还要有特定的环境和时刻，更重要的，还要有能与美感共鸣的欣赏者。这几者一刹那的交汇，才可能迸发出如电光火石般震颤人心的美。大凡看景只看人为的热闹，是初级；抛开人为的热闹看自然之景，是中级；又能抛开浮在自然景上的迷眼繁华而看出个味和理来，如读小说拨开故事读里面的美学、哲学，这才是高级。这时自然美的韵律便与你的心律共振，你就可与自然对话交流了。

呜呼！草原八月末。大矣！净矣！静矣！真矣！山水原来也和人一样会一见钟情，如诗一样耐人寻味。我一步三回头地离开那块神秘的草地。将要翻过山口时又停下来伫立良久，像曹植对洛神一样“背下陵高，足往神留，遗情想象，顾望怀愁”。明年这时还能再来吗？我的草原！

追寻那遥远的美丽

快二十年了，总有一个强烈的向往，到青海去一趟。这不只是因为小学地理上就学到的柴达木、青海湖的神秘，也不只是因为近年来西北开发的热闹。另有一个埋藏于心底的秘密，是因为一首歌。那首《在那遥远的地方》，还有它的作者，像一个幽灵似的王洛宾。

大概是上天有意折磨，我几乎走遍了神州的每一个省，每一处名山大川，就是青海远不可及，机不可得。直到去年，才有缘去朝圣。当汽车翻过日月山口的一刹那间，我像一条终于跳过龙门的鲤鱼。山下是一马平川，绿草如茵，起起伏伏地一直漫到天边，我不由得想起了“天似穹庐，笼盖四野”的古老民歌。远处有一汪明亮的水，那就是青海湖，是配来映照这蓝天白云的镜子。

这里的草不像新疆的草场那样高大茂密，也不像内蒙古的草场那样在风沙中透出顽强，它细密而柔软，蜷伏在地上，如毯如毡，将大地包裹得密密实实，不见黄沙不见土，除了水就是浓浓的绿。而这绿底子上又不时钻出一束束金色的柴胡和白绒绒的香茅草，远望金银相错，如繁星在空。这真是金银一般的草场。当年二十六岁的王洛宾云游到这里，只因那个十七岁的卓玛姑娘用鞭子轻轻地抽了他一下，含羞拍马远去，他就痴望着天边那一团火苗似的红裙，脑际闪过一首美丽的旋律——《在那遥远的地方》。

卓玛确有其人，是一个牧主的女儿，当时王洛宾在草原上采风，无意间捕捉到这个美丽的倩影，这倩影绕心三日，挥之不去，终于幻化为一首美丽的歌，就永远定格在世界文化史上。试想，王洛宾生活在大都市北平，走过全国许多地方，天下何处无美人，何独于此生灵感？是这绿油油的草、草地上的金花银花、草香花香，还有这湖水、这牧歌、这山风、这牛羊，万种风物万般情，全在美人一鞭中。卓玛一辈子也没有想到她那轻轻的一鞭会抽出一首世界名曲。

当后人听着这首歌时，总想为它书写一个具体的爱情故事，殊不知这里不但没有具体的爱，就是在作者的实际生活中也没有找到过歌唱中的甜蜜。王洛宾好像生来就负有一种使命，总是去追寻美丽，美丽的旋律、美丽的女人，还有美丽的情感。王洛宾是美令智昏，乐令智昏，他认为生活甚至生命就是美丽的音乐。他一入社会就直取美的内核，而不知这核外还有许多坚硬的甚至丑陋的外壳。所以他一生屡屡受挫，直到一九八二年六十九岁时，才正式平反，恢复正常人的生活，一九九二年七十九岁时，中央电视台首次向社会介绍他的作品。这时，全社会才知道那许多传唱了半个世纪的名曲原来都是出自这个白胡子老头之手。中国大陆许多媒体，还有新加坡以及中国香港纷纷为他举办各种晚会。我曾看过一次盛大的演出，在名曲《掀起你的盖头来》的伴奏下，两位漂亮的姑娘牵着一位遮着红盖头的“新娘”慢慢踱到舞台中央，她们突然揭去“新娘”的盖头，水银灯下站着一个老人，精神矍铄，满面红光。他那把特别醒目的胡须银白如雪，而手里捏着的盖头殷红似血。全场响起有节奏的掌声。人们唱着他的歌，许多观众的眼眶里已噙满泪花。这时，离他的生命终点只剩下两三年的时间。

王洛宾的生命是以歌为主线的，信仰、工作，甚至生活中的衣食住行都成了歌的附属，就像一棵树干上的柔枝绿叶。一九三七年，他到西北，这本是一次采风，但他被那里的民歌所迷，就留下不走了。他在马步芳和共产党的军队里都服过役，为马步芳写过歌，也为王震将军的词配过曲。他只知音乐而不知其余。甚至他已成了一名解放军的军人，却忽发奇想要回北京，于是不辞而别。正当他在北京的课堂上兴奋地教学生唱歌时，西北来人将这个开小差的逃兵捉拿归案。我们现在读这段史料真叫人哭笑不得，甚至在劳改服刑时他宁可用维持生命的一个小窝头，去换取人家唱一曲民间小调。他也曾灰心过，有一次他仰望厚墙上的铁窗，抛上一根绳，挽成一个黑洞似的套圈。就要踏向另一个世界时，一声悠扬的牧歌，轻轻地飘过铁窗，他分明看到了铁窗外的白云红日，嗅到了原野上湿润的草香。他终于没有舍得钻进那个死亡隧道，三两下扯掉了死神递过来的接引之绳。音乐，民间音乐才真正是他生命的守护神。我们至今不知道这是哪一位牧人的哪一首无名的歌，这也是一根“卓玛的鞭子”，又一回轻轻地抽在了王洛宾的心上。这一鞭，为我们抽回来一只会唱歌的老山羊，一个伟大的音乐家。

为了寻找那种遥远的感觉，我们进入金银滩后选了一块最典型的草场，大家席地而坐，在初秋的艳阳中享受这草与花的温软。不知为什么，一坐到这草毯上，就人人想唱歌。我说，只许唱民歌，要原汁原味的。当地的同志说，那就只有唱情歌。青海的“花儿”简直就是一座民歌库，分许多“令”（曲牌），但内容几乎清一色歌唱爱情。一人当即唱道：

尕妹送哥石头坡，
石头坡上石头多。
不小心拐了妹的脚，
这么大的冤枉对谁说。

这是少女心中的甜蜜。又一人唱道：

黄河沿上牛吃水，
牛影子倒在水里。
我端起饭碗想起你，
面条捞不到嘴里。

这是阿哥对尕妹急不可耐的思念。又一人唱道：

菜花儿黄了，
风吹到山那边去了。
这两天把你想死了，
不知道你到哪儿去了。

黄河里的水干了，
河里的鱼娃见了。
不见的阿哥又见了，

心里的疙瘩又散了。

一个多情少女正为爱情所折磨，忽而愁云满面，忽而眉开眼笑。

秦时明月汉时关。卓玛的草原、卓玛的牛羊、卓玛的歌声就在我的眼前。现在我才明白，我像王洛宾一样鬼使神差般来到这里，是为了这遥远的地方仍然保存着的清纯和美丽。六十四年前，王洛宾发现了它，六十四年后它仍然这样保存完好，像一块闪着荧光不停放射着能量的元素；像一座巍然耸立，为大地输送着溶溶乳汁的雪山。青海湖边向来是传说中仙乐缥缈、西王母仙居的地方，现在看来这传说其实是人们对这块圣洁大地的歌颂和留恋，就像西方人心中的香格里拉。

我耳听笔录，尽情地享受着这一份纯真。

我们盘坐草地，手持鲜花，遥对湖山，放浪形骸，击节高唱，不觉红日压山。当我记了一本子，灌了满脑子，准备踏上归途时，突然想到一个问题，怎么这么多歌声里倾诉的全是一种急切的盼望、憧憬，甚至是望而不得的忧伤，为什么就没有一首来歌唱爱情结果之后的甜蜜呢？

晚上青海湖边淅淅沥沥下起当年的第一场秋雨，我独卧旅舍，静对孤灯，仔细地翻阅着有关王洛宾的资料，咀嚼着他甜蜜的歌和他那并不甜蜜的爱。

王洛宾一生有四个女人。第一位是他最初的恋人罗珊，两人都是洋学生。一开始，他们从北平出来，卿卿我我，甜甜蜜蜜，但一经风雨就时聚时散，若即若离，最终没能结合。王洛宾承认她很美，但又感到抓不住，或者不愿抓牢。他成家后，剪掉了贴在日记本上的罗珊的玉照，但随即又写上“缺难补”三个字，可想他心中是怎样地剪不断，理还乱。直到一九四六年王洛宾已是妻儿满堂，还为罗珊写了一首歌。

你是我黑夜的太阳，
永远看不到你的光亮。
偶尔有些微光呃，
也是我自己的想象。

你是我梦中的海棠，
永远吻不到我的唇上。
偶尔有些微香呃，
也是我自己的想象。

你是我自杀的刺刀，
永远插不进我的胸膛。
偶尔有些微疼呃，
也是我自己的想象。

你是我灵魂的翅膀，
永远飘不到天上。
偶尔有些微风呃，
也是我自己的想象。

意大利名曲《我的太阳》中的那位女郎是一个灿烂的太阳，而王洛宾的这个太阳却朦朦胧胧只是偶尔有些微光，有时又变成了梦中的海棠。留在心中的只是飘忽不定、彩色肥皂泡似的想象。

第二位便是那个轻轻抽了他一鞭的卓玛，他们相处只有三天，王洛宾就为她写了那首著名的歌。回眸一笑甜彻心，瞬间美好成永远。卓玛不但是他的太阳，还是他的月亮。她那粉红的笑脸好像红太阳，她那美丽动人的眼睛好像晚上明媚的月亮。为了那“一鞭情”，他甚至愿意变作一只小羊，永远跟在她的身旁。但是也只跟了三天，此情此景就成了遥远的回忆。

第三位是他的正式的妻子，比他小十六岁的黄静，结婚后六年就不幸去世。

第四位，是他晚年出名后，前来寻找他的台湾女作家三毛。三毛的性格是有点执着和癫狂的。他们相处了一段后三毛突然离去，当时在社会上曾引起一阵轰动，一阵猜测。我们现在看到的是王洛宾在三毛去世之后为她写的一首歌《等待》。

你曾在橄榄树下等待又等待，
我在遥远的地方徘徊再徘徊。
人生本是一场迷藏的梦，
为把遗憾赎回来，
每当月圆时，
我对着那橄榄树独自膜拜。
你永远不再来，我永远在等待，
越等待，我心中越爱。

四个人中，只有黄静与他实实在在地结合，但他却偏偏为三个遥远处的人儿各写了一首动情的歌。

第二天我们驰车续行。雨还在下，飘飘洒洒，若有若无，草地被洗得油光嫩绿。我透过车窗看远处的草原，全然是一个童话世界。雨雾中不时闪出一条条金色的飘带，那是黄花盛开的油菜；一方方红的积木，那是牧民的新居；还有许多白色的大蘑菇，那是毡房。这一切都被洇浸得如水彩，如倒影，如童年记忆中的炊烟，如黄昏古寺里的钟声。我一次次地抬头远望，一次次地捕捉那似有似无的蜃楼。脑际又隐隐闪过五彩的鲜花，美妙的歌声，还有卓玛的羊群。

我突然想到这自然世界和人的内心世界在审美上是多么相通。你看遥远的东西是美丽的，因为长距离为人们留下了想象的空间，如悠悠的远山，如沉沉的夜空；朦胧的东西是美丽的，因为它舍去了事物粗糙的外形而抽象出一个美的轮廓，如月光下的凤尾竹，如灯影中的美人；短暂的东西是美丽的，因为它只截取最美的一瞬，如盛开的鲜花，如偶然的邂逅；逝去的东西也是美丽的，因为它留给我们永不再来的惆怅，也就有了永远的回味，如童年欢乐，如初恋的心跳，如破灭的理想。王洛宾真不愧为音乐大师，对于天地间和人心深处的美丽，“提笔撮其神，一曲皆留住”。他偶至一个遥远的地方轻轻哼出一首歌，一下子就幻化成一个叫我们永远无法逃脱的光环，美似穹庐，直到永远。

石河子秋色

国庆节在石河子度过。假日无事，到街上去散步。虽近晚秋，秋阳却暖融融的，赛过春日。人皆以为边塞苦寒，其实这里与北京气候无异。连日预告，日最高气温都在二十三摄氏度。街上菊花开得正盛，金色与红色居多。花瓣一层一层，组成一个小团，茸茸的，算是一朵，又千朵万朵，织成一条条带状的花圃，绕着楼，沿着路，静静地闪耀着她们的光彩。还有许多的荷兰菊，叶小，状如铜钱，是专等天气凉时才开的。现在也正是她们的节日，一起簇拥着，仰起小脸笑着。蜜蜂和蝴蝶便专去吻她们的脸。

花圃中心常有大片的美人蕉。一来新疆，我就奇怪，不论是花，是草，是瓜，是菜，同样一个品种，到这里就长得特别的大。那美人蕉有半人高，茎粗得像小树，叶子肥厚宽大，足有二尺长。她不是纤纤女子,该是属于丰满型的美人。花极红,红得像一团迎风的火。花瓣是鸭蛋形，又像一张少女羞红的脸。而衬着那花的宽厚的绿叶，使人想起小伙子结实的胸膛。这美人蕉,美得多情,美得健壮。这时，她们挺立在节日的街心，拉着手，比着肩，像是要歌，要说，要掏出心中的喜悦。有一首歌里唱道："姑娘好像花儿一样，小伙儿心胸多宽广。”这正是她们的意境。

石河子，是一块铺在黄沙上的绿绸。仅城东西两侧的护城林带就各有一百五十米宽，而城区又用树行画成极工整的棋盘格。格间有工厂、商店、楼房、剧院。在这些建筑间又都填满了绿色——那是成片的树林。红楼幢幢，青枝摇曳；明窗闪闪，绿叶婆娑。人们已分不清，这城到底是在树林中辟地盖的房，修的路，还是在房与路间又见缝插针栽的树。全城从市中心推开去，东西南北各纵横着十多条大路，路旁全有白杨与白蜡树遮护。杨树都是新疆毛白杨，树干粗而壮，树皮白而光，树冠紧束，枝向上，叶黑亮。一株一株，高高地挤成一堵接天的绿墙，一直远远地伸开去，令人想起绵延的长城，有那气势与魄力。而在这堵岸立的绿墙下又是白蜡。这是一种较矮的树，它耐旱耐寒，个子不高，还不及白杨的一半，树冠也不那样紧束，圆散着，披拂着。最妙的是它的树叶，在秋日中泛着金黄，而又黄得不同深浅，微风一来就金光闪烁，炫人眼目。这样，白杨树与白蜡树便给这城中的每条路都镶上了双色的边，而且还分出高低两个层次。这个大棋盘上竟有这样精致的格子线，而那格子线的交叉处又都有一个挤满美人蕉与金菊的大花盘，算是一个棋子。

我在石河子的街上走着，以新奇的目光打量着它，打量着这个棋盘式的花园城。这时夕阳斜照着街旁的小树林，林中有三五只羊在捡食着落叶。放学的孩子背着书包绕树嬉戏。落日铺金，一片恬静。这里有城市的气质，又有田园的姿色，美得完善。她完全是按照人们的意志描绘而成的一幅彩画。我想这彩画的第一笔，应是一九五〇年七月二十八日。这天，刚进军新疆不久的王震将军带着部队策马来到这里。举目四野，荆棘丛生，芦苇茫茫，一条遍布卵石的河滩，穿过沙窝，在脚下蜿蜒而去。将军马鞭一指："我们就在这里开始，建一座新城留给后世。"几十年过去了，这座城现在已出落得这般秀气。在我们这块古老的国土上，勤劳的祖先不知为后世留下了多少祖业。他们在万里丛山间垒砖为城，在千里平原上挖土成河。现在我们这一代，继往开来，又用绿树与鲜花在皑皑雪山下与千里戈壁滩上打扮出了一座城，要将她传给子孙。他们将在这里享用这无数个金色的秋季。

丰收岭绿岛

从戈壁新城石河子出发，汽车像在海船上一样颠簸了三个小时后，我登上了一个叫丰收岭的地方。这已经到了有名的通古特大沙漠的边缘。举目望去，沙丘一个接着一个，黄浪滚滚，一直涌向天边。没有一点绿色，没有一点声音，不见一个生命。我想起瑞典著名探险家斯文·赫定在我国新疆沙漠里说过的一句话："这里只差一块墓碑了。"好一个死寂的海。再往前跨一步，大约就要进入另一个世界。一刹那，我突然感到生命的宝贵，感到我们这个世界的可爱。我不由得回过身来。

沙枣、杨、榆、柳，筑起莽莽的林带。透过绿墙的缝隙，后面是方格的农田，红的高粱，黄的玉米，白的棉花，正扬着笑脸准备登场。这大概就是丰收岭名字的由来。起风了，风从沙漠那边来，那苍劲的沙枣，挺起古铜色的躯干，挥动厚重的叶片；那伟岸的白杨，拔地而起，在云空里傲视着远处的尘烟；那繁茂的榆柳拥在白杨身下，提起她们的裙裾，笑迎着扑面的风沙。

绿浪澎湃，涛声滚滚，绿色就在我的身后，我不觉胆壮起来。这绿色在史前原始森林里叫人恐怖；在无边的大海上，让人寂寞；

在茫茫的草原上，使人孤独。而现在，沙海边的这一点绿色啊，使人振奋，给人安慰，给人勇气，只有在此时此地，我才真正懂得，绿色就是生命。现在，这许多的绿树，连同她们的根须所紧抱着的泥沙，泥沙上覆盖着的荆棘、小草，已勇敢地深入到沙海中来，形成一个尖圆形的半岛。

我沿半岛的边缘走着，想到最前面去看看那绿色和黄沙的搏斗。前面杨、榆、柳那类将帅之木已经没有，只派着些与风沙勇敢肉搏着的尖兵。她们是红柳、梭梭树、沙拐枣、沙打旺等灌木，一簇簇，一行行。要论个人容貌，她们并不秀气，也不水灵，干发红，叶发灰，而且稀疏的枝叶也不能尽遮脚下的黄沙。但这是一个伟大的群体，方圆几百亩，我抬头望去，一片朦胧的新绿，正是“沙间绿意薄如雾，树色遥看近却无”。这绿雾虽是那样的淡，那样的薄，那样的柔，但却是一张神奇的网，她罩住了发狂的沙浪，冲破了这沉沉的死寂。

我沿着人工栽植的灌木林走着，只见一排排的沙土已经跪伏在她们的脚下，看来这些沙子已被俘获多时，沙粒已经开始黏结，上面也有了稀疏的草，有了鸟和兔子的粪，已有了生命的踪迹。治沙站的同志告诉我，前两三年这脚下是流动的沙丘，我们引进这些沙生植物后，沙也就驯服多了。梭梭林前涌起的沙梁，虽将头身探起老高，像一匹嘶鸣的烈马，但还是跃不过树丛。那树踩着它的身子往上长，将绿的枝去抽它的背，用绿的叶去遮它的眼，连小草也敢“草假树威”，到它的头上去落籽生根。它终于认输了，气馁了，浑身被染绿了。

治沙站的同志又转过身子，指着远处那些高大的防风绿墙说：“七八年前，连那些地方也是流沙肆虐之地。”我停下脚来重新打量着这个绿岛，她由南而北，尖尖地伸进沙漠中来，像一支绿色的箭，带着生命世界的信息，带着人们征服荒原的意志，来向这块土地下战表了。漠风吹过来，这个绿岛上涛声滚滚，潮起潮落，像一股冲进荒漠里的绿流，正浸润着黄沙，慢慢地向内渗移。

我联想到，千百年来流水剥去了大地的绿衣，黄河毁了多少田园，挟带着泥沙冲进碧波滔滔的大海。黄色在入海口渐渐蔓延，渐渐推移，于是我们的海域内竟出现了一座黄海，这是大自然的创造。而现在，人们却让沙海边出现了一座绿岛，这是人的创造。

我在这座人工绿岛上散步，细想着，这里的绿不同于黄河上碧绿的水库，也不同于天山上冷绿的天池，那些绿的水，是生命的乳汁，是生命的抽象，是未来的理想，而这里的绿，就是生命自己，是生命力的胜利，是伟大的现实。

丰收岭的绿岛啊，就从这里出发，我们会收获整个世界。

在青岛看房子

九月末时，在青岛开了一个全国性的会。大家一到青岛，都说这里很美，连广州、厦门等沿海名城来的人也这么说。其实青岛的美，依我看就美在她那些别有味道的房子上。

青岛的旧式建筑主要是德国式的。德国人在一八九七年入侵青岛后就做了永不离去的打算。殖民政策的目的当然是掠夺，占岛十七年间他们掠走无法计算的财富，也在青岛营造了安乐窝。大约为了缓解思乡之苦，或者出于对自己文化传统的骄傲，他们造了许多德式原版的房子。之后，其他国的殖民者也在这里造本国味道的窝。所以青岛的房子人称“万国楼”，这里有二十四个国家风格的房子，无形中形成了一个建筑博物馆。殖民者在世界上许多国家都留有这种痕迹，这就如野兽奔走觅食，无意中将粘在身上的花种草籽带到他乡一样。

德国人在青岛最大的建筑有三处，即提督府、提督楼和花石楼，分别是提督办公、住家和渔猎休息的地方。这三处我都仔细看过，全都是一色花岗石砌成。提督府是政权机构，楼高墙厚，风格雄浑凝重。花石楼紧邻海边，孤高如堡，颇多野趣。楼下有一片小松林，在林间听涛声起落，看潮水来去，足可忘尘脱世。最可看的还是提督楼，一九〇三年始建，一九〇七年落成。据说这楼是仿德皇宫的样子缩小而成，是一座典型的德国古堡式建筑。我参观时先环楼绕了一圈。楼高三十余米，共三层，底层和顶层都用糙石穿靴戴帽。窗户都用粗石镶边，窄而高的玻璃窗如两只深陷进去的眼，中间窗框上鼓起的石头活像德国人的高鼻梁。一层有客厅，厅内家具一如往日，橱柜上的商标证明这是皇室用品。客厅东有一花厅，全部玻璃天棚，内有喷泉。客厅北通舞厅，厅中央有一花篮吊灯，挑着三十八个灯泡。环壁有各式金属壁灯。最有趣的是小舞台两侧，各有一女子脸形的壁灯。头上伸出四枝花，挑着四盏灯。那女子本有一个面如满月的脸盘和俏美的高鼻子，“文化大革命”中红卫兵看不惯她这个洋人样，就踩成了扁平。鼻子让人踏过一脚，当然就不会好受,所以至今总是愁眉不展的样子。这房子十分结实,墙厚一米，足可当碉堡来用。室内装修极豪华，室外野树杂花，满坡绿草，树间还环坡散存着旧日监工护院用的废碉堡。游人不经意时，目光碰上它那只半睁着的“眼睛”，会打一个寒噤，惊忆起这是中国劳工在刺刀尖下的作品，想起这楼里碉堡护卫下的淫乐。据说盖这房的第一任提督未能享其福，因仿德皇宫耗资太大，他被国会弹劾，楼未住，人先去。隔着历史的风雨，这些都已经模糊，但在今日明媚的阳光下，这建筑群却渐渐现出它的美学价值。就如一般人游颐和园，并不经意研究慈禧太后是怎样挪用海军经费的。艺术和政治毕竟不是一回事。

在青岛小住的几天内，看房子成了我的第一兴趣。晨起我穿行小巷端详这些异国来的“老外”，去摸它花岗石的墙，去数它窗楣上的瓦。这些房子的美，首先在它的造型。它很少有如四方盒子或火车厢式的整齐划一的规格，轮廓少直线而多折线或弧线。屋顶无一平顶，或成哥特式的尖突，或成四棱四面的盔形。窗户很少开成方框，有的窄而细高，令你想起古堡的幽深；有的则鼓出一个兜肚，下圆上尖，像一滴半空中的垂露。屋顶则一色的红瓦，瓦又不是如现代建筑式的平摆或如中国宫殿式的斜铺，而是近乎垂直的立挂。建筑师在将要完成他的凝重的花岗石作品时，又用鲜亮的红瓦来做一“头饰”，将房子齐额一包，就像一位红布包头的锡克族武士挺立在海边的绿树下。有时我走得远一些，喜欢坐在海边的礁石上来回望全城。但见群楼鳞次栉比，衬着如云的绿树，像一簇簇跳动的火苗，在蓝天碧海间又似一抹烧红的晚霞。其实，如果单说青岛的洋房就是比北京的四合院美，比水乡的竹楼美，或也未必，只是骤然于我稔熟的土地上飞来异国房舍，便如一篇散体白话中偶然出现几个对偶句，有一种移花接木的新奇之效。又难得我们这个胸怀大度能兼容并蓄的民族，将这种建筑风格的异国种子保留下来，在华夏土地上终于蔚成一城。青岛便得了一种他山之美，也就美得有了个性。有时我从饭店的高楼上推窗俯视全城，这时一座座红房顶就变成了一块块平面的投影，无数块红手帕在树的绿海上轻轻飘荡，那红手帕下面的人，绝没有想到他举着的屋盖在空中组合了这样一种美的图案，就如大型团体操表演。我又不由得记起卞之琳的一首名诗：

你站在桥上看风景，
看风景的人在楼上看你。

明月装饰了你的窗子，
你装饰了别人的梦。

青岛，你和其他城市一样生产、生活、建设，不经意中却装饰了多少人的梦。

我想，一个城市的形成也如一处自然风景。我们有泰山的雄伟、黄山的浩瀚、九寨沟的神奇，也有北京皇宫的辉煌、苏州园林的精巧和青岛这些房子的绚丽多彩。凡美好事物的诞生都必经过痛苦的折磨，你看哪个名山没有经过火的熔炼和水的切割。青岛在经过历史阵痛之后而育成的这种美，我们要好好地保存她。

长岛读海

要想知道海吗？先选一个岛子住下来，再拣一条小船探出去，你就会有无穷的感受。八月里在烟台对面的长岛开会，招待所所长是一个很热情的人，叫林克松，与美国总统尼克松只一字之差。一天下午，他说："我给你弄一条小船，到海里漂一回怎么样？"

吃过早饭，我们驱车来到了海边。船工们说风太大不敢出海，老林与他们商议了一会儿，还是请我们上了船。他说："你来了，我们没有惊动官府，要不然，你今天就享受不上这小船的味道了。"我想今天就冒上一回险。

快艇高高地昂起头在海上划出一道白色的浪沟，海水一望无际，碎波粼粼，碧绿沉沉。片刻，我们就脱离了陆地，成了汪洋中的一片树叶。这时基本上还风平浪静。大家有说有笑，一会儿就到了庙岛。这岛因地利之便是一座天然的避风港，历代都十分繁华。岛上有一座古老的海神庙，海神为女性，这里称海神娘娘，在福建一带则叫妈祖。妈祖在历史上确有其人，是福建湄洲岛的一林姓女子，善航海，又乐善好施，死后人们奉为海神。宋代时朝廷封林家女为顺济夫人，元时封天妃，清时封天后，神就这样一步步被造成了。这反映了不管是官府还是百姓，都祈求平安。后殿右侧是一陈列室，有各种不同时代、不同类型的船只模型，大多是船民、船商所献。室后专有一块空地，供人们祭神时燃放鞭炮之用。人们出海之前总要来这里放一挂鞭炮，是求神也是自慰，地上的炮皮已有寸许厚。我国沿海一带，直至东南亚，甚至欧美，凡靠海又有华人的地方都有妈祖庙。有人说，如果组织一个妈祖党，那将是世界上最大的政党。

庙岛的海神庙依山而建，山门上书“显应宫”三个大字，据说十分灵验。山门两侧立哼哈二将，门庭正中则供着一个当年甲午海战时致远舰上的大铁锚。这铁锚和致远舰，还有舰的主人，带着一个弱国的屈辱和悲愤，以死明志一头撞进敌阵，与敌船同沉海底，半个多世纪后它又显灵于此，昭示民族大义。锚重一吨，高二点五米，环大如拳，根壮如股。海风穿山门而过，呼呼有声，大锚拥链而坐，锈迹斑斑，如千年古树。我手抚大锚，远眺山门之外，水天一色，烟波浩渺，遥想当年这一带海域，炮火连天，血染碧波，沉船饮恨，英雄尽节。再回望山门以内，哼哈二将本是佛教的守护神，因为他们有力便借来护庙。这大铁锚本是海战的遗物，因为它忠毅刚烈也就入庙为神。人们是将与海有关的理想幻化为神，寄之于庙。这庙和海真是古往今来一部书，天上人间一池墨。

离开庙岛我们向外海方向驶去，海水渐渐变得烦躁不安。这海水本是平整如镜，如田如野，走着走着我们像从平原进入了丘陵，脚下的“地”也动了起来。海像一面宽大的绿锦缎，正有一个巨人从天的那一头扯着它抖动，于是层层的大波就连绵不断地向我们推压过来。快艇更加昂起头，在这幅水缎上急速滑行。老林说，开花为浪，无花为涌。我心中一惊，那年在北戴河赶上涌，军舰都没敢出海，今天却乘着小船来闯海了。离庙岛越来越远，涌也越来越大。船上的人开始还兴奋地说笑，现在却一片寂静，每个人的手都紧紧地扣着船舷。当船冲上波峰时，就像车子冲上了悬崖，船头本来就是向上昂着的，再经波峰一托，就直向天空，不见前路，连心里都是空荡荡的了。我们像一个婴儿被巨人高高地抛向天空，心中一惊，又被轻轻接住。但也有接不住的时候，船就摔在水上，炸开水花，船体一阵震颤，像要散架。大海的波涌越来越急，我们被推来搡去，像一个刚学步的小孩在犁沟里蹒跚地行走，又像是一只爬在被单上的小瓢虫，主人铺床时不经意地轻轻一抖，我们就慌得不知所措。我不知道这海有多深，下面有什么东西在鼓噪；不知道这海有多宽，尽头有谁在抻动它；不知道天有多高，上面有什么东西在抓吸着海水。我只担心这只半个花生壳大小的小船别让那只无形的大手捏碎，这时我才感到要想了解自然的伟大莫过于探海了。在陆地上登山，再高再陡的山也是脚踏实地，可停可歇，而且你一旦登上顶峰，就会有一种把它踩在了脚下的自豪。可是在海里呢，你始终是如来佛手心里的一只小猴子，这时你才感到了人的渺小，你才理解人为什么要在自然之上幻化出一个神，来弥补自己对自然的屈从。

我们就这样在海上被颠、被抖、被蒸、被煮，腾云驾雾般走了约半个小时。这时海面上出现了一座小山，名龙爪山，峭壁如架如构，探出水面，岩石呈褐色，层层节节如龙爪之鳞。山上被风和水洗削得没有一棵树或一根草，唯有巨流裹着惊雷一声声地炸响在峭壁上。山脚下有石缝中裂，海水急流倒灌，雪白的浪花和阵阵水雾将山缠绕着，看不清它的本来面目。老林说这山下有一洞名隐仙洞，是八仙所居之地，天好时船可以进去，今天是看不成了。我这时才知道，在我国广泛流传的八仙过海原来发生在这里。古代的庙岛名沙门岛，是专门羁押犯人的地方，犯人逃跑无一不葬身海底。一次有八个人浮海逃回大陆，人们疑为神仙，于是传为故事。现在我们随着起伏的海浪，看那在水雾中忽隐忽现的仙山，仿佛已处在人世的边缘。在海上航行确实最能悟出人生的味道。当风平浪静，你“纵一苇之所如，凌万顷之茫然”，觉得自己就是仙；当狂涛遮天，船翻桅摧，你就成了海底之鬼。人或鬼或仙全在这一瞬间。超乎自然之上为仙，被制于自然之下为鬼，千百年来人们就在这个夹缝里生存，你看海边和礁岛上有多少海神庙和望夫石。

离开龙爪山我们破浪来到宝塔礁。这是一块突出于海中的礁石，有六七层楼高，酷似一座宝塔。海水将礁石冲刷出一道道的横向凹槽，石块层层相叠如人工所垒，底座微收，远看好像风都可以刮倒，近看却硬如钢浇铁铸。我看着这座水石相搏产生的杰作，直叹大自然的伟力。过去在陆地上看水与石的作品，最多的是溶洞，那钟乳石是水珠轻轻地落在石上，水中的碳酸钙慢慢凝结，每万年才长一毫米，终于在洞中长成了石笋、石树、石塔、石林。可今天，我看到水是怎样将自己柔软的身子压缩成一把锉、一把刀，日日夜夜永无休止地加工着一座石山，硬将它刻出一圈圈的凸凸凹凹，分出塔层，磨出花纹。完工后又将塔座多挖进一圈，以求其险；在塔尖之上再加一顶，以证其高；又在塔下洗削出一个平台，以供那些有幸越海而来的人凭吊。这些都做好之后还不算完，大海又将宝塔后的背景仔细调动一番。

离塔百多米之远是一片壁立的山坳，像一道屏风拱卫相连，屏面云飞兽走，沙树田园。屏与塔之间，奇石散布，如谁人的私家花园。我选了一块有横断面的石头，斜卧其旁，留影一张。石上云纹横出，水流东西，风起林涛，万壑松声，若人之思绪起伏不平，难以名状。脚下一块大石斜铺水面，简直就是一块刚洗完正在晾晒的扎染布。粉红色的石底上现出隐隐的曲线，飘飘落落如春日的柳丝，柳丝间又点洒些黑碎片，画面温馨祥和，“燕子声声里，相思又一年”。这是任何一个画家都无法创作出的作品。大海作画就是与人工不同，如果我们来画一张画，是先有一个稿子，再将颜色一层一层地涂上去，而这海却是将点、线、色等，在那天崩地裂的一瞬间，统统熔铸在这个石头坯子里，然后就用这一汪海水，蘸着盐，借着风，一下一下地磨，一遍一遍地洗，这画就制成了。实际上，我们现在看着的这一幅画仍在创作中。《蒙娜丽莎》挂在巴黎博物馆里，几百年还是原样，而我们再过十年、百年后再来看这幅石画，不知又将是什么样子。现代科技发明了高速摄像机，能将运动场上的快动作分解来看，有谁再来发明一个超低速摄像机，将这幅画的形成过程拍下来，拿到美术院校的课堂上去放，那将是一门绝顶精彩的“自然艺术”课。

下午看九丈崖。这是北长山岛的一段海岸，虽名九丈实则百丈不止。从崖下走一遍可以感受海山相吻、相接、相拼、相搏的气魄。我们从南面下海，贴着山脚蹭着崖壁走了一圈。右边是水天相连的大海，海上迎风而起的白浪像草原上奔驰的马群，翻腾着、嘶鸣着，直扑身旁。左边是冰冷的石壁，犬牙交错，刀丛剑树，几无退路。那浪头仿佛正是要把人拍扁在这个砧板上，我们就在这样的夹缝中觅路而行。但是脚下何曾有什么路，只是一些散乱的踏石和在崖上凿出的石阶。行人如履薄冰地探路，一边又提心吊胆地看着侧面飞来的海浪。老林走在前面，他喊着："数一、二、三！三个浪头过后有一个小空当，快过！"我们就像穿越炮火封锁线一样，弓腰塌背，走走停停。尽管非常小心，还是会有浪头打来，淋一身咸汤。这时最好的享受就是到悬崖下，仰着脖子去接几滴从天而降的甘露。原来与海的苦涩成对比，九丈崖顶上不断飘落下甜甜的水珠。这些从石缝里渗出来的水，如断线的珍珠，逆着阳光折射出美丽的色彩。我们仰着脸，目光紧追着一颗五色流星，然后一口咬住，在嘴里咂出甜甜的味道。在仰望悬崖的一刹那间，我又突然体会到了山的伟大。它横空出世，托云踏海，崖壁连绵曲折，尽收人间风景。半山常有巨石与山体只一线相连，如危楼将倾；山下礁石则乱抛海滩，若败军之阵。唯半山腰一条数米宽的浅红色石层，依山势奔突蜿蜒，如海风吹来一条彩虹挂在山前。背后海浪从天边澎湃而来，在脚下炸出一阵阵的惊雷，山就越发伟岸，崖就越发险绝。我转身饱吸一口山海之气，顿觉生命充盈天地，物我两忘，人神不分。

江南的春天

今年春节时正在江西上饶，信江浩浩荡荡，穿城而过。晨起无事信步江畔。

据气象信息，北京今天的最高温度只有零下二度，北方应该是冰雪茫茫、草木枯黄的吧，而这里却是一片绿色。石缝里挑出一枝不知名的草，开着一朵淡黄色的花。想北京，玉兰花是每年春回大地时较明显的标志吧，印象最深的是每年三月五日“两会”召开的时节，中南海红墙外的玉兰树才努力鼓出一些花蕾，也偶尔会绽开几朵。算一下日子，今天才是二月五日，整整还差一个月呢，这路边玉兰树上的花苞已经鼓得快撑不住了，有几朵已在枝头怒放，如翩翩起舞的蝴蝶。远处有一团迷迷蒙蒙的红雾，走近一看，是一株山桃，已绽开细碎的花瓣，正乱红无数落满地。

最有趣的是江边的柳树，细长的枝条上还挂着去冬没有落尽的叶子，只是略微有一点发黄，而退去叶子的枝梢处却鼓出了今年的新芽，有那性急的还绽开了嫩叶。不由得想起清人张维屏的两句诗：“造物无情却有情，每于寒尽觉春生。”寒尽春生，多么有趣的现象，令我陷入了沉思，不由得吟哦出一首小诗《江南春柳》：

去冬残叶仍缀枝，
今春新芽又鼓蕾。
时光不觉暗中度，
生命悄悄在轮回。

穿过柳树行子，闪出一团耀眼的金黄，我想那大概是北方每年最早开的迎春花吧。走近一看，却是一丛腊梅。这是比迎春还早的花儿，不必等到春天，在腊月里就能开放。但为了抵御风寒，她的花朵表面天生有一层蜡质，这也难免遮掩了她的容颜，所以又叫“蜡梅”。而我今天看到的腊梅却褪去了蜡衣，水灵灵的，一串儿笑声在枝头。

还有，北方春色最典型的镜头是飞雪飘飘和在一片枯黄中悄悄露出草芽。韩愈诗：“新年都未有芳华，二月初惊见草芽。白雪却嫌春色晚，故穿庭树作飞花。”韩愈说的是中原，如果再往西北呢？像我当年生活过的内蒙古西部，“千里黄云白日曛”，这些年由于三北绿化造林，虽说生态大有好转，但枯黄寒冷的底色是不会变的。而这里，悄悄涌动着的春色却是在一个大红大绿的深色背景中悄悄搬演。

江南的树叶一律比北方的阔大、宽厚，绿得发黑。在江边的马路旁，在小区的院子里，这个时节还不开花的乔木，香樟、广玉兰、桂花、含笑、梓树，还有较矮的绿篱植物石楠、夹竹桃、八爪金盘都黛绿油亮。然后，那一行行如仪仗队的茶花树，在浓密厚重的绿叶间怒放着艳红的花朵，有男人的拳头那么大。这花红得像谁在绿丛间泼了一团红墨，浓得化不开。以至于我几次想照一张花朵的特写，在镜头里却总难分清花瓣的纹路和层次。

比茶花更人高马大的，是一行行的柚子树。自然也是稠密厚重的枝叶。不过，在密叶深处却高悬着几颗去秋还未摘去的黄柚。如果把这一汪浓重的黛绿比作是深邃的夜空，那么这穿越去冬而来的柚子，就是明亮的来自遥远夜空的星星。他们在春的门槛上，隆重地目送着过去的岁月，并迎接春的到来。

南北之春，除了生命的韵律及其背景的不同，便是空气的湿度了。我住到这里已经一月了，能记得起的，见到太阳的日子也就三五天吧，整个世界就这样沐浴在绵绵细雨中。唐朝诗人杜牧的名句：“南朝四百八十寺，多少楼台烟雨中。”辛弃疾的后半生在上饶度过，他也有词写上饶之春：“东风吹雨细于尘。”雨，比尘还细，如烟一样地轻软缥缈，罩着人间，当然也罩着所有的树木花草。

我记得在北京时，林业界的朋友说，北方的树其实不是被冻死的，主要是被春天的干风抽死的。你仔细观察，春天的树梢头一般都会被抽干了三五寸，而这里却急着要发芽。北方，春雨贵如油；这里则漫天而降，如烟如织。那些绿色的生命，岂止是只靠根部来吸收水分，它浑身的每一个细胞，都在呼吸着天地间的湿润。怎么能不叶绿花红呢？

我舒坦地伸开双臂拥抱天地，正无边喜雨潇潇下，一江春水向东流。

雨中明月山

江西西部有明月山，藏于湘赣之间，不为人识。当地政府恨世人不识璧中之玉，闺中之秀，便邀海内外作家记者团作考察之游。

头一日，游人工栈道，乘缆车登顶，云绕脚下，雾入衣襟，游者不为所动；第二日，看大庙，殿宇巍峨，新瓦照人，更不为所动。当晚，人走一半。

第三日，微雨，主人再邀所余之人作半日之游。无车无马，徒步爬山。一入山门，立见毛竹数竿，有两握之粗。青绿滚圆的竹面上泛出一层细蒙蒙的白雾，竹节处的笋叶还未褪净，一看就是当年的新竹。但其拔地接天，已有干云捉月之势。众人精神为之一振，纷纷冲上去照相。然后开始爬山。

路沿峭壁而修，左山右河。山几不见土石，全为翠竹所盖；河却无岸无边难见其貌，其实就是两山间一谷。谷随山的走势呈"之"字形，忽左忽右，渐行渐高。谷间只有四样东西：竹、树、石、水。水流漱石，雪浪横飞，竹木相杂，堆绿染红，好一幅深山秋景图。石头一色青黑。大者如楼，小者如房，横空出世，杂布两岸。有那顺洪水而流落谷底者，无论大小皆平滑圆滚，俯仰各态。雨，似下非下，朦朦胧胧，湿衣润肤。正行间，路边有一石探向谷中，四围藤树横绕围成天然扶栏，我说好个“一石观景处”，凭“栏”望去，只见竹浪层层，满川满山，一直向天上翻滚而去。近处偶有一枝，探向林外，正是苏东坡诗意“竹外一枝斜更好”。竹子这东西无论四季，总是一样地青绿，永葆青春朝气。大家就说起苏东坡，宁肯食无肉，不可居无竹，又说到城里菜市场上卖的竹笋。主人见我们对竹感兴趣，突然说：“你们知道不知道，这竹子是分公母的？”我们一下子静了下来，都说不知。他说：“你看，从离地处起往上数，找见第一片叶子，单叶为公，双叶为母。”众人大奇，拨开竹子一找，果然单双有别。我自诩爱竹，却还不知这个秘密。大家又问，这有何用？“采笋子呀！山里人都知道，只有母竹根下才能挖到笋子。”这山原来不只是为了人看的。

等到又爬了几里地，过了一座吊桥，再折上一段石板路，半天里忽一堵石壁矗立面前，壁上有瀑布垂下，有几十层楼房那么高。石壁的背后和四周都簇拥着绿树藤萝，如一幅镶了边的岩画，而画面就是直立起来的江河奔流图。它不像我们在长江或黄河边，看大浪东去，浩浩千里，而是银河泻地，雪浪盖顶。我自然无法接近水边，只试着往前探了一点身子，便有湿云浓雾猛扑过来，要裹挟着我们上天而去。我赶紧转身向后，这时再回望来路，只见云雾倏忽往来，群山奇峰飘忽其上，古庙苍松隐约其间。近处谷底绿竹拍岸，流水奏琴，偶有一束红叶，伏于石间，如夜间火光之一闪。

这时，主人在下面半山腰的一间石室前招手，待我们款款下来，他已设好茶桌。茶备两种，一为当地的黄豆、橙皮、姜丝所制，祛寒暖胃，咸辣香绵，慢慢入心；而另一种则为山上采的野茶，清清淡淡，似有似无，就如这窗外的湿雾。我们都不再说什么，只是端着杯子，静静地望着远处。许久，不知谁喊了一声：“天不早了，该下山了。”我说：“不走了，就这样坐着，等到来年春天吃笋子。”

吴县四柏

一千九百多年前，东汉有个叫邓禹的大司马在今天苏州吴县[①]栽了四棵柏树。经岁月的镂雕陶冶，这树竟各修炼成四种神态。清朝皇帝乾隆来游时有感而分别命名为“清”“奇”“古”“怪”。

最东边一棵是“清”。近两千年的古树，不用说该是苍迈龙钟了。可她不，数人合抱的树干，直直地从土里冒出，像一股急喷而上的水柱，连树皮上的纹都是一条条的直线，这样一直升到半空中后，那些柔枝又披拂而下，显出她旺盛的精力和犹存的风韵。我突然觉得她是一位长生的美人，但她不是那种徒有漂亮外貌的浅薄女子，而是满腹学识，历经沧桑。要在古人中找她的魂灵，那便是李清照了。你看那树冠西高东低，这位女词人正右手抬起，扶着后脑勺，若有所思。柔枝拖下来，风轻轻拂着，那就是她飘然的裙裾，“险韵诗成，扶头酒醒，别是闲滋味”。

西边一棵曰“奇”。庞然树身斜躺着，若水牛卧地，整个树干

① 地处江苏省东南部，从秦朝至一九九五年一直以吴县为行政区划名。一九九五年六月撤消吴县，设吴县市（县级）。二〇〇〇年十二月撤消吴县市，改设苏州市吴中区和相城区。

已经枯黑，但树身的南北两侧各披挂下一片皮来，就只那一片皮便又生出许多枝来，枝上又生新枝，一直拖到地上，如蓬蒿，如藤萝，像一团绿云，像一汪绿水，依依地拥着自己的命根——那截枯黑的树身。就像佛家说的她又重新转生了一回，正开始新的生命。黑与绿，老与少，生与死，就这样相反相成地共存。你初看她确是很怪的，但再细想，却又有可循的理。

北边一棵为“古”。这是一种左扭柏，即树纹一律向左扭，但这树的纹路却粗得出奇，远看像一条刚洗完正拧水的床单，近看树表高低起伏如沟岭之奔走蜿蜒，贮存了无穷的力。树干上满是突起的肿节，像老人的手和脸，顶上却挑出一些细枝，算是鹤发。而她旁边又破土钻出一株小柏，柔条新叶，亭亭玉立。那该是她的孙女了。我细端详这柏，她古得风骨不凡，令人想起那些功勋老臣，如周之周公，唐之魏徵。

还有一棵名“怪”。其实，她已不能算“一棵”树了。不知在这树出土的第几个年头上，一个雷电，将她从上至下劈为两半，于是两半树身便各赴东西。她们仰卧在那里相向怒目，像是两个摔跤手同时跌倒又各不服气，正欲挣扎而起。长时间的雨淋使树心已烂成黑朽，而树皮上挂着的枝却郁郁葱葱，缘地而走。你细找，找不见她们的根是从哪里入土的。根就在这两片裸躺着的树皮上。白居易说原上草是“野火烧不尽”，这古柏却“雷电击又生”。她这样倔，这样傲，令人想起封建士大夫中与世不同的郑板桥一类的怪人。

这四棵树挤在一起，一共占地也不过一个篮球场大小，却神志迥异地现出这四种形态来，实在是大自然的杰作。那“清”柏，像是扎根在什么泉眼上，水脉好，土气旺，心情舒畅。那“古”柏，大约根须被挤在什么石缝岩隙间，未出土前便经过一番苦斗，出土后还余怒未尽。那“奇”“怪”二柏便都是雷电的加工，不过雷刀电斧砍削的部位、轻重不同，她们也就各奇各怪。真是天雕地塑，岁打月磨，到哪里去找这有生命的艺术品呢？而且何止艺术本身，你看她们那清、奇、古、怪的神态，那深扎根而挺其身的功力，那抗雷电而不屈的雄姿，那迎风雨而昂首的笑容，那虽留一皮亦要支撑的毅力，那身将朽还不忘遗泽后代的气度，这不都是哲理、思想与品质的含蓄表现吗？大自然本身就是一部博大精深的教科书，我们面对它常常是一个小学生。我想应该让一切善于思考的人来这树下看看，要是文学家，他一定可以从中悟到一些创作的规律，唐诗、《聊斋志异》《山海经》《西游记》不是各含清、奇、古、怪吗？要是政治家，他一定会由此联想到包公那样的清正，贾谊那样的奇才，伯夷、叔齐那样的古朴，还有扬州八怪等那些被社会扭曲了的怪人。就是一般的游人吧，到此也会不由得停下脚步，想上半天。云南石林里那些冰冷的石头都会引起人种种联想，何况这些有生命的古树呢。她们是牵着一条历史的轴线，从近两千年以前的大地上走来的啊！

九华山悟佛

到九华山已是下午，我们匆匆安顿好住处便乘缆车直上天台。缆车缓缓而行，脚下是层层的山峦和覆满山坡、崖脚的松柏、云杉、桂花、苦楝。最迷人的是那一片片的翠竹，黄绿的竹叶一束一束，如凤尾轻摆，在黛绿的树海中摇曳，有时叶梢就探摸到我们的缆车。更有那些当年的新竹，竹杆露出茁壮的新绿，竹尖却还顶着土色的笋壳，光溜溜的，带着一身稚气直向我们的脚底刺来。

天台顶是一平缓的山脊，有巨石，石间有古松，当路两石相挤，中留一缝，石壁上有摩崖大字“一线天”。侧身从石缝中穿过，又豁然一平台。台对面有奇峰突起，旁贴一巨石，跃然昂首，是为九华山一名景“老鹰爬壁”。壁上则有松八九棵，抓石而生，枝叶如盖。登台俯望山下，只见松涛竹海，风起云涌。偶有杜鹃花盛开于万绿丛中，如火炽燃。遥望山峰连绵弯成一弧，如长臂一伸，将这万千秀色揽在怀中。远处林海间不时闪出一座座白色的或黄色的房子，是些和尚庙或者尼姑庵。我心中默念，好一湾山水，好一湾竹树。

流连些时候，我们踏着一条青石小路走下山来，这时薄暮已渐渐浸润山谷，左手是村落小街，右手是绿树深掩着的山涧，唯闻水流潺潺，不见溪在何处。山风习习，宁静可人，大家从都市走来，每个人都感觉到了一种久违了的静谧，谁也不说话，只是默默地享受。这时左边一个小院里突然走出一位老人，手持一个簸箕，着一身尼姑青衣，体形癯瘦，满脸皱纹，以手拦住我们道：“善人啊，菩萨保佑你们全家平安，快请进来烧灶香。”我一抬头才发现，这是一个尼姑庵。大家好奇，便折身跟了进去。老妇人高兴得嘴里不住地念叨：“好人啊，贵人啊，菩萨保佑你们升官发财。”这其实是一间普通的民房，外间屋里供着一尊观音像，设一只香炉，一个蒲团。墙脚堆满一应农家用具，观音被挟持其中。我探身里屋，是一个灶房。我们向功德箱里丢了几张票子，便和老妇人聊了起来。

老人六十九岁，原住山下，来这里已七年。家里现有两个儿子、两个孙子。我说：“现在村里富了，你为什么不回去抱孙子？”她说：“儿媳妇骂得凶，说我出来了就别想再回去。”“儿子来不来看你？”“不来。他让我修行，说怎么都行，就是不许剃发。”老妇人指指自己稀疏的白发，一再解释。“香火好吗？”“哪有什么香火？你不请，人就不进来。”我看一眼院子，有水井、桶、杖之类，可想她一人生活的艰难。同行的两位女同志唏嘘不已，我也心中恨恨。

下山时我便更留意街上的情景。整个山镇全是些大大小小的取了各种名字的庙庵、精舍、茅棚。许多还是新盖的，墙都刷成刺目的白色或黄色，门口贴副带佛味的对联，大门内供尊佛像，隐约香烟缭绕。原来这里的人世代以佛为生，人家竟以佛事相传。过一中等“精舍”，一着僧衣者立于门前与人闲话。我稍一搭讪，他便热烈地介绍开来。原来这大大小小的庙庵全山竟有七百多家，有的是正规管理的庙，而绝大部分都是起个名字就称佛，摆座香炉就迎客的“私”庙。宛如城里人，将自己临街的门窗打开，就是个小店。下山后我在招待所里谈及此事，一位当地人说：“嘿！你还不知道，有的干脆就是两口子，白天男人穿上僧衣，女人穿上尼姑服，各摆一个功德箱，晚上并床睡觉，打开箱子数钱。”我一时语塞，不由得联想起刚才那老妇人一再自我表白“儿子不让我削发”，大约怕我们以之为假。

第二天一早，我们即去拜谒这山上的名刹祇园寺。一进庙，见和尚们匆匆奔走，如有军情。一队老僧身披袈裟折入大雄宝殿，几个年轻一点的跑前跑后，就像我们地方上在开什么大会或者搞什么庆典。更奇怪的是一些俗民男女也匆匆进入一个客堂，片刻后又出来，男的油发革履之间裹一件僧袍，女的则缠一袭尼衣，唯露朱唇金坠和高跟皮鞋，僧俗各众进入大雄宝殿后，前僧后俗站成数排。只见前侧一执棒老僧击木鱼数下，殿内便经声四起，嗡嗡如隐雷。那些披了僧袍尼衣的俗民便也两手合十跟着动嘴唇。大殿两侧有条凳，是专为我们这些更俗一些的旁观游客准备的。我拣条凳子坐下，同凳还有两位中年妇女。一位妇人掩不住地激动，怯生生又急慌慌地拉着那位同伴要去入列诵经，那一位却挣开她的手不去。要去的这位回望一眼佛友，又睁大眼睛扫视一下这神秘、庄严又有几分恐惧的殿堂，三宝大佛端身坐在半空，双目微睁，俯瞰人间。她终于经不住这种压力，提起宽大的尼袍，加入了那二等诵经的行列。我便挪动一下身子，乘机与留下的这位聊了起来。我说：“你为什么不去？”她说：“人家是为自己的先人做道场，我去给他念什么经？”“这个道场要多少钱？”“少说也得有几十万。这是一家新加坡的富商，为自己所有的先人做超度，念大悲咒。”我大吃一惊，做一场佛事竟能收这么多的钱！她说："便宜一点也行，出十元钱写个死者的牌位，可在殿里放七天。"她顺手指指大殿的左后角，我才发现那里有一堆牌位叠成的小山。我说："看样子你是在家的居士吧。"她说才入佛门，知之不多。问及身上的尼姑黑袍，她说是在庙上买来的，三十五元一件，凡入这个大殿的信徒，必须穿僧衣，庙上有供应。我这才明白，刚才那帮俗家弟子为什么要到客堂里去，专门来一次金蝉脱壳。这有点像学校里统一制作校服，是规矩但也是一笔可观的生意。

从祇园寺出来我们拾级而上去看山顶上的百岁宫，实际上是一个山洞。相传明代有一无暇和尚来此修行，积二十八年刺舌血写得一部《华严经》，活到一百一十岁坐化，肉身三年不腐，门徒奇之，以金裹身，存之至今。因为是真身所在，这里香火更旺。我们到时这里也正大做道场，问及价目，曰每场二十万元。山顶风景无他，只是大兴土木，满地砖木沙石，碍脚碍眼。庙门前空地上几个石匠正在叮叮当当地刻功德牌。路边小店起劲地放着念经的录音带，高声叫卖木鱼、念珠之类的法物。梵音与市声齐飞，游客共香客一体。我们缓缓下山，走几步就会碰到扛着木头或担着砖瓦的山民，这些苦力不时停下来将木料拄地，擦着汗水。但是他们不肯静下来休息，而是向每一个擦身而过的游客伸出手："菩萨保佑，行个好，给个茶水钱。钱给了修庙人比买了香火还灵。"一种矛盾的心理立即攫住了我的心，见苦而不救，有违人心；鼓励乞讨，又助长歪风。这种层层的堵截使人大为扫兴，那些佛心重、心肠软者更是被弄得十分尴尬，只要给了一个就会有两个、三个上身。我立即想起在印度访问时的情景，回国后愤而写了一篇《到处都伸出一双乞讨的手》，想不到今天在国内的圣地名山又重陷那时的窘境。但我的心还是硬不起来，就与一个扛木头的山民聊了起来，知道他们的工钱是每扛百斤可得四元三角，是够苦的，便顺手掏出一张票子，那人的脸立即笑得像一朵花。可是我并没有一丝做了善事的喜悦。下山后又接着看了地藏王殿，这是九华山的主供菩萨，主管阴间轮回之事，殿内经声嗡嗡，木鱼声声。门口有一位边吃饭边当值的小僧，我问这里可做道场，他翻我一眼说："这是地藏王亲自住的地方，他专管超度，怎么会不做？"很怪我的无知。问及价码，七百元到二十万元不等。下山时我们从九华街穿过，路过两间储蓄所，见柜上都有和尚在存钱。从背后望去，其双手举在柜上，头向前探，腰板就拔得更直，僧袍也更显得挺括岸然。

中午吃饭时我心里总是不悦。中国四大佛教名山，前三个五台、峨眉、普陀，我早已去过，唯有九华心仪已久，不想今天却得了一个铜臭味极浓的印象。钱这个东西像流水，赚钱聚财如挖渠。有人挖工业之渠，借产品赚钱；有人挖农业之渠，借菜粮赚钱；有人挖商业之渠，借流通赚钱；另有书报、娱乐、旅游、饮食甚至赌博、色情，皆因各人所好而设专渠。这个世界上是处处挖渠，处处设坑，借高水低流之势，把你口袋里的那一点积蓄都要滴引过来，聚而敛之。但今天令我吃惊的是，向以慈悲、普度、舍身、苦行为本的佛，也自己或允许别人在这方圆百公里的九华山腹地引了这么多的渠，挖了这么大的坑。你看那山上卖香的，路边卖佛的，九华街上卖饭开店的，遍山开庙开庵的，拦路行乞的，据说还有经营墓地的。我突然感到昨天在山顶所陶醉的一湾山树、一湾翠竹，竟是一湾欲海。在薄暮时分于茂林修竹间所用心体会的淙淙细泉，原来都向着这个大海流了过来。我们仿佛不是来游山，不是来欣赏山水的美，而是被人招来送钱的，宛如河面上随波逐流的一片落叶。

午饭后我怀着怅然若失的心情下山。车到山口，闪过一湾翠竹和一棵枝叶如盖遮着半天的大树。树下露出了一座黄墙青瓦的古寺。这也是一座上了九华名刹榜的大庙，叫甘露寺，同时也是九华山佛学院。肃穆之象不由让我驻车凭吊。正当中午，僧人午休，整座大庙寂然如灭，使人有忽入空门之感。大殿上杳无一人，唯几炷香缈缈自燃，几排坐禅的蒲团静列成行。佛祖端坐半空，目澄如水，静观大千。殿柱上挂有戒牌，上书《九华山佛学院坐禅规则》："进禅堂心平气和,万缘放下……"廊柱上有《僧伽壁训》："为僧首要老实，接物必重慈悲……"右侧为饭堂，十数排桌凳，原木原色，古拙简朴。桌上每隔二尺之远反扣两个碗，清洁照人。墙上有许多戒条都是当思一餐不易，一粒难得之语。饭厅之侧有平台，上植花木，红花绿叶。一小树干上悬一偈牌，上书："绿竹黄花即佛性，炎日皓月照禅心。"我顿觉佛无处不在。我们这样穿堂入室在大庙中随意行走，偶遇一二僧人也目不斜视，既不怕我们为偷为盗，也不把我们喜作上门的财神，心情比在山上时愉悦多了。返回大殿，我虽不信佛，还是双手合十对着佛像拜了三拜，心中说道："这才是真佛。"

从庙里出来继续下山，车子弯过一弯又一弯，峰峦叠翠，竹影绵绵。我想佛教到底是高深莫测，处处随缘，可以是立见现钱的摇钱树，也可以是一本悟不透的哲学书。你可以马上掏钱换一个安慰，换一个虔诚；也可以无限追求，以情以性去悟那四大皆空、永无止境的佛理佛心。

铁锅槐

一棵上百年的老槐树长在一口铁锅里，这好像绝不可能，但确实如此。

十一月底，我在河南商丘寻找人文古树，看了几棵汉柏宋槐都不理想，大家气喘吁吁地坐下来吃午饭。当地一位朋友突然一拍脑袋说："怎么忘了铁锅槐呢！"放下筷子，我们便冒着小雨赶到七十公里外的白云寺，拜访了这个锅与槐的奇妙组合。

白云寺初创于唐贞观年间，曾是与少林、白马、相国等寺齐名的中原四大古寺之一，但现在香火不旺，我们去时寺里凄风苦雨，只有几个僧人袖手看门，一个小和尚系着围裙在伙房里淘米，后院及两厢都是零乱的砖瓦木料。进门后的右手处就是我们要拜访的铁锅槐，现在已是这个寺的镇寺之宝。

只见一圈石栏杆中躺着一口直径两米多的大铁锅，锅里挺立着一棵有三层楼高，两抱之粗的古槐。锅沿有三指厚，在雨水的润泽下闪闪发光，像是一个套在树根上的项圈。锅已半埋土中，树的主根早穿透锅底，深扎地下，而侧根蜿蜒屈结，满满荡荡，将铁锅挤满撑破后又翻出锅外垂铺在地，像一大块不规则的钟乳石，或是一摊刚冷却了的岩浆。我看着这满锅的老根，只觉得这是一锅正在慢慢烹煮着的时间。虽是深秋，这古槐仍枝繁叶茂，覆盖着半亩大的地面。而整棵树身向西边倾斜，巍巍然如一座比萨斜塔，有一种饱经沧桑的厚重与庄严。

寺院是中国民间特有的宗教圣地，是沟通神与人的桥梁。为了给僧人和香客备饭，寺里常有超大的铁锅，这口两米的大锅还不算最大，我见过一口更大的，洗锅时要放下一个梯子，才能将人送到锅底。大锅往往是一个寺院兴旺的标志。这白云寺在康熙时达到鼎盛，常住僧人千余人。史载康熙二十六年（一六八七年）寺里住持佛定和尚为舍粥济贫，造铁锅两口，日煮米一石二斗。十九年后一口铁锅经长年的火烤水煮终于有了裂纹，就被几个小和尚抬着放到寺的一角。春去秋来，寺院盛而又衰，这口锅也渐渐被人淡忘。沙尘淤满锅底，野草爬上了墙角，淹没了铁锅。这时一只喜鹊衔着一粒槐籽从天上飞过。它俯下身子，看到这汪嫩绿的鲜草，就落下来歇脚，槐籽落在铁锅里。

想这铁锅离开灶台被弃墙角已经数十年，烈日严霜，凄风苦雨，它早已心灰意冷，奄奄待毙。忽然有一只小手轻轻地抓挠着它冰凉的身子，一丝微弱的声音响在耳畔似有似无地呼唤。原来是那粒槐籽经水浸土育，已经开始发芽生根。这口铁锅“支棱”一下打了个寒噤从梦中惊醒，忙将这个幼小的生命搂在怀里。那雪白的细根穿过厚厚的积土吸吮着锅沿上的雨滴，像是在替它擦拭眼角的泪花，而嫩绿的树苗已有尺许之高，正努力探出锅外，好奇地张望着庙宇、蓝天、白云。

铁锅记起了佛经上讲的万物轮回，因果有缘，众生平等。啊，行住坐卧都是禅，一花一叶皆佛性。它知道这是佛祖托它来抚养这个从天而降的小生命，就更加搂紧这棵小树苗。槐树一天天长大，当它已经高过院墙，可以俯视外面的世界时，才发现这个世界上的槐树全是长在土地里，只有它被小心地托着、抱着，长在一口铁锅里，不觉感动得热泪盈眶。这好比一个没有文化，不识字，甚至还身有残疾的母亲，在贫病交加中照样抚育成一个伟岸的英才。千艰万难，玉汝于成。它怎么能不痛感身世飘零而加倍珍惜，一定要活出个样子呢！

铁锅槐无疑是大自然的杰作，就算你有一百个聪明的头脑也想象不出这样的作品。万物有缘，槐树本是一种最普通的树种，数百年来在山地平原，房前屋后不知有槐几多，而长在铁锅里的唯此一棵；铁锅本是一种最普通的炊具，千家万户用来烧水煮饭的铁锅不知几多，但用来栽树而且长成大树的也只有这一个。

再说，就算这锅与树前世有缘，那结合之后的数百年岁月，水火兵燹，雷劈电击，畜啃人砍，寺院塌毁，它们又携手逃过了多少劫难才有今天的正果？物竞天择，自然筛选，这是铁的定律。在无尽的岁月长河中，无数个偶然机缘的组合，就出现了奇迹，就诞生了天才。虽然人类愈来愈聪明，但还是逃不出自然的手心。不见我们办了多少音乐学院，却常会输给一个牧羊女或打工汉的歌喉。办了多少文学院，而大作家总是长在校园外。而皇室为培养自己的接班人，从选妃子、找奶妈开始，到定太子、配师傅，结果大多不如草莽中杀出来的开国之主。假如现在有谁出巨资请你再复制一棵铁锅槐，恐怕打死也不敢接这个活。

铁锅槐虽是天工之物，但它修行于古寺之中，早已融进人的智慧和佛的灵性。虽然在悬崖之上，在大河之岸，树抱石之类的奇树不知多少，但那些树所抱的都是些自然的石头，而这棵古槐抱着的却是一口煮饭的铁锅，是人工所造，佛家所有，为达官贵人煮过茶，为穷乞丐舍过粥的普度众生的锅，是一锅人间烟火。这是信念的守望，是佛与人的拥抱，是伟大的天人之合。你只要看看那锅里劲结的树根，就知道它们有多大的定力，槐树咬定铁锅，将它凿穿、撑裂、抱紧、融合；铁锅则仰着身子吃力地挺举着大树，不顾自己已经被压裂，被深深地挤进了泥土。直至最后再也分不清是锅抱槐还是槐抱锅。这是心的力量，是佛家所谓的大愿，不信世上事不成，不信有缘不结果。它们就这样晨钟暮鼓，相濡以沫，在古寺残阳中不知送走了多少寂寞。山挡不住风啊，树挡不住云，这个世界上什么也挡不住生命的降生。而一个生命一旦降生，就会本能地捍卫生的权利，坚强地活下去！

临出寺门时已暮云四合，我又回望了一下这棵铁锅槐，经秋雨打湿的树身更显出沉稳的铁青，斜伸着的身子像一支要射向云空的利箭。而根部那一圈翻卷着的闪亮的锅沿则如一把拉满弦的弓，引而待发。我忽然觉得，伫立在面前的是一个面壁的达摩，是另一个版本的罗丹雕塑《思想者》。

世人多爱盆景，喜其能于尺寸之间盈缩天地，吐纳岁月。而古今中外，到哪里去寻找铁锅槐这样一个天地所生、人神共塑、震古烁今的盆景呢？

难忘沙枣

四十多年了，我总忘不了沙枣。它是农田与沙漠交错地带特有的树种，研究黄河沙地和周边的生态不能不研究沙枣。

记得我刚从北京来到河套时就对沙枣这种树感到奇怪。一九六八年冬我大学毕业后被分配到内蒙古临河县，头一年在大队劳动锻炼。我们住的房子旁是一条公路，路边长着两排很密的灌木丛，也不知道叫什么名字。第二年春天，柳树开始透出了绿色，接着杨树也发出了新叶，但这两排灌木却没有一点表示。我想大概早已干死了，也不去管它。后来不知不觉中这灌木丛发绿了，叶很小，灰绿色，较厚，有刺，并不显眼，我想大概就是这么一种树吧，也并不十分注意。只是在每天上井台担水时，注意别让它的刺钩着我的袖子。

六月初，我们劳动回来，天气很热，大家就在门前空场上吃饭，这时隐隐约约飘来一种花香。我一下子就想起在香山脚下夹道的丁香，一种清香醉人的感受。但我知道这里是没有丁香树的。到了晚上，月照窗纸，更是香浸草屋满地霜。当时很不解其因。

第二天傍晚我又去担水，照旧注意别让枣刺挂着胳膊，啊，原来香味是从这里发出的。真想不到这么不起眼的树丛里却发出这么醉人的香味。从此，我开始注意沙枣。认识的深化还是第二年春天。四月下旬我参加了县里的一期党校学习班。党校院里有很大的一片沙枣林，房前屋后也都是沙枣树。学习直到六月九日才结束。这段时间正是沙枣发芽抽叶、开花吐香的时期。我仔细地观察了它的全过程。

沙枣，首先是它的外表极不惹人注意，叶虽绿但不是葱绿，而是灰绿；花虽黄，但不是深黄、金黄，而是淡黄；个头很小，连一般梅花的一个花瓣大都没有。它的幼枝在冬天是灰色，发干，春天灰绿,其粗干却无论冬夏都是古铜色。总之,色彩是极不鲜艳引人的，但是它却有极浓的香味。我一下想到鲁迅说过的，牛吃进去的是草，挤出来的是奶，它就这样悄悄地为人送着暗香。当时曾写了一首小词记录自己的感受：

干枝有刺，
叶小花开迟。
沙埋根，风打枝，
却将暗香袭人急。

一九七二年秋天，我已调到报社，到杭锦后旗的太荣大队去采访，又一次看到了沙枣的壮观。

这个大队紧靠乌兰布和大沙漠，为了防止风沙的侵蚀，大队专门成立了一个林业队，造林围沙。十几年来，他们沿着沙漠的边缘造起了一条二十多里长的沙枣林带，沙枣林带的后面又是柳、杨、榆等其他树的林带，再后才是果木和农田。我去时已是秋后，阴历十月了。沙枣已经开始落叶，只有那些没有被风刮落的果实还稀疏地缀在树上，有的鲜红鲜红，有的没有变过来，还是原来的青绿，形状也有滚圆的和椭圆的两种。我们摘着吃了一些，有点涩，倒也有它自己的味道。小孩子们是不会放过它的，当地人把它打下来当饲料喂猪。在这里，我才第一次感觉到了它的实用价值。

首先，长长的沙枣林带锁住了咆哮的黄沙。你看那浩浩的沙海波峰起伏，但一到沙枣林前就止步不前了。沙浪先是凶猛地冲到树前，打在树干上，但是它立即被撞个粉碎，又被风卷回去几尺远，这样，在树带下就形成了一个几尺宽的无沙通道，像有一个无形的磁场挡着，沙总是不能越过。而高大的沙枣树带着一种威慑力量巍然屹立在沙海边上，迎着风发出豪壮的呼叫。沙枣能防风治沙，这是它最大的用处。

沙枣有顽强的生命力。一是抗旱力强。无论怎样干旱，只要插下苗子，就会茁壮生长，虽不水嫩可爱，但顽强不死，直到长大。二是能自卫。它的枝条上长着尖尖的刺，动物不能伤它，人也不能随便攀折它。正因为这点，沙枣林还常被用来在房前屋后当墙围，栽在院子里护院，在地边护田；三是它能抗盐碱。它的根扎在白色的盐碱土上，枝却那样红，叶却那样绿，我想大概正是从地下吸入了白色的盐碱变成了红色的枝和绿色的叶吧。因为有这些优点，它在严酷的环境里照样能茁壮地生长。

过去我以为沙枣是灌木，在这里我才发现沙枣是乔木，它可以长得很高大。那沙海前的林带，就像一个个巨人挽手站成的队列，那古铜色的粗干多么像男人健康的臂膀。我采访的林业队长是一个近六十岁的老人。二十多年来一直在栽树。花白的头发，脸上深而密的皱纹，古铜色的脸膛，粗大的双手，我一下就联想到，他像一株成年的沙枣，年年月月在这里和风沙作战，保护着千万顷的庄稼不受风沙之害。质朴、顽强、吃苦耐劳，这些可贵的品质就通过他那双满是老茧的手在育苗时注入到沙枣秧里，通过他那双深沉的眼睛在期待中注入到沙枣那红色的树干上。

不是人像沙枣，是沙枣像人。

隔过年，阴历端午节时，我到离沙地稍远一点的一个村子里采访。这个地方几乎家家房前屋后都是沙枣，就像成都平原上一丛竹林一户人家。过去我以为沙枣总是临沙傍碱而居，其叶总是小而灰，色调总是暗而旧。但在这里，沙枣依水而长，一片葱绿，最大的一片叶子居然有一指之长，是我过去看到的三倍之大。清风摇曳，碧光闪烁，居然也不亚于婀娜的杨柳，加上它特有的香味，使人心旷神怡。沙枣，原来也是很秀气的。它也能给人以美，能上能下，能文能武，能防沙，能抗暴，也能依水梳妆，绕檐护荫，接天蔽日，迎风送香。多美的沙枣！

那年冬季，我移居到县城中学来住。这个校园其实就是一个沙枣园。一进校门，大道两旁便是一片密密的沙枣林。初夏时节，每天上下班，特别是晚饭后、黄昏时，或皓月初升的时候，那沁人的香味便四处蒸起，八方袭来，飘飘漫漫，流溢不绝，让人陶醉。这时，我就感到万物都融化在这清香中，充盈于宇宙间。

宋人咏梅有一名句"暗香浮动月黄昏"，其实，这句移来写沙枣何尝不可？这浮动着的暗香是整个初夏河套平原的标志。沙枣飘香过后，接着而来的就是八百里平原上仲夏的麦香、初秋的菜香、仲秋的玉米香和晚秋糖菜的甜香。沙枣花香，香飘四季，四十多年了还一直飘在我的心里。

奉献给死者的艺术

上飞机前还有一小时的机动时间，我坚持要去看看莫斯科的公墓，看看那个特殊的文化角落。

去得匆匆，竟连大门口是什么样子也未及细看，只记得是一条很宽的街，高大的门，门对面好大一片树林，绿涛翻滚着，无闹市的喧嚣，有郊野的清风，气氛是一种淡淡的寂静。一进门，甬道两旁分列着一排排的常青松柏，松柏下是死者整整齐齐的眠床。这里没有中国公墓常见的土堆，也无供骨灰的灵堂，只有绿树护着青石，青石衬着鲜花，猛一看像一个清净的公园或谁家的庭院。

我向一个靠近路边的墓葬走去。墓盖是一面极光洁的花岗石板，石板中央伸出两只大手，也是花岗石雕成，粗壮的腕部，有力的骨节，立时叫人起一种坚实的联想。这两只手轻轻地合拢着，捧着一块三角形的大红宝石。我一时不解了。这组颇具匠心的雕塑，就算是墓碑吗？那么这下面安息着一个怎样特殊的人呢？我在墓前肃立良久，细细揣度着，那双手从石中冲出时的强劲与合拢时的轻柔，那花岗石的纯黑与宝石的鲜红，幻化成一种多层复合的美，将人引向一个深邃的意境。向导过来告诉我，这里安眠着的是一位著名的心脏外科专家，他一生用自己灵巧而有力的手拯救过无数人的生命。噢，我一下明白了，一个人死后用这种含蓄的手法来表达他的生平与事业，表达生者对死者的纪念。最哀切的事情却用最艺术的手法来表达，这是一种多么平静、超脱而又理智的举动啊！我们说长歌当哭，他们却更祭以艺术。

我慢慢地往里去，一股强劲的艺术魅力如磁石般的吸引着我。这哪是什么墓地，简直是画廊。所不同的是这里每一件艺术品下还有一个曾是活泼泼的人，那是这件艺术的根，是它的主题。墓碑全部是清一色的黑花岗石，打磨得极光亮，熠熠照人如一面银镜。有的只简单地在这石面上刻出死者的头像，轻轻的又淡淡的如一幅随意素描。说是清淡，那不过是艺术的质感，这石与锤造就的作品自然是风雨不去，历久如新的。有的凿成浮雕，死者的形象微微突起在石板、石块或石柱上，若隐若现，好像在天国那边透过云雾回望人间。更多的则是半身胸像和各种含义深刻的组合雕塑。但这偌大的墓地无两块相同式样的墓碑。生者不肯抹杀死者的个性，也决计要表现出自己的匠心。一位叫依留申的飞机设计师，他的墓碑是一个圆柱形与凹面的组合。圆柱上雕有他的胸像,胸前有三个醒目的大勋章。

那块凹面石块立衬在石柱后面，表示无垠的天穹，天穹上还有些飞机的航行轨迹。看着这一组近在咫尺，盈缩如许的石雕，我顿然如驰骋蓝天，并感到一种凌云的壮志。有一位海军将领，他的墓盖上只有一只大铁锚，黑锚金链，屹然挺立，风打浪涌，不动丝纹。有一组更特殊的墓碑，石柱上横着一个大箭头，上面浮雕着六个人的头像。这只箭头正穿云过雾急急飞行。原来这六个人是一个派到国外的救援小组，不幸同机遇难。

松柏中有一组男女雕像吸引了我。不用说这是一个合葬墓了，令人吃惊的是两人全是裸体。男子略向前俯身，依在一石上。右臂弯回，手中握着一柄铁锤，女子偎在他的身后，手执一条轻纱，款款地飘在身后。两人都目视前方，但我切实地感到他们的心是那样地相连相通，是一个不可分的整体。最纯真大方的爱是用不得一点遮掩的。原来这对夫妻，男的是雕刻家，女的是一位芭蕾舞演员，都是搞艺术的。我想这组作为墓碑的石雕一定是他们生前设计好，嘱后人这样创作的。试想以我们的传统观念谁愿在自己的墓前留一个裸体像呢？又有谁敢将自己的亲友雕成一个裸体立于墓上呢？但艺术家自有艺术家的思考。世间虽有山水的磅礴，花草的艳丽，但哪一种美能比得上人体蕴藏的灵感呢？而这种人类的共性之美，并不是随便哪一个形象都可以表达的，只有那些个别的极富外美条件的人体才可充分表现这种内蕴的美感。这两位艺术家，一个人是终生为人们塑造这种能表达内蕴之美的外形，另一个则所幸天地钟秀其身，就矢志以自己美的外形去表现人类美的灵魂。总之，他们一生都沉浸在对人体美的追求、创造中。正当他们的事业处于顶峰之时，突然上帝要召他们而去，这是多大的遗憾啊。我好像听见他们在弥留之际请求上帝答应他们再给世上留下点东西。上帝说只许一件，这就是墓碑。于是他们就将自己的一生浓缩在这块石头上。他们要将自己美丽的躯体展示在这里，用这力、这柔、这情，留给后人永恒的美。什么才能久而不朽呢？石头。什么才能跨越生命的“代沟”，无言地表达感情与思想呢？艺术。于是这石头的艺术便成了死者与生者在墓前吻别的信物。

当匆匆的一小时参观行将结束的时候，我没忘记这普通公墓里还有一位不普通的人物——赫鲁晓夫。他的墓在公墓前后大院之间的甬道旁，占地不大。我没想到这样一个曾为超级大国一号领袖的人物,死后却屈身路旁。当他和光明一别之时,就来这里与民同乐了。而他的墓碑从艺术角度说也真有个性。那是由三个黑白方格相扣而成的石雕，在最上一格中放着赫鲁晓夫的人头雕像。赫在位时的一件惊世之举就是将斯大林遗体迁出列宁墓，而他现在却被置于公墓堆中。历史人物的功过且由历史学家去评说，但艺术家自有自己的见解。据说，这个墓碑的设计者曾受过赫鲁晓夫的批评，但他并不是从个人好恶出发，只是客观地认为赫这个人是功过参半，所以就用黑白两色夹一人头，而赫的家属也接受了这个方案。我站在那里好一会儿，端详着这件艺术家送给政治家的礼物。

在回去的车上，我自然联想到国内的墓葬风气。一次在南方旅行，老远就见到青山上一片片的白，像长了秃疮一样。那是新修的水泥墓。像这样铲去青松翠柏，铺上冰冷的水泥，且不说破坏水土，于死者又有何益呢？建筑向来标志着当时当地的社会文化。我想起一位建筑师朋友说的话：世界上的建筑可以分为三类——给人住的，给神住的，给鬼住的。那么通过神鬼之居的庙堂、陵墓同样可以窥见社会文明之一斑。封建帝王可以独占金字塔或十三陵那样大的地下宫殿，而刚才参观的这个苏联公墓无论贵贱，每人交一笔租金，占地一方，限期十四年。这几年我们国内不少人富了，人住的房子非常现代化，却又按最陈旧的规矩去盖庙修墓安抚鬼神。看来有了钱，没有文化，没有新观念还是难超越自我。能懂得向死者献上一件富有审美价值的雕塑，生者与死者之间能以艺术的方式倾心交流思想，交流感情，这个民族的文化素养就不会很低了。

特利尔的幽灵

《共产党宣言》的第一句话就是："一个幽灵，一个共产主义的幽灵在欧洲上空徘徊。"我不知道德文的原意，也不知道中文翻译时为什么用了这个词。中国人的习惯，幽灵者，幽远神秘，缥缈不定，威力无穷。看不见，摸不着，似有似无，信又不信，几分敬重里掺着几分恐惧，冥冥中看不清底细，却又摆不脱对它的依赖。大概这就是幽灵。

或许就是这幽灵的魅力，我一到德国就急着去寻访马克思的故居。马克思出生在德国西南部的特利尔小城。那天匆匆赶到时已近黄昏，我们在一条小巷里找到了一座灰色的小楼，在清静的街道上，在鳞次栉比的住宅区，这是一处很不引人注意的房舍，落日的余晖正为它洒上一层淡淡的金黄。我推门进去，正面一个小小的柜台，陈列着说明书、纪念品，门庭很小，窗明几净，散发出一种家庭式的温馨。最引人注目的是墙上的一张马克思像，不是照片，也不是绘画，是一幅用《共产党宣言》的文字组成的肖像。连绵不断的英文字母排成长长的线，勾勒出马克思的形象——我们所熟悉的大胡子、宽额头和那双深邃的眼睛。我在这张特殊的肖像前默默地站了好大一会儿。一个人能用自己驰名世界的著作来标志和勾勒自己的形象，这真是难得的殊荣。

故居的小楼共分三层，环形，中间有一个小小的天井。一层原是马克思父亲从事律师职业时的办公室，现在做了参观的接待室；二层是马克思出生的地方，现在陈列着各种资料，介绍马克思的生活情况和当时国际共运的背景；三层陈列马克思的著作。其实。马克思出生后在这里只住了一年半，他父亲一八一八年四月租下这座房子，五月五日马克思出生，第二年十月全家便搬走了。马克思于此地可以说毫无记忆，他以后也许再没有来过，但是后人记住了它。一九〇四年，这座房子被特利尔一位社会民主党人确认为就是马克思的出生地，党组织多次想买下它，限于财力，未能如愿。到一九二八年才用十万金马克从私人手中买下并进行修复，计划在一九三一年五月五日对外开放。但接着政治形势恶化，希特勒上台，一九三三年五月，房子被没收，并做了法西斯地方组织的党部。直至第二次世界大战结束，社会民主党才重新收回了这座房子，一九四七年五月五日终于第一次开放。

世事沧桑。从马克思一八一八年在这座房子里出生到现在已过了一百七十年，这期间世界变化之大，超过了这之前的一千七百年。但是世界仍然在马克思的脑海里运行。陈列馆里有一张当年马克思投身工人运动和为研究学问四处奔波的路线图，一条条细线在欧洲大地来回穿梭，织成一张密网。英国伦敦是细线交会最集中的地方。我目光移驻在这个点上，自然想到那个著名的故事：马克思在大英博物馆读书、写作，时间长了，脚下的石板给蹭出了一条浅沟。就像少林寺石板上留下了武僧的脚窝一样，不管是文功还是武功，都是要下功夫的。马克思从一开始就把整个地球，把地球上的经济形态、生产关系、科学技术、人的思维及这个世界上的哲学等，全部作为他的研究对象。他要为世界究出个道理，理出个头绪。他是如亚里士多德或者像中国的老子那样的哲人。他看到了工人阶级的贫困，但他绝不只是想改变一时一地工人的境况。他不是像欧文那样去搞一个具体的慈善实验，就是巴黎公社，他一开始也不同意。他是要从根本上给这个乱糟糟的世界求一个解法。这座楼里保存最多的资料是马克思的各种手稿和著作的版本。我们最熟悉的当然是《共产党宣言》和《资本论》了。这里有最珍贵的《共产党宣言》第一版。在这之前还没有哪一本书能这样明确地告诉人们换一种活法，能在全世界范围内掀起一场持续百年而不衰的运动。我们只要看一看这橱窗里所陈列的从一八四八年首次出版以来，各地层出不穷的《共产党宣言》版本，就知道它的生命力。它怎样为世界所接受，又怎样推动着世界。据统计，《共产党宣言》共出版过二百多种文字的两千多种版本，它传到中国是一九二〇年，由陈望道先生译出第一个中文本。从此，起起落落经历了两千年农民起义的神州大地卷起了一股崭新的风暴——共产主义的风暴。那些在油灯下捧读了麻纸本《共产党宣言》的泥腿子，他们再不准备打倒皇帝做皇帝，而是头戴斗笠，肩扛梭镖，高喊着“全世界无产者联合起来”，呼啸着冲过山林原野。

三楼的第二十二展室是专门收藏和展出《资本论》的，最珍贵的版本是《资本论》第一卷的平装本。《资本论》是一本最彻底地教人认识社会的巨著，全书一百六十万字，马克思为它耗费了四十年的心血，为了写作，前后研究书籍达一千五百种。在这之前谁也没有像他这样讲清资本和劳动的关系。恩格斯在马克思的墓前说，马克思一生有两大发现：一是发现物质生产是精神活动的基础；二是发现了资本主义的生产规律。这本书不只是教人认清剥削，消灭剥削，它还教人认识生产力和生产关系、组织经济、发展经济。甚至它的光焰逼得资本家也不得不学《资本论》，不得不承认劳资对立，设法缓和矛盾。《资本论》是一个海，人类社会的全部知识，经过了在历史河床上的长途奔流，又经过了在各种学科山林间的吸收过滤，最后都汇到了马克思的脑海里来，汇到了这本大书里来。我看着这些发黄的卷了边的著作和各种文字的密密麻麻的手稿，看着墙上大段的书摘，还有规格大小不一、出版时间地点不同的各种版本，一种神圣的感觉涌上心头。我仿佛是从大海里游上来，长途跋涉，溯流而上来到青藏高原，来到了长江、黄河的源头，这时水流不多，一条条亮晶晶的水线划过亘古的高原，清流漫淌，纯净透明，整个世界静悄悄的，头上是举手可得的蓝天白云。夕阳从天井里折射进来，给室内镀上了一层灿烂的金黄。

一百五十多年前，马克思宣布了“共产主义幽灵”的出现，欧洲一切反动势力真是茫茫然，吓得手忙脚乱。一百五十多年后，当我站在特利尔这座小房子里时，西方人已经不怕马克思了，这窗户外面就是资本主义世界。这个世界完整地保存了这座房子，还在它的旁边开辟了马克思纪念图书馆。在对马克思主义的幽灵进行了那个“神圣的围剿”后，现在已不得不承认它的存在，并认真地从中汲取着养分。一九八三年马克思逝世一百周年时，当时的西德[①]曾

① 德意志联邦共和国，又称西德，是一九四九年五月至一九九〇年十月之间存在的国家。一九四五年柏林战役战败后，纳粹德国投降，德国领土被分为四个占领区，由美国、苏联、英国、法国管制。一九四九年，美国、英国、法国占领区合并成立西德，苏联占领区成立东德。一九九〇年十月三日东德、西德统一。

专门发行八百三十二万枚铸有马克思头像的硬币，其中三十五万枚专供收藏。而在此前，西德马克上只铸历届总统的头像。联邦政府国务秘书就此事在议会答辩说："马克思的政治观点在西方虽有争论，但他无疑是一位重要的学者，应该受到人民的尊敬。"牛津大学希腊文教授休·劳力埃德琼斯说："现有的大量文献，包括一部分很有价值的，都是在马克思主义的基础上产生的。不仅在历史、政治、经济和社会各门学科中，而且在美学和文学批评领域中，马克思主义都是每个有常识的读者必须与之打交道的一种学说。"他们就像一位输在对方剑下的武士，恭手垂剑，平心静气地讨教技艺。

从留言簿上看，来这里参观最多的是中国人。马克思主义于中国有太多太多的悲欢。这个幽灵在中国一登陆，旧中国的一切反动势力立即学着欧洲的样子"对这个幽灵进行神圣的围剿"。就是共产党内，在经历了十月革命一声炮响送来马克思主义的一刹那兴奋之后，接着便有无穷的磨难。这个幽灵一入国门，围绕着怎样接纳它，运用它，便开始了痛苦的争论。幽灵是万灵之药，是看不见的，是来自遥远欧洲的提示，是冥冥中的规定，是马克思的在天之灵。中国这个封建文化深厚、崇神拜上、习惯一统的国度，总是喜欢有一个权威来简化行动的程序，省却思考的痛苦。中国历次农民起义总要先托出一个神来。陈胜、吴广起义托狐仙传话，刘邦起义假斩蛇树威，直到洪秀全创拜上帝会自称上帝的代言人。总之，要从幽冥之处借来一个威严的声音，才好统一行动。于是，传播共产主义幽灵的书一到中国，便立即有了革命的"本本主义"，这种借天上的声音来指导地上的革命所造成的悲剧，择其大者有两次。一次是土地革命时期，王明的"左"倾路线，导致根据地和红军损失殆尽。

是毛泽东摈弃了洋本本，包括摈弃了共产国际派来的那个马克思的老乡——军事指挥官李德，而只用其神，只用其魂。他不要德国的、欧洲的外壳。他用中国语言，甚至还带点湖南味道大声说：“打得赢就打，打不赢就走，农村包围城市。”一下就讲清了中国革命的战略问题。幽灵才真的显灵了，革命重又“六盘山上高峰，红旗漫卷西风”。第二次是新中国成立后，对生产关系的错误估计导致了“大跃进”、公社化对生产力的破坏，直至全面崩溃的“文化大革命”。是邓小平再次摈弃了洋本本，他再一次甩开强加给共产主义幽灵的沉重的外壳，用中国语言，甚至还有点四川味道说了一声“不管白猫黑猫，抓住老鼠就是好猫”，并大胆问了一句：“到底什么是社会主义？”一下子就使中国这个老大社会主义跳出了共产主义的狂想，跳出了红色纯正的封闭。

当我们这几年逐渐追上了发展着的世界时，回头一看，不禁一身冷汗，一阵后怕。马克思当年批评大清帝国说：“一个人口几乎占人类三分之一的大帝国，不顾时势，安于现状，人为地隔绝于世并因此竭力以天朝尽善尽美的幻想自欺。这样一个帝国注定最后要在一场殊死的决斗中被打垮。”如果我们还是那样封闭下去，将要重蹈大清帝国的覆辙。

读了几十年马克思的书，走了几十年曲曲折折的路，难得有缘来到马克思最初降临人间的地方，观看这些最早出现在人世的福音珍本。但这时我已不像当年在课堂里捧读时那样，面前一片空白，心中的思考有如眼前这些藏书一样沉重。我注视着墙上用《共产党宣言》文字组成的马克思的肖像，他像佛光中的佛祖一样，忽然清晰，又忽然模糊。一会儿浮现出来的是马克思的形象，他的宽额头、大胡子，一会儿人不见了，只是一行行的字母，字里行间是百年工运的洪流和席卷全球的商业大潮。我想，我们还是不了解马克思，许多年来我们对他若即若离，似懂非懂。这几年，我们也曾急切地追问："资本主义为什么腐而不朽，打而不倒呢？这个幽灵为什么不灵了呢？"但是就在这个房间里，打开这尘封褪色的书稿，马克思早在一八五九年就指出："无论哪一种社会形态，在它所能容纳的全部生产力发挥出来以前，是绝不会灭亡的；而新的更高的生产关系，在它存在的物质条件在旧社会的胞胎里成熟以前，是绝不会出现的。"过去我们也曾认真地对照马克思的书，计算过雇几个工人就算是资本主义，数过农民家养几只鸡就算是资本主义。但是我们又忽略了，仍然在这些书稿里，马克思面对人们急切地询问他社会主义的步骤时说："现在提出这个问题是虚无缥缈的。"恩格斯说得更明白："我们不打算把什么最终规律强加给人类。关于未来社会组织方面的详细情况的预定看法吗？您在我们这里连它们的影子也找不到。"马克思是一个伟大的思想家，而我们却硬要把他降低为一个行动家。共产主义既然是一个"幽灵"就幽深莫测，它是一种思想而不是一个方案。可是我们急于对号入座，急于过渡，硬要马克思给我们说下个长短，强捉住幽灵要显灵。现在回想我们的心急和天真实在让人脸红，这就像一个刚会走路说话的毛孩子嚷嚷着说："我要成家娶媳妇。"马克思老人慈祥地摸着他的头说："孩子，你先得吃饭，先得长大。"到一个半世纪后，中国共产党在北京召开十五大，认真地总结二十世纪以来的经验教训，指出党绝不能提什么超越现阶段的任务和政策。江泽民同志说："社会主义初级阶段，是逐步摆脱不发达状态，基本实现社会主义现代化的历史阶段……

这样的历史进程，至少需要一百年时间。”这就是历史唯物主义。中国俗话讲：日久见人心。心者，思想也。常人之心，年月可现；哲人之心,世纪方知。马克思实在是太高深博大了,在过去的岁月里，无论是东方的还是西方的学者，无论是资本主义的还是社会主义的实践者，其实都才从皮毛上理解了他的一小部分，便立即或好或恶地注入感情，生吞活剥地付之行动。他们经过许多跌跌撞撞、磕磕碰碰之后，再又来到他的肖像前、他的故居、他的墓旁、他的著作里重新认识马克思。

从故居出来，天已擦黑。特利尔很小，只有十万人口，却是德国最古老的城市。街上灯火辉煌，我们找了一家很有现代味道的旅馆，便匆匆安歇了。如今我从东半球飞到西半球，就像唐僧非得要到释迦牟尼的老家去一趟不可，跋涉万里，终于还了这个愿。我带着圣地给我的兴奋和沉思慢慢进入梦乡。第二天早晨一醒来，满屋阳光。推开窗户，惊奇地发现街对面竟是一座古罗马的城堡，一座完整的城门和向两边少许延展的残墙，距今已两千四百年。城堡全由桌子大小的石块砌成，石面已长满绿苔，石缝间也已长出了手臂粗的小树。就像一位已经石化了的罗马老人，好一派幽远的苍凉，我感觉到了历史的灵魂。而越过城堡的垛口向南望去，还有一座尖顶的古教堂，据说也已经一千四百年。沉重的红墙，窄窄的窗口，里面安置着主的灵魂。城堡和教堂只隔几条街，历史却跋涉了一千年，到它再走进我们住的这座旅馆，又用了五百年。咫尺方寸地，岁月两千年啊。我注视着这个宁静的历史的港湾，不禁想到，凡先驱者的思想，总是要留给我们一段长时间的理解和等待。就在离特利尔不远的乌尔姆还诞生了德国的另一个大哲人爱因斯坦，他的相对论发表之初，据说全欧洲只有八个人懂，到四十年后第一颗原子弹爆炸，人们才信服了他。而就是现在，许多人对其深奥理论也还是似懂非懂。我又想起一件事，也是马克思的老乡，天文学家开普勒经过十六年的呕心沥血，终于发现了行星的运行规律，他欣喜若狂，在实验笔记上大书道："大事告成，书已写出，可能当代就有人读它，也可能后世才有人读它，甚至可能要等一个世纪才有读者，就像上帝花了六千年才等来一位观察者一样，这我就管不着了。"

思想家只管想，具体该怎么做，是我们这些后人的事。既然是灵魂，它就该有不同的躯壳，它就有永远的生命。

佩莱斯王宫记

我曾暗发宏愿，如果可能，要遍访世界上现存的王宫。因为王是一国权力的最高象征，王宫自然集中了这个国家最好的东西，包括自然风景、建筑艺术、历史文化，等等。所以当罗马尼亚主人邀请我们访问佩莱斯王宫时，我窃喜正中下怀。

车子从布加勒斯特出发，向北驶去，一望无际的平原上刚翻过的土地袒开褐色的胸膛，天边或路旁不时出现一片茂密的森林，我顿然感到大自然的辽阔和这异国风光的美丽。路边靠着公路很近的地方常有农民的住房，这极普通的建筑却令我在车里激动得无法坐稳，欠着身子，贴着车窗贪婪地向外看。我的第一感觉是：这房子不是给人住的，而是给人看的。大凡给人住的房子，总是面积求大，结构简单，用料用工求省，所以现代民居，要是平房就是一个火柴盒子，要是楼房就是一个大集装箱。而这些房子却绝不肯四面整齐划一，房子的一面或凸或凹，呈折线或弧线的美。我的视线紧紧捕捉着一套扑过来又急急闪过的房子，它的门厅有意不开在正中，而是于房角挖掉一块，像一个熟鸭蛋被切了四分之一，露出蛋黄剖面，颜色和方位都十分雅致。路边所有的房顶都不像中国的房子一样，成一面坡或两面坡，那房收顶时才是建筑师大露一手之际，屋顶伸出许多尖的、圆的、多棱形的高柱，如魔盒子里探出的手。我想这房主人都是些大公无私、为他人着想的人。要是只为实用，大可不必这样复杂，他却花钱花工，给来往的行人制造了一件工艺品，供行人免费参观，为他们提供美的享受，使许多如我这样的外乡人大饱眼福。这是参观王宫前的一个铺垫，我的情绪先有了一个适应异域的空间转换。

车子甩脱平原渐入山区，远处是白雪皑皑的山峰，公路沿着一条条山谷，谷下有河，名佩莱斯河，此地就因河得名。河隐藏在浓密的松树、白桦、冷杉深处，水流潺潺，只闻其声。树是特别的高大，一般要二人合抱，密密地插在山坡上。积雪压在叶上，铺在树下，雪静树更绿，空山不见人，有一种莫名的幽邈。我忽然想起曾看过的一部电影，是讲述罗马尼亚古代社会一段历史的。公元前，这片土地上生活着达契亚人，这是罗马尼亚人的祖先。公元二世纪罗马人侵入这里，达契亚人开始了与罗马人的长期征战、融合。那片子的外景大约就在这沟里拍的，也是这树、这水和沟里尖顶的草房。武士们用笨重的铜剑格斗，声震山谷，尸横遍野。印象最深的一幕是：一支军队因败阵归来要执行军纪，处死一半，于是站成一列，一、三、五，单数点名，点到的人出列，伏首到前面的木墩子上，引颈等着巨斧劈下，遵命如流，视死如归。那曾经是一个多么野蛮又多么壮丽的时代。当时我坐在影院，被震慑得如痴如呆，忘乎所以。想不到今天能溯访此地。我停车路边，向深深的谷底、密密的林中眺望，希望那里能走出一两个腰围兽皮，握剑持盾的勇士。山风吹过，树森然不动，却抖落下一些纷纷扬扬的雪。

王宫坐落在山湾子里，公路在这里随山的走向绕了一个圈，水好像也是在这里发源的。东面是一面斜伸上去的大雪山，凄迷的雪雾一直漫到天外，古树在雪线以下排着奇幻的方阵，忽出沟底，忽涌波上，森森然，如黛如墨，有时消失在远处的雪光中又如烟如织。王宫在山坡上临谷面南而立，这是一座石木结构的民族式宫殿，它本身就是一座巍然的小山。宫以厚重的花岗石起墙，越往上越层叠错落，挑出许多的尖顶，用橡木镶包成各种图案的门窗，衬着皑皑的白雪，掩映在常青的松杉和还留着些红叶子的枫树林中，完全是一个童话世界。这王宫的第一位主人是一八六六年从德国来的卡罗尔国王。卡罗尔是中国宋徽宗、李后主式的人物，身为国王却酷爱艺术，这王宫是他亲自参与设计督造的，里面结结实实地收藏着各种艺术品。王宫于一八七五年开始建造，一八八三年基本建成，到一九一四年全部完工时，卡罗尔也已去世了。

王宫共三层，一百六十间房。门向西开，进门就是一个通高三十多米的天井，中央是客厅，墙上垂下十八世纪的壁毯，厅内全套意大利硬木家具。上二楼，左边一武器库收藏着五至十九世纪的武器，有阿拉伯的剑、中国的弓，还有一把关公刀，一副连人带马的骑兵铠甲，据说是全罗马尼亚唯一的了。右边是国王的办公室，室内桌椅的侧面、腿脚处、扶手上全是浮雕，椅子扶手的造型是四个坐着的小人，还都跷着一条腿。桌上的烛台分为两层，上下层间有三个顽皮的小儿，头顶重物状，神色颇惹人爱。天花板是三寸厚的木浮雕花饰图案。另有一写字台，侧面浮雕一老人头像，他勇往直前，长发被风吹向后面，如呼啸的火车头。台角的废纸篓也是皮革精制，上面刺着花纹，墙上有伦勃朗的名画。再往前是天井式的藏书室，二层楼，橡木书柜，有旋梯可上下取书。桌上有信札箱，是皇后手绘的箱面。王宫里紧邻办公之地就有藏书室，大概是欧洲皇帝的习惯。沙皇冬宫里的藏书室也与这差不多，只是更大些。我在中国故宫没有见到这种设施，也许我们的皇帝不如他们爱读书，或者我们现在搞旅游的人不着意展示这些。藏书室后又有一个小办公室，小办公室右拐，便开始出现了一大串的客厅。这客厅颇类似于我们人民大会堂以各省命名的大厅，不过它是以艺术类别或国家、地区命名，而分别收集各地的艺术品。

第一个是音乐文学厅，国王在这里接见作家、艺术家。全套桌椅是印度国王送的，黑色硬木，镂空浮雕，据说用了三代人工才完成。还有日本的瓷器，一对中国的大双龙洗，直径约有半米。最可看的是墙上的四幅油画，全以一个少女为题，据说是王后的构思。第一幅代表春天，少女从花丛中走出，和煦的阳光照着她幸福的脸庞；第二幅代表夏天，阳光从浓荫中射出，她的纱裙飘动着幻化出一种热烈的向往；第三幅色调转深，那女子低着头，一种秋的悲凉；第四幅，少女半裸着伏在一片雪地上，一片圣洁。这王后是国王上任后三年娶过来的，她也酷爱艺术，是一个作家、诗人，夫妻算是珠联璧合。可以想见他们每天在王宫里就是以这艺术的切磋来打发时日。没有听说过宋徽宗有什么擅画的妃子做伴。李后主的周后只是天生的美貌，他后来又纳了周后之妹，一个更美的美人，为她写了那首著名的“手提金缕鞋”词，却也未见二周有什么唱和，看来他们还是不如卡罗尔幸福。

音乐文学厅后是意大利厅，两侧立着米开朗琪罗的三个铜雕，墙上是六幅意大利名画；再前，威尼斯厅，两件拉斐尔复制伦勃朗的圣母像，原件已经失传，此复制件也就成绝响了；再前，阿拉伯厅，满是地毯、挂毯，最有趣的是那几个长枕头，一枕可十人共眠；再前，土耳其厅，然后右折是长廊，长廊尽头再右折是小剧院。到此已绕王宫一周，再下又是武器库了。一九一〇年后这剧院又改成电影厅，舞台上刻有国王的一句话："一切艺术我都喜欢。"国王常在这里观摩演出，有时兴之所至还登台朗诵。这大概又类似我们的唐玄宗了，他亲自谱写《霓裳羽衣曲》，又做导演，又与宫人共舞。卡罗尔虽喜欢艺术，治国方面也没有出什么大错，这一点比宋徽宗、李后主、唐玄宗都强。

从王宫出来我又在周围的山坡林间徜徉了一会儿。除这座王宫外，旁边还有稍小一点儿的七八处宫殿，现在都做了旅游饭店。有一处就是我们昨晚睡的，内部设施极豪华。但最美的还是周围的白雪、绿树和沟里潺潺的流水，昨晚夜半醒来，皎月在天，雪光映窗，偶有一两声狗吠，或"咔嚓"一声雪压树枝的断裂声。要不是碍着外宾的身份，我真想半夜出户作一回秉烛夜游了。现在再看这景虽没有昨夜梦幻式的朦胧，但还是一样地静、一样地美。我佩服卡罗尔国王，他用艺术家的眼光选中了这块上帝创造的王土内最美的地方，又用王的权力集中人力在这里创造了一座艺术宫殿。他的后辈尊重这创造，所以他一死，第二代国王就立即重建新宫，把旧宫做了艺术博物馆，直到今天。国王是有至高无上的权力，但权力再大也将随生命而止。可是当他趁有权之时，选择干一件国家民族永远记住的事，这权力便变成了永久的荣誉。卡罗尔选择了艺术，他知道艺术之河长流，艺术之树常绿，就如这佩莱斯的山和水。

到处都伸出一双乞讨的手

尽管我们受到了特殊的礼遇，尽管这里的风光是平生从未见过的美，但是在将离开印度时，我们几个人都发誓不愿再来第二次了。我们实在受不了那一双双总是在你面前晃着的乞讨的手。

七日凌晨三时到新德里，住五星级阿育王饭店。旅途劳顿，蒙头大睡，早晨醒来一开门，两个白衣黑汉（印度的饭店全是男服务员）就进来打扫。我们下楼吃饭，回来时房间已收拾好，这时他们又进来挥着大抹布比画着说："打扫一下好吗？"我点头表示同意。他不打扫，出去一趟，又敲门进来，又比画一下，我又点头，他又不打扫，出去又回来。这样骚扰再三，我终于明白是来要小费的。但刚下飞机，饭店银行还未开门，卢比换不出来。一大早我们同行的几个人都受到这种反复的"问候"。直到换来钱，发了小费我们才有了一点自由，才能静下来观察一下这座以印度历史上的秦始皇命名的豪华的饭店。

一会儿，使馆同志来约去看看市容。浓绿阔叶的参天巨木，沿街随意怒放的玫瑰，嫩细的草坪，使我们顿生新奇兴奋之感。沿着总统府前气势雄浑的大道，我们漫步到印度门下。这是一座如巴黎凯旋门式的纪念碑建筑，我掏出相机，仰头辨认着门楣上的字迹，准备作一会儿历史的沉思，身后却响起清脆的小锣声，回头一看，一个精瘦的黑汉子牵着两只猴子，龇着一口白牙，不知何时已蹲在我们身后的草坪上，那两只猴子正围着他挤眉弄眼地转圈。他一见我们回头，便招手请照相。陪同连说："那是讨钱的。"话音未落，快门已按，那汉子早起身伸手，那两只小精灵也立即停止舞动，静静地伺立两旁。我们猝不及防，只好掏出十个卢比，打发走玩猴人，重又抬头研究印度门的历史。忽然背后又响起呜呜的笛声，又一个头上缠着一大团花布的汉子，不知何时已盘膝坐在我们身后，他面前摆着一个小竹盘，盘中蜷缩着一条比拇指还粗些的长蛇。那蛇随着笛声将头挺起一尺高，吐出长长的信子，样子十分凶残。思古幽情让这一猴一蛇给彻底吹掉了，况且我们刚才匆匆出来，也没有换几个零钱。大家便准备上车走路，但那玩蛇的汉子却拦住路不肯放行，说少给一点也行，又突然将夹在腋下的竹盘一翻，那蒙在布里本来蜷成一盘的蛇突然像人一样立起前身，探头吐信，咄咄逼人。汉子脸上涎笑着，一手托蛇，一手伸着要钱，没办法，又投下十个卢比，我们慌忙而去。

从印度门出来到红堡，这是一座印度末代王朝的皇宫。门口熙熙攘攘，卖水果的，卖孔雀毛的，卖假胡子的，拦住路非要给你剪个影不可的，五光十色，喊声不绝，像一锅冒着热气的八宝粥。这回有了经验，不管什么人上来，连声"NO，NO"，目不旁视。但是当我们从堡内出来，又有几个人拥了上来，非要领你到停车场不可。真是笑话，我们自己刚才停的车，还用别人领路？但是不行。特别是一个拄拐的残腿青年，你左突右冲，他东拦西堵，而且故意在你面前晃动那条只有半截的腿。只好给他十个卢比。拿了卢比也不领路了，我们自己去上车，这简直有点强夺了。

从红堡出来去看甘地墓，进墓地要脱鞋，门口早有一堆人争着给你看鞋子，又是十卢比。接着看比拉庙，在印度凡进庙和旧王宫、城堡之类的地方都要脱鞋，于是给人看鞋，成了最方便的要钱行业，类似北京街上存车的老太太，见车就收钱。这里是见鞋就收钱，而且你非脱鞋不可，不给钱不行。比拉庙前又被敲了一次竹杠。这座庙是全石建筑，太阳晒得石板火烫，我们赤着脚，龇咧着嘴，正想欣赏一下各种雕像，一个穿黄衣、持竹棍的警察（印度警察的警棍是一根一米长的普通竹竿）走上来喝道开路，要为我们领路。我们一行中有三人英语很好，又有使馆同志陪同，实在想自己静静地观赏一下这古代的建筑艺术。但是不行。你从这座房子里进去，他就在门口堵你，非要领你进另一座房子不可，还把别的游人推开，像是对我们特别照顾。我们心里实在烦透了,而你越烦,他越缠住不放，在一个个神像前指指画画，又用乌黑的食指蘸一点朱砂，强在你的额头上按一个红痣。其实他那半生不熟的英语，那点历史、艺术知识真说不出什么东西。但我们成了他的俘虏，只得跟他一处一处地绕,终于走完了这座庙,脚也烫得成了烙饼。他自然又向我们伸出手。刚才因为无零钱，一咬牙给了看鞋人五十卢比，现在除了一百的一张，再无小票了。况且，到印度还不过半天，照这样下去我们每人三十美元的补助，怕只填了这些人的手心也不够。陪同的同志只好拔下身上的一支圆珠笔。那警察接过看也不看一眼，老大不高兴地走了。

在印度讨钱成了一种风气，一种行业。好像一切人都可以想出要钱要东西的招数，而且毫不脸红。孟买海湾中有一个象岛，星期天我们乘船去玩，一下船，一个五六十岁的老太婆便来搀扶你。我看她这一身打扮，花里胡哨的“纱丽”（印度妇女穿的服装，就是身上裹的一块大布），两个大耳环，黑如树皮的面部闪着两只贼亮的眼，额头上一个大红吉祥痣，额顶发缝里也有一道红朱砂，像被人刚砍了一刀，很是吓人，忙摆手避让。这时，一对欧洲夫妇跳下船。老太婆就上来扶那欧洲女人，她那双枯瘦如柴的黑手紧扣着那女人肥嫩的白手臂，指甲几乎掐到肉里去，生怕这个到手的猎物逃掉。那白女人大概不知其意，边走边听她指指画画地说海边的树林、滩上的鹭鸟，很为异乡情趣所醉。一会儿走过栈桥，那老太婆就拉着白女人要照相，跟在后面的丈夫忙举起相机。这时，旁边果然又跳出一个同样打扮的老太婆，一照完相，两人都伸手要钱。丈夫愕然，准备走，哪能走了？只好掏出一张纸币给了第一个老太婆，但第二个却坚决缠住不放。我窃喜自己的经验，聪明的白人活该上当。

岛上有一个从整座石山中掏出的印度教庙，是游人必到之地。这庙前也就成了向游客讨钱的主战场。许多如刚才那样的当地妇女，着“纱丽”服装，头顶两个高高的铜壶，缠着人照相，而且一般你很难摆脱她的纠缠。我从庙里出来汗水湿透了衣裳，便躲在一棵大树下，揪起衣领扇风。树上一群猴子蹦来蹦去，抓着树枝打秋千，我不由得掏出相机。突然觉得有人在扯后衣襟，回头一看，一个十来岁的女孩，穿一件地方味很浓的新裙子，头顶一个铜壶，正向我伸出手。她那对小黑眼珠中还透出几分稚气，但脸上的神情分明已很老练，看来操此业已有几年。我一时陷入深思，像这种从大人到孩子，人人处处都讨钱的现象，到底是生活所迫呢，还是一种方便省事的职业（尽管在国内我也听说有乞丐万元户的，但绝没有这样一个天罗地网）？这小孩子身上的裙子、头上的铜壶分明是一套要钱的道具。而我这几日在印度看到的不是向你挥舞蛇头，就是伸出断腿，或让你看腿上流脓的疮，或抢着为你领路，在饭店里送行李时就是一个箱子也要两人提，吃饭则一再要给你送到房间，手纸也要故意送一次，又送一次，费尽心机，想出许多要钱手段。总之，一起床，你周围就晃着许多乞讨的手。

穷人自然是值得同情的，但只有穷而有志的人才该同情。向人伸手乞讨如同妇女卖身一样，是真正被逼到绝路之后才不得已而为之的求生之法。但如果把穷当成一种要钱手段，甚至不穷也要变着法要钱，而根本无所谓人的尊严，那么这种同情心便会立即变为厌恶。我想起昨天和几位印度知识分子的谈话，他们也很为这种乞讨的恶习忧虑。说政府为无业人员想了许多办法，包括在海边造了房子，但他们不愿劳动，把房子租了出去，又到城里来讨钱。事实上，这种乞讨风已经无所谓有无职业了，人人都可毫不脸红地伸出自己的手。我想，大凡给予有两种，一是对对方付出劳动的补偿，是平等的交换；二是对对方的爱和怜，是愉快的奉献或捐助。当对方既无付出劳动，又无可爱可怜之处时，你无端地付出倒是对自己自尊心的践踏了。但我还是无法拒绝身边这个女孩，我掏出口袋里仅有的两个卢比，给她照了一张相。关上相机，这镜头里，不，我的心里像收进一个魔影……

在美国说钱

在美国旅行总感到冥冥中有一个上帝在主宰着你，几天过后才知道这个上帝就是钱。美国人把金钱的作用发挥到了淋漓尽致的程度。

钱就是权——使用钱就是在用你手中的权

过去虽出国几次，但总是公来公去，身上只有三十美元的零花钱，没有资格花钱，也没有机会看人家怎样花钱。这次到美国，在旧金山一下飞机便到一家名为“皇后”的餐馆去吃饭，名称和设施的豪华很为主人长脸。我们初到异国样样新鲜，主客在铺着金黄桌布的硬木圆桌前落座，窗外车水马龙，万家灯火，气氛十分热烈亲切。但老板是个广东人，既不会普通话也不会英语，呀呀唔唔，半天也说不清个菜谱，我们还不急，他自己倒先烦躁起来了。客人中有一位要一盒烟，他送上后却立等收钱。主人席君说等会儿在饭费里一起结，他恼着脸说不行。于是客人赶快掏钱，主人就抢着去付，像平静的流水突然起了一个小小的旋涡，像夹岸的春风桃花林中突然伸出一节枯木，祥和温馨的气氛为之一搅。吃完饭，结完账，老板用小瓷盘托着单据和一大把找回的零钱送到桌上，席君只给他象征性地留下几个硬币。我知道国外给小费是很厉害的，那年在印度常为怎么给小费发愁，过曼谷时碰到一个代表团，因为小费花用过多，经费不够，提前返国。在美国这么点小费就能对付？

到车上说及此事，席君说："在餐馆吃饭一般应付百分之十五的小费，但是今天他的服务质量不好，当然我要少付他小费，这是消费者的权利。"我心里顿了一下，这张薄薄的纸币里还有些沉甸甸的权利。在国内是禁止收小费的，按照我们的习惯给小费是一种恩赐，收小费是一种耻辱，大家在一种客客气气的君子协定状态下相处。但是如果有一方不够君子，怎么办呢？吵架，找对方上级，或者以忍为上。但这几种选择都是不愉快，也不会有什么效率。这样倒好，扯开面纱，你劳动就该得到报酬，而且有一部分钱不是老板发工资，而是让顾客直接发小费，多劳多得，好劳多得。"文化大革命"中整当权派，有一句话叫"帽子拿在手中"，让你时刻战战兢兢。这小费也是一顶帽子，是顾客手中无形的权杖。看似不近人情，但很公平，也出效率。

吃完饭，席君要我给家里打个电话报平安。我记者出身，视出差如上班，从没有这个习惯。平时在国内见有些人，一到外地便打长途，借公家的钱卿卿我我，很瞧不起。席君却直拉我到电话旁，说："看我表演。"他摘下电话，掏出一张磁卡，往话机旁的细缝里一插，拨几个号便递给我。妻子听出了我的声音大声说："呀，你在哪里？好清楚。"我告诉她正在唐人街上吃饭，她说刚下班，正在厨房里做饭，我们都笑了。说了几句，怕多花主人的钱，便放下话筒。在国内打一次长途还要几十元，现在要横跨太平洋，绕地球半圈，我脑子里立刻想到那用一张张的纸币搭起的长虹。真是有钱能买地球转。

回到宾馆，我却对席先生手中的那张不似钱币胜似钱币的卡片顿生童心。他一高兴从胸前掏出一个票夹，“哗啦”从中抖出七八张卡片，说：“这是打电话的，这是坐飞机的，这是住旅馆的，这是加油料的……最重要的是这一张，用它随时可以取到钱。”以后果然我们并不随身带多少钱，无论走到哪个城市、哪条街道，口袋里没有了钱，就用这卡向墙上的一个取款箱里一插，立即就流出了十几美元。真是一卡在手，横行街头。我第一次尝到了钱就是权的味道。我想起古书上写的皇帝微服私访，乔装成一个平民难免会遇到这样那样的麻烦，有时简直到了将要受辱、丢命的尴尬或危险境地。但是他不怕，每到关键时刻，那些化了装的随从就把皇帝的身份亮出来，对方反倒吓得伏身在地，如筛糠似的发抖。为什么？因为他有权，这无形的权使他永不会有什么尴尬和危险。我们现时有这张卡在手，正是这种心境——有恃无恐。后来在纽约、华盛顿各地的旅行是正在美国留学的小李陪我们，一进旅馆他就笑着嘱咐我们：“今天我们也当一回大爷，你们谁也不要动手！”于是大家就袖手看着高我们半头的美国佬弯腰卸行李，然后给小费。小李说，这几天，他要是不陪我们，也要到餐馆里去打工，赚人家的小费好去交他的学费。现在既然主人出了招待钱，我们就有了买方便的权，而且结结实实地使用了他好几天，脸也不红，心也不跳，也没有什么在剥削人的羞愧感。

我虽然没有受过穷如乞丐的苦，但因无钱而羞涩胆怯的经历也不少。打倒“四人帮”前后，我们这些大学毕业生有好几年月工资只有四十六元，还要养家糊口。一次我到姐姐家做客，见茶几上有一元钱，姐弟二人隔茶几说了好一会儿话，我眼睛看着那张纸币，几次想张口说，给我这一元钱，好拿去打酱油，但终于没有说出口。以后当记者出去采访，总挑那六元钱一晚的旅馆住，不然无法报销。后来当干部，甚至还有了一定的职务，一出差也是先问人家房费多少钱。对方就赶快说：你不要管，超出部分我们付。我就感到自己脸红着有几秒钟没有话可说。近几年我看到一些发财的个体户，在街上拦出租车，在大饭店餐桌上点菜时的潇洒、勇敢，我说就是专门去训练，我也学不会这个风度。一位比我小十岁的朋友呛了我一句：你是没钱，腰缠十万，不学就会。现在我走在纽约、华盛顿的街上居然也感到了那么一点潇洒。我坐下来吃饭，进门住旅馆，根本不用管他多少钱。虽然这只是一种“借光”，一种临时享受，但总算让我实践（应该说是实验）而悟到了这个理。你身上多一分钱，你就多一分胆，多一分自由，多一点掌握自己的权。

钱是个黑洞——缺什么就有人来干什么

一次席君问我：“你知道去年美国评了一位最佳经理是什么人？”“什么人？”“是一个十三岁的男孩。”我说不可思议。原来美国人居家，门前都有草坪，草坪多，草长高了专业公司来不及修剪。这位少年放学后就去剪，人家就给个小费。后来竟有人主动来请他。他一人干不过来就开始雇人。慢慢拉起了一个十几人的草坪公司。几个大个子黑人是他手下的工人。记者问：“他们听你指挥吗？”这孩子说："听，因为我给他们发工资。"中国有句古话：不为五斗米折腰。这是说特定情况，其实大部分时候都是在弯腰干活，挣饭吃，赚钱花。人为了赚钱就要去找一切还没有被人发现、没有被人干完的活。如果有人帮你找到这份活，你得感谢他，听从他。

在旧金山一下飞机，就见席先生开着一辆租来的车接我们。几天中我们以车为家到海边兜风，看金门大桥，访问硅谷，十分方便。一天玩得兴起，席先生说我们干脆把车开到洛杉矶去。我说车怎么办？他说放在那里就行，只不过多交几个钱。这对外来旅行的人真是太方便了。我们当然没有去，但是在另一个城市下飞机后更让我大吃一惊。我们一出机场门口就有接送车，一直开到出租车场的一辆卧车前。车门开着，钥匙插在车上。席先生一踩油门我们便冲出车场，居然无一人过问。迎面已是无边的灯海，车外闪过花花绿绿的广告，但是我的心总是不安，好像做了偷车贼。席先生说："这就是我们的车，没错，在旧金山起飞前我在机场订的。"我说："就算是我们订好的，能准备得这样周到？就像有一个无形的仆人在前面侍候。""这是为了多要你的钱，他不这样干，就有别的公司来干。钱就成了别人的。"

一天，我们驱车在闹市区跑，前面红灯一亮，车子骤然停了一大片。这时突然从车缝里钻出一个黑人小孩，手提小桶，刷子蘸一把水就往车窗上洗。然后伸手要钱，前后不过几秒钟。这种赚钱近乎强要，但是比我在印度碰到的到处伸出一双乞讨的手还是好些。他总归是先付出劳动，而且这样见缝插针。回想这几天碰到的人和事，那钱就像是轮胎里的气，总是将人的劲鼓得足足的，让你不停地干。

一天我们步行浏览市容，突然看到一家商店门口挤满了人。原来橱窗里有一个男模特穿着漂亮的时装，头、手、身子都在做着机械式扭动。用机器人做模特，我还从未见过。那头发，还有脸上、手上的皮肤和真人一样，眼珠却直视不动。到底是真人还是假人，过路人大感兴趣，围观不走。我也觉好奇，便分开人群，凑到橱窗玻璃上仔细辨认，几乎与那人碰鼻子对眼。这时那“机器人”突然“哇”的一声，伸出舌头，向我做了个鬼脸。天啊，原来是个真人！我赶紧转身，示意同伴为我照张相，照完相，再看那个模特又很快恢复到机器人状态。我离开橱窗陷入沉思。一个活人，这样把自己塞进一个玻璃窗里，不说话，还要不停地做着机械式扭动，就是只站一会儿，也累得憋得难受。他干这份工作是为什么？为了钱。物以稀为贵，活以绝为奇。凡别人还未干过的事，一定能有个大价码，估计一小时得给几百美元。但他也为商店招来了更大的买卖。

总之，我在美国街头越走就越觉得，在这里，钱是一个黑洞，把人的心力体力直往里吸；钱是一种润滑剂，调整着社会的劳动组合，只要缺什么，就有人愿出大价钱买什么，也就有人去干什么；钱像水银一样，它在社会上无孔不入地渗透，使社会上很难再找到空白的行当（甚至街上随时都可看到有三个X作标记的脱衣舞厅）；钱是一种驱动器，它在不停地开发人力物力资源，驱动着社会这架大机器。

钱是你的也该是我的——就是要设法把你口袋里的钱都掏光

拉斯维加斯是美国西部的一座城市。这里靠近沙漠，几乎没有任何可开发的农业、工业资源。于是美国政府特准在这里开赌场——去开发人们口袋里的货币资源。

我们是晚上到达的。飞机从天而降，只知道是掉进了一片灯海里，驱车在城里找旅馆时，我们就成了海里的一条鱼。因为那灯织成密密的网，叠成层层的波，将我们四面包围，无论怎样跑也冲不出去。路边的酒吧、旅馆缀满细密的灯串，勾勒出美丽的轮廓。高楼大厦除顶部有灯光大字外，通体上下都是灯光广告。那霓虹灯的闪烁变幻像是一群穿着发光衣服的孩子攀着楼身捉迷藏。有的楼身上挂满巨幅招贴画，在灯光下画中人毫发毕现，女演员的短裙边就像要扫着你的鼻尖。十字路口多有广告塔，六面或八面，缓缓转动，像老和尚念经。街心花园有灯光喷泉，草坪上的探照灯光把棕榈树高高地推向夜空，好像巨人怪兽，陆陆离离，闪闪烁烁。难怪当我们昨天在旧金山被它的灯海所征服时，刚从这里飞去的丁小姐却说："去看看拉斯维加斯吧，那才叫美国呢。"奇怪的是，这城竟有光无声。问主人，答曰：都钻进赌场里去了。大凡一个城市的外貌总带有它生存环境的背景，如哈尔滨的冰雪、乌鲁木齐街头的瓜果。赌城的外貌正应了一句中国话：纸醉金迷。

城里有几个大赌场，最有名的是恺撒宫，大概是想借古罗马恺撒大帝的威名。进门就是个大喷泉池，池边是罗马神话人物的群雕像。左右是两条商业街，这街在室内，却搭上天棚，绘上蓝天白云，一如在室外。两边店铺鳞次栉比，头上穹庐高阔，令人心旷神怡，只此一斑就可见工程浩大。中心赌场是一个漫无边际的大厅，只见一排排俗称"老虎机"的赌博机，光闪闪密麻麻地排列着，漂亮的服务小姐推着车为你兑换喂"老虎"的硬币。我的第一感觉这里不像个赌场，倒像个大织布车间。过去的印象是赌场里烟雾腾腾，赌汉们满脸横肉，捋胳膊挽袖，污言秽语，甚至大打出手。眼前的景况却是男人大多西服革履，小姐夫人则抱一个大硬币罐静坐在赌博机前，燃一支烟，像与友人喝茶谈天。除“老虎机”外，还有轮盘赌、电子赛马赌、牌赌、掷骰子赌、大屏幕上的球赛赌，等等。平生进赌场还是头一回，而且绕了半个地球来这里，这才是赌翁之意不在赌。

我换了十美元的赌资，端着钱罐往“老虎机”前一坐，先小心翼翼地捏起一个一块的硬币向“虎口”里喂去，扳一下摇柄，没有反应，算是白喂了。我又一下投进两个，再扳一下，哗啦啦出来四个，不觉心中大喜，再连着投进三个，却又“虎口”紧闭毫无反应。这样断断续续，有时出来一个，有时两个，大多时候是肉包子打狗。我却总盼着它能大张虎口，长啸一声，为我吐出一满罐银子。可是它不慌不忙地，一口一口把我这一罐钱全吃了进去。又去换了十美元，这次五分五分地往里喂，便也只不过是多磨一会儿时间，不到一小时我们都输个精光。席君只教我们玩，他却不赌，说：“我知道肯定输，它肯定要让你输。”但是偶有赢时，那机器就会将硬币抖落到钢盘子里，叮叮当当，十分悦耳，满大厅里此起彼伏，好像丽人出游，佩环叩鸣，十分祥和。不知情者只听这声音，还以为人人都在大赢其钱呢。赌厅中央有个平台，上面放着三辆高级轿车，这也是赢头，如谁有幸赢了，开上就走。有大赌家来时可乘直升机在楼顶平台降落，赢了巨资也专有保镖护送出去。

试赌了一回（还不如说试输了一回），我们就离开赌博机想去探探这赌场到底有多大。忽东忽西，楼上楼下，一会儿发现一个大剧场，一会儿又发现一个商场，或是一个餐馆。剧场每隔一个半小时就有一场演出，场场爆满。餐馆又分中国馆、日本馆、西餐馆。至于商场，简直就是个博览会。手持长矛盾牌的古罗马武士，着轻纱长裙的罗马少女，还有扮成狗熊、兔子、唐老鸭的人物，在赌场入口处来回走动，主动向客人躬身施礼，你可随意与他们合影。大门口是一个小丑，手持毛掸子，为你开门掸土，做鬼脸。我们在剧场里看了一场歌舞，在市场看了一会儿商品，便找餐馆去吃饭。女招待是一个从上海来的大学生，她全家迁来此地，父母是中年知识分子，在这赌场里找到一份发牌（就是看赌摊）的工作。我边吃饭边看窗外赌博机间那些像赶集一样的人。这里面也许有那个擦车的黑孩子，也许有那个站在橱窗里的模特儿，他也来这里试试运气。其实人生就是一个赌场，不过平时靠聪明、汗水来赌，来这里是靠运气来赌。而这赌场（还不如说这社会）却更聪明。你看千百个张着虎口的赌博机在等着你喂美元。虽然也有个别人能从这虎口里捞到一点赢头，但是别高兴得太早。你看这些剧场、舞厅、餐馆、商场，设了层层防线，都在拉着你消费，一定要把你刚装在口袋里的那几张票子掏出来。要不门口那个小丑怎么会那样热情呢？

从赌场出来，我才注意到这赌城的大街上随便一个商店、酒吧的门口，柜台、酒桌旁，直到车站、机场的大厅里都有赌博机。这真是美国的缩影，你随时随地都在赌人生，都可试试运气。你时时在想发财，而你周围又有无数双手在掏你的口袋。钱是你的也是我的，就是这样互相掏来掏去。但有一点是可以肯定的，在这种掏来掏去的竞争中有的人富起来，有的人垮下去。

第三辑

人　格　在　上

匠人与大师

在社会上常听到叫某人为“大师”，有时是尊敬，有时是吹捧。又常不满于某件作品，说有“匠气”。匠人与大师到底有何区别？

匠人在重复，大师在创造。一个匠人比如木匠，他总在重复做着一种式样的家具，高下之分只在他的熟练程度和技术精度。比如一般木匠每天做一把椅子，好木匠一天做三把、五把，再加上刨面更光，对缝更严等。但是就算一天做到一百把也还是一个木匠。大师则绝不重复，他设计了一种家具，下一个肯定又是一个新样子。判断他的高下是有没有突破和创新。匠人总在想怎么把手里的玩意儿做得更多、更快、更绝；大师则早就不稀罕这玩意儿，又在构思一件新东西。

匠人在实践层面，大师在理论层面。匠人从事具体操作水平的上限是经验丰富，但还没从经验上升到理论。虽然这些经验体现和验证了规律，但还不是规律本身。大师则站在理论的层面上，靠规律运作。面对一片瓜地，匠人忙着一个一个去摘瓜，大师只提起一根瓜藤；面对一大堆数字，匠人满头大汗，一道接一道地去算，大师只需轻轻给出一个公式；匠人在想怎么才能捏好一个泥人，大师则探讨宇宙和人……匠人常自恃一技，自炫于一艺，偶有一得，守之为本。大师则视鲜花掌声如过眼烟云，进取不竭，心忧难宁。所以你就明白为什么居里夫人会把诺贝尔奖章送给小女儿当玩具，但是接着她又得了一个诺贝尔奖。

匠人较单一，大师善综合。我们常说一技之长，一招鲜，吃遍天，这是指匠人，大师则不靠这，他纵横捭阖，运筹帷幄，触类旁通，举一反三。因为凡创新、创造，都是在引进、吸收、对比、杂交、重构等大综合之后才出现的。同样是碳元素，软时可为铅笔，硬时可为金刚石，盖因结构之变化。当匠人靠一技之长，享一得之利，拿人一把，压人一筹时，大师则把这一技收来只作恒河一沙，再佐以砖、瓦、土、石、泥，起一座高楼。牛顿、爱因斯坦成为物理大师并不只因物理，还有更重要的数学、哲学等。一个画家，当他成为绘画大师时，他艺术生命中起关键作用的早已不是绘画，而是音乐、文学、科学、政治、哲学等。同理，一个音乐、书法、文学、科学方面的大师也是如此。而一个社会科学方面的大师就要求更高，马克思、恩格斯是一部他们那个时代的百科全书，毛泽东则是当时中国政治、军事、文学的宝典。

这就是大师与匠人的区别。

我们研究这个区别毫无贬损匠人之意，大师是辉煌的里程碑，匠人是可贵的铺路石。世界是五光十色的，需要大师也需要匠人，正如需要将军也需要士兵。但是我们必须承认这个世界有层次之别，必须有起码的识别力，有一个较高的追求目标。拿破仑说：不想当将军的士兵不是好士兵。将军总是在优秀的士兵中成长起来的。当他不满足于打枪、投弹的重复而由单一到综合，由经验到理性，有了战役、战略的水平时他就成了将军。鲁班最初也是一名普通木匠，当他在技术层面已经纯熟、不满足于斧锯的重复，而进军建筑设计、构造原理时，他就成了建筑大师。虽然从匠人而成为大师的总是少数，但这种进取精神是人类进步、社会发展的动力。古语言：法乎其上，取乎其中；法乎其中，取乎其下。要是人人都法乎其下呢？这个社会就不堪设想，地球就会停止转动。

我们可能在实际业绩上达不到大师的水平，但至少在思想方法上要循大师的思路，比如力求创新，不要重复，不要窃喜于小巧小技，顾影自怜。对事物要有识别、有目标、有追求。力虽不逮，心向往之。在个人有了这样一种心理，就会有所上进，哪怕还不脱匠气，也是达到了纯熟的高等的技艺。在民族有了这样一个素质，就是一个生气勃勃的向上的民族；在社会有了这样一个氛围，就是一个创新的社会。

人人皆可为国王

说到权力和享受，国王可算是一国之最。普天之下莫非王土，一国之财任其索用，一国之人任其役使。所以古往今来王位就成了人追求的目标，国王生活的样子也成了一般人追求的最高标准。

但是不要忘了一句俗话：尺有所短，寸有所长。虽然大有大的好处，但它却不能占尽全部的风光。比如，同是长度单位，以“里”去量路程可以，去量房屋之大小则不成；以“尺”去量房间的大小可以，去量一本书甚至一张纸的厚薄则难为了它。同是观察工具，望远镜可以观数里、数十里之外，看微生物则不行，这时挥洒自如的是显微镜。所以，就是镜中之最——天文望远镜也绝不敢说有了它就不必再有显微镜，而显微镜也不必自卑自弃。以人而论，权大位显，如王如皇者亦有他的局限，比如他就不能享村夫之乐、平民之趣。在君主制度的社会里，王位也并不是所有人的选择。明代仁宗皇帝的第六世孙朱载堉，就曾七次上疏，终于辞掉了自己的爵位。他一生潜心研究音乐和数学，他发现的十二平均律传到西方后，对欧洲音乐产生了巨大影响。对量子理论作出贡献的法国人德布罗意也是出身公爵世家，但他不要锦衣美食，终于在科学史上占有一席之地。据说现在的荷兰女王也很为继承人发愁，因为她的三个子女对王位都不感兴趣。

在现代社会里，特别是在市场经济的运行规则下，人们的利益取向、价值取向和实现途径都大大多元化了。每一个成功者都可以享受三呼万岁式的崇敬，享受鲜花和红地毯。社会有许许多多的“国王”在各自不同的王国里尽享着自己臣民的膜拜。歌星、球星是追星族的国王；作家、画家是他读者的国王；学者、教授是他学术领域内的国王；幼儿园的阿姨、小学校的教师整天享受着孩子们的拥戴，也俨然如王——孩子王；就是牧羊人，在蓝天白云下长鞭一甩，引吭高歌，也有天地间唯我独尊的王感。

事物总是有两方面，有所不为才能有所为；失之东隅，收之桑榆。每个人只要努力都能得到一种王者的回报。当一个人壮志难酬或怀才不遇时，这大约是人生最低潮最无奈的吧。但就是在这种状态下，他仍然会有追随者，仍然可以反败为王。北宋时的柳永，宋仁宗不喜欢他，几次考试不第，连个做臣子的资格也拿不到，他只好去当“民”，而且是个落魄之民。但是在秦楼楚馆、勾栏瓦肆的王国里他成了国王，是个词王。歌伎和市民这些歌者、听者就是他的臣民，诚心诚意地拥戴他。他在艺术王国里与金銮殿上的皇帝分庭抗礼，互不相干。“凡有井水处，皆能歌柳词”，你看他这个王国有多大。林则徐因主张禁烟被清政府贬到新疆伊犁。但就是这样一个“钦犯”，沿途官民却拜迎宾馆，泪洒长亭，赠衣赠食，纷纷争睹尊容。到住地后人们又去慰问，去求字，以至于待写的宣纸堆积如山。在人格王国里林则徐被推举为王。以他们这样身处逆境，生存空间已经很小的人都可为王，正常生活中更是人人可以为王。只是我们不必介意这王国的大小，王位的长久。一次爬香山，在山脚下草地旁，一位年轻人用草编成蚂蚱、小鹿之类的小动物，插满一担，惹得小孩子和家长围成几层厚厚的圆圈，很有拥兵自重的威风。等到登上半山时，又见许多人挤在一起围观，一个老者在玩三节棍，两手各持一节细棍，将那第三节不停地上下翻挑，做出各种花样，人们越是喝彩他越是得意，这时连头上山坡处也满是看热闹的人，他于紧张操作之余还肯分出眼睛的余光留心周围的反应，尽情享受投向他的惊奇的目光，甚是得意。在这个山坡上临时组建的三节棍小王国里，他就是国王。

国王的精神享受有三：一是有成就感；二是有自由度；三是有追随者。只要做到这三点，不管你是白金汉宫里的英国女王，还是拉着小提琴的街头艺术家，在精神上都已得到一样的满足。做到这一点并不难，只要诚实、勤奋就行。因为你虽没有王业之成，大小总有事业之成；虽没有权力的自由，但有身心的自由；虽没有臣民追随,但一定有朋友,有人缘,也可能还有崇拜者。“天下谁人不识君？”所以人人皆可为国王，谁也不用自卑，谁也不要骄傲。

我看舞蹈的美

舞之美，是人的美。它是一种艺术，当然有艺术美，但它所假之物并不是声、色、字、词，而是天生的、自然存在的人，因此它首先又是一种自然的美。它努力挖掘人的灵秀之气，给人一种高级的美感。我国第一个提倡使用模特儿的美术教育家刘海粟先生说过：美的要素有二，一是形式，二是表现。人体充分具有这二要素，外有美妙的形式，内蕴不可思议的灵感，融合物质的美和精神的美的极致而为一体，所以为美中之至美。当我们看着舞台上那舞动着的美人时，举手、投足、弯腰、舒臂，那美的形态、身段、轮廓、线条，恰好表现了美的内蕴、美的感情，而不必借助什么道具。

当然，舞台上的演员绝不是画室里的模特儿。舞蹈除自然美外，更重艺术美，于是便要讲到衣饰。但这衣饰绝不像旧戏那样给人套上死板的程式，也不像话剧那样过分地写实。它是绿荷上的露珠，是峭壁上的青藤，是红花下的绿叶，是翠柳上的黄鹂，是一种微妙的附着。它不过是为了揭示舞者美的存在，像几片白云说明天空的深蓝；它不过是为了衬托舞者美的形象，像流水绕过幽静的山冈。在舞台上作为外形之物，无论是先天的人体，还是后来补充的服饰，在形、体、色、质上都有极美的苛求，真可谓“四美具，二难并”，从而汇成一种更理想、更美的“形”。为了表示飞动，西方艺术中有一种小天使，胖墩墩的孩子，两胁下却生出一对肉翅，显得十分生硬。这何如我们敦煌石窟里的飞天，窈窕女子，肩垂飘带，升起在天空。人着衣披戴本是很自然的事，但这自然的衣着，顿使沉重的人体化为轻捷的一叶，潇洒、舒展、轻盈、自如，满台生风。人外形的美，内蕴的美，都因那轻淡饰物的勾勒与揭示而成一种美的理想、美的憧憬而挥发开来。国画界有以形写神与以神写形之争，从这个角度观之，舞者真是靠自己的外美之形来写内美之神了。

再者，飘动的舞者，又绝不是静止的雕像，所以除造型美外，更讲情感。这便要借助音乐。本来，演员在那铃响幕启之前，是先在体内贮满一汪情感的，上台后全待那乐声的煦风拂来，才摇曳荡漾，蓬勃生辉。乐声之于舞，如松涛上的清风，如干柴上的火焰，如桂树林间的香馨，如钱塘江面的大潮。当我们耳闻乐声、目观舞台时，更多体味的已不是形、色、物、体，而是神，是情，是韵，是一种充蕴全场、流动飘浮、深幽朦胧的美，是一种逆接千古、延绵未来、辽阔久远的美。当斗牛士的乐曲响起时，那狂热的西班牙舞步，便是催人上阵的鼓点，我们激动、昂奋，仿佛一场决斗就在眼前；当《康定情歌》飘过时，那冉冉的舞、影，便是夏日给人小憩的荫凉，我们的心头一片静怡、惆怅，就像仰卧在康定草原上，看月亮弯弯。这时，长袖在台上飘动，音符在空中隐现，舞者内蕴和外观的美，一起随着乐声融为一股感情的潮流，在观众的前后左右穿流激荡。对观众来说，现在已不是观看，而是在闭目听，凝神想，用心、用身，去与演员交流了。这时再看台上的演员，观众已经通过她心灵深处的那一泓秋水，在波光中照见了一个似她，但比她更美的形象。这便又是以神写形了。

我们知道，在客观世界上，存在着许多的美。大自然千姿百态的美；几何图形整齐组合的美；孩童天真烂漫的美；中年精壮强健的美；老者成熟沉静的美；美术家的色彩线条美；音乐家的声音和谐美；连被一般人认为最刻板的自然科学，也有它的“工程美”；连最枯燥的哲学，也有它的哲理美。这些美都是不同的人，在各自不同的环境与条件下孜孜以求而得到的。而舞蹈，因为它不假任何别的手段，是一种真正以生命自身来塑造的艺术，因此它也最有灵性。舞者，是一面镜子，能照出各人的影；舞姿，是一阵风，能拂动各人的情；舞台，是一面大的雷达，能接收与反射各人的思想。当我们在大剧场里落座，四周灯光渐暗，乐声轻起，台上演员翩翩起舞时，我们便一下获得了一种共同的美。你看她一笑一颦，一起一停，一甩手一投足，挺拔、秀丽、高朗、愁忧，仿佛社会上一切美的物、美的情，这时全都聚在她的身上，成一团美的魅力。她早已不是她自己，而是一位法力无边的美神。她翻起人们的回忆，撩动人们的情思，牵动整个美的世界。这时平日里在你心中储存着的一切美好的形象，清风明月夜，风和日丽春，小桥流水，百鸟啼鸣，都会突然闪现在你的眼前，泛起在你的脑海。刹那间美的信息开始了奇妙的交流。

本来，舞蹈就是因人内心情感的摇荡而不由得要手舞足蹈。明月当空，花间的李白顾影自怜，便翩然起舞，举杯邀月；大江上的曹操有雄兵百万，就横槊赋诗，酹酒江心。今舞者，正是从人们平常不自觉的动作中，抽出最美的、规律性的东西，以衣具饰之，以音乐和之，酿成一股酒香，反过来荡摇人的感情。所以，老者观舞，会生还少的乐趣；少年观舞，会陷入一片深沉；科学家在这里能为自己的规律找到美的表述方式；哲学家在这里能为自己的哲理找到美的形象；怀素和尚观公孙大娘一舞而得书法之精妙，杜甫观公孙弟子之舞而有华章传世。人们与其说是在欣赏舞蹈，实际是在发现与升华自己潜在的美的意识、美的素养。因为，无论是演员还是观者，他们都是最有灵感的高级生命。虽说表演艺术中还有话剧，但它主要靠台词；还有戏曲，但它主要靠唱腔；还有电影，那更是借助许多手段；只有舞蹈，是纯靠人的外形与内蕴。它的美，实在是特别的。

书与人的随想

在所有关于书的格言中，我最喜欢赫尔岑的这句话：书是行将就木的老人对刚刚开始生活的年轻人的忠告……种族、人群、国家消失了，但书却留存下去。

人类社会是一个连续发展的过程，我们常将它们比作历史长河，而每个人都是途中搭行一段的乘客。每当我们上船之时，前人就将他们的一切发现和创造，浓缩在书本中，作为欢迎我们的礼物，同时也是交班的嘱托。由于有了这根接力魔棒，所以人类几十万年的历史，某一学科积几千年而有的成果，我们便可以在短时间内将其掌握，而腾出足够的时间去进行新的创造。书籍是我们视接千载、心通四海的桥梁，是每个人来到这个世界上首先要拿到的通行证。历史愈久，文明积累愈多，人和书的关系就愈紧密相连。

现实生活中我们常常会发现一个新世界，比如海洋、太空、微生物，等等。凡新世界都会给我们带来无穷的乐趣。但真正大的世界是书籍，它是平行于物质世界的另一个精神世界。有位养生家说："健康是幸福，无病最自由。"这是讲作为物质的人。大多正常的人刚生下来没有任何疾病，宛如一张白纸，生机盎然，傲对现世。以后因风寒相侵，细菌感染，七情六欲，就灾病渐起，有一种病就减少一份活动的自由。作为精神的人正好与此相反。他刚一降生时，对这个世界一无所知，迷蒙蒙，怯生生，茫然对来世。于是就识字读书，读一本书就获得一份自由，读的书越多，获得的自由度就越大。所以一个学者到了晚年，哪怕他是疾病缠身，身体的自由度已极小极小，精神的自由度却可达到最大最大，甚至在去世之后他所创造的精神世界仍然存在。哥白尼一生研究日心说，备受教会迫害，到晚年困顿于城堡中，双目失明，举步维艰，但他终于完成了划时代的巨著《天体运行》。到去世前一刻，他摸了摸这本刚出版的新书欣然离开了人世。这时他在天文世界里已获得了最大自由，而且还使后人也不断分享他的自由。

中国古代有人之初性恶性善之争。我却说，人之初性本愚，只是后来靠读书才解疑释惑，慢慢开启智慧。凡书籍所记录、所研究的范围，所涉及的东西，他都可以到达，都可以拥有。不读书的人无法理解读书人的幸福，就像足不出户者无法理解环球旅行者或者登月人的心情。既然书总结了人类的一切财富，总结了做人的经验，那么读书就决定了一个人的视野、知识、才能、气质。当然读书之后还要实践，但这里又用到了高尔基的那句话“书籍是人类进步的阶梯”，如果你脚下不踏一梯，你的实践又能走出多远呢？那就只能像一只不停刨洞的土拨鼠，终其一生也不过是“吃穿”二字。你可以自得其乐，但实际上已比别人少享受了半个世界。一个人只有当他借助书籍进入精神世界，洞察万物时，他才算跳出了现实的局限，才有了时代和历史的意义。古语言：读书知理。谁掌握了真理谁就掌握了世界。所以读书人最勇敢，常一介书生敢当天下。像毛泽东当年不就是以一青年知识分子而独上井冈，面对腥风血雨坚信必能再造一个新中国，他懂得阶级分析、阶级斗争这个理。像马寅初那样，敢以一朽老翁面对汹汹批判，而坚持到胜利，他懂得人口科学这个理。他知道即使身不在而理亦存，其身早已置之度外。读书又给人最大的智慧。爱因斯坦在伽利略、牛顿之书的基础上，发现相对论，物理世界一下子进入一个新纪元。马克思穷读了他之前的所有经济学著作，发现了剩余价值规律，指出资本主义必然灭亡，一下子开辟了社会主义革命的新纪元。他们掌握了事物之理，看世界就如庖丁观牛，“以神遇而不以目视”，这是常人之所难及。所以从一定意义上讲读书造人。你要成为某方面有用的人，就得攻读某方面的书，你要有发现和创造就得先读过前人积累的书。毛泽东讲，从孔夫子到孙中山都要给以总结，历史也就真的产生了毛泽东、邓小平这样的巨人。这就是为什么一个民族的或者世界的伟人，必定是一个知识分子，一个读书人，一个读书最多的人。

我们作为一个历史长河中的旅人，上船时既得到过前人书的赠礼，就该想到也要为下一班乘客留一点东西。如果说读书是一个人有没有求知心的标志，那么写作就是一个人有没有创造力和责任感的标志。读书是吸收，是继承；写作是创造，是超越。一个人读懂了世界，吸足了知识，并经过了实践的发展之后才可能写出属于他自己而又对世界有用的东西，这就叫贡献。这样他才真正完成了继承与超越的交替，才算尽到历史的责任。写作是检验一个人学识才智的最简单的方法，写书不是抄书，你得把前人之书糅进自己的实践，得出新的思想，如鲁迅之谓吃进草，挤出牛奶。这是一种创造，如同科学技术的发现与发明，需要智慧和勇气。小智勇小文章，大智勇大文章。唐太宗称以铜为镜、以史为镜、以人为镜，其实文章也是一面大镜子，验之于作者可知驽骏。古往今来，凡其人庸庸，其言云云，其政平平者，必无文章。古人云立德立言，人必得有新言汇入历史长河尔后才得历史的承认。无论马、恩、毛、邓，还是李、杜、韩、柳，功在当世之德，更在传世之文——他们有思想的大发现大发明。我们不妨把每个人留给这个世界的文章或著作算作他搭乘历史之舟的船票，既然顶了读书人的名，最好就不要做逃票人。这船票自然也轻重不同，含金量不等，像《资本论》或者《红楼梦》，那是怎样一张沉甸甸的票据啊。书的分量，其实也是人的分量。

不读书愚而可哀，只读书迂而可惜，读而后有作，作而出新，是大智慧。

石头里有一只会飞的鹰

雕塑家用一块普通的石头雕了一只鹰，栩栩如生，振翅欲飞。观者无不惊叹。问其技，曰：石头里本来就有一只鹰，我只不过将多余的部分去掉，它就飞起来了。

这个回答很有哲理。

原子弹爆炸是因为原子核里本来就有原子能；植物发芽，是因为种子里本来就有生命。它不爆炸、不发芽，是因为它有一个多余的外壳，我们去掉它，它就实现了它自己的价值。达尔文本酷爱自然，但父亲一定要他学医，他不遵父命，就成了伟大的生物学家。居里夫人二十五岁时还是一名家庭教师，还差一点当了小财主家的儿媳妇。她勇敢地甩掉这些羁绊，远走巴黎，终于成为一代名人。鲁迅先是选学地质，后又学医，当把这两层都剥去时，一位文学大师就出现了。就是宋徽宗、李后主也不该披那身本来就不属于他的龙袍，他们在公务中痛苦地挣扎，还算不错，一个画家、一个词人终于浮出水面。这是历史的悲剧，但也是成才的规律，是做事的规律。物各有主，人各其用，顺之则成，逆之则败。佛说，人人都是佛，就看你能不能跳出烦恼。原来每个人都有一堆“烦恼”裹着一个“自我”，而我们却常常东冲西突，南辕北辙，找不到自我。

每当我看杂技演出时，总不由得联想到一个问题，人体内到底有多少潜能？同样是人，你看，我们的腰腿硬得像根木棍，而演员却软得像块面团。因为她只要一个“软”字，把那些无用的附加的统统去掉。她就是石头里飞出来的一只鹰。但谁又敢说台下的这么多的观众里，当初就没有一个人身软如她？只是没有人发现，自己也没有敢去想。法国作家福楼拜说：“你要描写一个动作就要找到那个唯一的动词,你要描写一种形状就要找到唯一的形容词。”那么,你要知道自己的价值,就要找到那个唯一的“我”。记住,一定是“唯一”，余皆不要。好画，是因为舍弃了多余的色彩；好歌，是因为舍弃了多余的音符；好文章，是因为舍弃了多余的废话。一个有魅力的人，是因为他超凡脱俗。超脱了什么？常人视之为宝的，他像灰尘一样地轻轻抹去。建国后，初授军衔，大家都说该给毛泽东授大元帅。毛说，穿上那身制服太难受，不要；居里夫人得了诺贝尔奖，她将金质奖章送给小女儿在地上玩；爱因斯坦是犹太人的骄傲，以色列开国，想请他当第一任总统，他赶快写信谢绝。他们都去掉了虚荣，舍弃了那些不该干的事，留下了事业，留下了人格。

可惜在现实生活中，我们总是算加法比算减法多，总要把一只鹰一层层地裹在石头里。欲孩子成才，就拼命地补课训练，结果心理逆反,成绩反差；想要快速发展,就去搞“大跃进”,结果欲速不达；想建设，就去破坏环境，结果生态失衡，反遭报复。何时我们才能学会以减为加，以静制动呢？

诸葛亮说“宁静致远”，当你学会自己不干扰自己时，你就成功了。老子说“无为而治”。马克思对共产主义社会的解释是“自由人联合体”，连国家机器也将消亡。当社会能省掉一切可以省掉的东西时，最理想的社会就出现了。

夏　感

充满整个夏天的是一个紧张、热烈、急促的旋律。

好像炉子上的一锅冷水在逐渐泛泡、冒气而终于沸腾一样。山坡上的芊芊细草渐渐滋成一片密密的厚发，林带上的淡淡绿烟也凝成了一堵黛色的长墙。轻飞曼舞的蜂蝶不见了，却换来烦人的蝉儿，潜在树叶间一声声地长鸣。火红的太阳烘烤着金黄的大地，麦浪翻滚着，扑打着远处的山、天上的云，扑打着公路上的汽车，像海浪涌着一艘艘的舰船。金色主宰了世界上的一切，热风浮动着，飘过田野，吹送着已熟透了的麦香。那春天的灵秀之气经过半年的积蓄，这时已酿成一种磅礴之势，在田野上滚动，在天地间升腾。夏天到了。

夏天的色彩是金黄的。按绘画的观点，这大约有其中的道理。春之色为冷的绿，如碧波，如嫩竹，贮满希望之情；秋之色为热的赤，如夕阳，如红叶，标志着事物的终极。夏正当春华秋实之间，自然应了这中性的黄色——收获之已有而希望还未尽，正是一个承前启后、生命交替的旺季。

你看，麦子刚刚割过，田间那挑着七八片绿叶的棉苗，那朝天举着喇叭筒的高粱、玉米，那在地上匍匐前进的瓜秧，无不迸发出旺盛的活力。这时她们已不是在春风微雨中细滋慢长，而是在暑气的蒸腾下，蓬蓬勃发，向秋的终点做着最后的冲刺。

夏天的旋律是紧张的，人们的每一根神经都被绷紧。你看田间那些挥镰的农民，弯着腰，流着汗，只是想着快割、快割。麦子上场了，又想着快打、快打。他们早起晚睡已够苦了，半夜醒来还要听听窗纸，可是起了风；看看窗外，天空可是遮上了云。麦子打完了，该松一口气了，又得赶快去给秋苗追肥浇水。“田家少闲月，五月人倍忙”，他们的肩上挑着夏秋两季。

遗憾的是，历代文人不知写了多少春花秋月，却极少有夏的影子。大概春日融融，秋波澹澹，而夏呢，总是浸在苦涩的汗水里。有闲情逸致的人，自然不喜欢这种紧张的旋律。我却想大声赞美这个春与秋之间的金黄的夏季。

秋　思

十月里有机会到吕梁山中去。一进到山的峰谷间，秋浓如酒，色艳醉人。常年生活在城市里的人，真不知道大自然原来是这样地换着时装。这山，原该是披着一件绿裳的吧，而这时，却铺上了一层花毯，那茸茸的灌木、齐齐的庄禾、蔚蔚的森林，成堆成簇，如烟如织，一起拼成了一幅五光十色的大图案。

这花毯中最耀眼的就是红色。坡坡洼洼，全都让红墨汁浸了个透。你看那殷红的橡树、干红的山楂、血红的龙柏，还有那些红枣、红辣椒、红金瓜、红柿子等，都是珍珠玛瑙似的闪着红光。最好看的是荞麦，从根到梢一色娇红，齐刷刷地立在地里，远远望去就如山腰里挂下的一方红毡。点缀这红色世界的还有黄和绿。山坡上偶有几株大杨树矗立着，像把金色的大扫帚，把蓝天扫得洁净如镜。镜中又映出那些松柏林，在这一派暄热的色彩中泛着冷绿，更衬出这酽酽的秋色。金风吹起，那红波绿浪便翻山压谷地向天边滚去。登高远望，只见紫烟漫漫，红光蒙蒙，好一个热烈、浓艳的世界。

我奇怪，这秋色为什么红得这样深浓。林业工作者告诉我，这万山一片在春之初本也是翠绿鹅黄的，一色新嫩。以后栉风沐雨，承受太阳的光热，吸吮大地的养分，就由浅而深，如黛如墨；再渐黄而红，如火如丹。就说这红枣吧，春天里繁花满枝，秋时能成果的也不过千分之二三，要经过多少场风吹雨打、蜂采蝶传，才得收获那由绿而红、一粒拇指肚大的红果，这其中浓缩了多少造物者的心血。那满山火红的枫叶则是因为她的叶绿素已经用完，显现红色的花青素已经出现。这是一年来完成了任务的讯号，是骄傲与胜利的标志。

本来，四时不同，爱者各异。人们大都是用自己的心情去体味那无言的自然。所以春花灼灼，难免林小姐葬花之悲；秋色如水，亦有欧阳修夜读之凉。其实顺着自然之理，倒应是另一种感慨。芳草萋萋，杨柳依依，春景给人的是勃发的踊跃之情，是幻想，是憧憬，是出航时的眺望；天高云淡，万山红遍，秋色给人的是深沉的思索，是收获，是胜利，是到达彼岸后的欢乐。一个人只要是献身于一种事业，一步步地有所前进，他的感情就应该和这大自然一样地充实。我站在这秋的山巅，遥望那远处春天曾走过的小路，不觉想起《钢铁是怎样炼成的》一书中关于年华的那段名言：“人，最宝贵的是生命。生命对每个人只有一次。人的一生应该这样度过：忆往事，他不会因为虚度年华而悔恨，也不会因为生活庸俗而羞愧。”我想，不管是少年、青年还是中年人，都请来这大自然的秋色中放眼一望吧。她教你思考怎样生活，怎样去创造人生。

海　　思

没有见过海，真想不出她是什么样的。

眼前这哪里是海呢？只是水，水的天，水的地，水的色彩，水的造型。那如花灿开的浪、时起时伏的波、星星点点的雨、湿湿软软的雾，一起塞满了这个蓝天覆盖下的穹庐。她们笑着，叫着，舔食着天上的云朵，吞没了岸边的沙滩，狂呼疾走，翻腾飞跃。极目望去，那从天边垂下来的波涛，一排赶着一排，浩浩荡荡，如冲锋陷阵的大军；那由地心里泛起的浪花，沸沸扬扬，一层紧追着一层，像秋天田野上盛开的棉朵。那波浪互相拥挤着，追逐着，越来越近，越来越高，赶来到脚下时便陡立成一道齐齐的水墙，像一匹扬鬃跃蹄的野马，呼啸着扑上岸来，“啪”的一声，一头撞在那些嶙峋的礁石上，顷刻间便化作了点点水珠和星星飞沫。还不等这些水珠从礁石上退下，又是一排水墙，又是一声巨响，一阵赶着一阵，一声接着一声，无休无止，无穷无尽。倒是水雾里的那几只海鸥在悠闲地盘旋着，吻着浪尖。我站在礁石上，任海风鼓满襟袖，任浪花打湿鞋袜，那清风碧波，像是从天上，从地下，从四面八方，从我的五脏六腑间一起涌过。我立即被冲洗得没有一丝愁绪，没有一星杂虑。而那隆隆的浪，滚滚的波，那浪波与礁石搏斗的音乐，又激荡起我浑身的热血。海啊，原来是这个样子。

每天，我在海边散步，便被织进一张蓝色的大网中。我知道这水和空气本是透明无色的，但天高水深，那无数的“无色”便积成了这种可见而不可触的蔚蓝色，似有似无，给人一种遐想，一种缥缈,一种思想的驰骋。朱自清说“瑞士的湖蓝得像欧洲小姑娘的眼”，我这时却觉得这茫茫的大海蓝得像一个神秘的梦。

渐渐地，我奇怪这海的深和阔。那滚滚的海流何来何去？那万丈长鲸，何处是它的归宿？那茫茫的彼岸又是什么样子？我想起书上说的，在那遥远的百慕大海区，舰艇会突然失踪，飞机会自然坠落。在大西洋底，有比喜马拉雅山还高的海岭在起伏，有比北美大峡谷还深的海底深谷在蜿蜒。还有那海底的古城，那长满了绿苔的墙，那曾是住宅和商店的房。真不知这一片深蓝色中还有多少个这样的谜。本来，不管是亚洲高原上的大河，还是澳洲大陆上的小溪，都将在这里汇合；不管是杨贵妃沐浴过的温泉，还是某原子能电厂用过的冷却水，都要在这里相聚。时间和空间在大海里拥抱。太阳晒着将这一切蒸发、循环；台风鼓着，将它们翻腾、搅拌。亿万年的历史，五大洲的文明，纵横相间，一起在这里汇拢，融进这片深深的蓝色。科学家说，物质是不灭的，那么掬起一捧海水，这里该有属于大禹那个时代的氢，也该有哥伦布呼吸过的氧。于是，我明净的心头又涌上一汪蓝色的沉思。

当我从海湾的那边返回时，乘的是船。风平浪静，皓月当空。船在月光与水波织成的羽纱中漂荡。我躺在铺位上，倾听那海风海浪的细语，身子轻轻地摇晃着，不由得想起那唱着催眠曲的母亲，和她手里的摇篮。本来，地球上并没有生命，是大海这个母亲，她亿万年来哼着歌儿，不知疲倦地摇着，摇着，摇出了浮游生物，摇出了鱼类，又摇出了两栖动物、脊椎动物，直到有猴，有猿，有人。我们就是这样一步步地从大海里走来。难怪人对大海总是这样深深地眷恋。人们不断地到海边来旅游，来休憩，来摄影作画、寻诗觅句，原来是为了寻找自己的血统、自己的影子、自己的足迹。无论你是带着怎样的疲劳，怎样的烦恼，请来这海滩上吹一吹风，打一个滚吧，一下子就会返璞归真，获得新的天真、新的勇气。人们只有在这面深蓝色的明镜里才能发现自己。

当我弃船登岸时，又转过身来，猛吸一口带咸味的空气。

享受生命

“享受”这个词，在很长一段时间和大部分时候，是被当作贬义词使用的。随着年纪的增长，阅历的增多，才知道这种理解未免狭隘。人来到世界上，美好的生命只有一次，而且内容无限，你就是抓紧享用也只能仅得其中的一部分。老作家孙犁见几个年轻人在泰山极顶，不欣赏这泰山风光，却围坐在一块巨石上大打扑克。他感叹道，扑克何处不能打？这泰山风光却能享受几回？你看，这就是享受。这里没有剥削，没有欺诈，大大方方，自自然然，取之不尽，其乐融融。

上面只是随举一例，其实享受自然只是人生的一部分。生命中值得享受的东西还有很多很多。比如享受知识，读书学习；享受艺术，听音乐、赏诗文、观演出；享受刺激，探险、登山、看竞技比赛；享受感情，亲情、友情、爱情；享受成功，奖励、鲜花、掌声；享受环境，浴新鲜空气、赏满眼绿色；享受安宁，心平气和，自我平衡；享受休闲，散步、谈天、度假；享受精神，信仰、理想、宗教；等等。还可以举出许多许多，这都是自然赋予我们，让我们尽情选择享用的。一次与朋友谈天，有人说，独身或僧尼无爱无伴，少了多少享受！马上有人反驳道，这也是一种享受——享受孤独。生命原来是这样地多层次、多角度，生命之花原来是靠这许多的享受来供养的。试想一个在鲜花、掌声中受勋的人，和点一支烟来过瘾的人，这是两种多么悬殊的享受。但是只要可能，不同的人接受同一种享受时又是多么地平等。

朱自清说："老于抽烟的人，一叼上烟，真能悠然遐想。他霎时间是个自由自在的身子，无论他是靠在沙发上的绅士，还是蹲在台阶上的瓦匠。"但事实上，许多人一辈子也没有能够享受到生活的全部内容或主要内容。就像我们住进一家五星级的大酒店，除了睡觉，其他的健身、娱乐、美容、商务等设施都没有享用。又像不少人对计算机的使用，只不过是将它当成了一部打字机。生命是博大丰富的，可享受的东西无穷之多。生命又是很短暂的，许多有意义的东西稍纵即逝。我们对享受的理解，既不该狭窄，更不该冷漠。

当然，那种剥削、占有、挥霍式的享受，是最低级而不入流的。我们这里讨论的是全面的享受，它实际是对生命的认识、开发和利用。要达此点，先得有两个条件。一是勇气，就是对生活的勇气，鲁迅所谓直面人生，古人所谓舍我其谁，现在的流行歌曲唱的潇洒走一回，痛快活一场。对生命没有充满信心的人，不热爱生活的人，是不可能享受到生命之果的。望高峰而却步就看不到极顶的风光；将出海而又收帆，就体会不到惊涛骇浪。二是创造，生命之身是父母所赠予的，而生命的意义却全靠后天的开发。可以说，你有多少创造，就有多少享受。马克思、毛泽东、邓小平、哥白尼和牛顿、爱因斯坦都分别创造了一个新学说，并因这个新学说开辟了一个新领域、一片新世界。因此，他们生命中就有了一种特别的滋味，就多了一份特殊的享受，我们这些常人是无论如何难以享受到的。

这么说来，“享受生命”这句话又是多么沉重，就像说“我要登上珠穆朗玛峰”，不是随便哪个人都敢开口说出的，但这种高峰之巅的风光毕竟会有人享受到的，它确实是我们生命的一部分。爱因斯坦、达尔文、爱迪生、开普勒等人，他们的伟大发现完成时，都说过类似的话：现在生与死对我都已无所谓了。因为他们都已享受到了生命中最成功、最华彩的段落。就是那些壮志未酬、行将赴死的勇士，如布鲁诺、文天祥、项羽、谭嗣同、林觉民等，也是一种对生命成功的享受。当常人将父母给予的血肉之躯用来做衣食之享时，他们却将生命的炸弹做最后一掷，爆出无限的光热，通过凤凰涅槃，得到了永生。他们不但生时享受事业之乐、理想之乐，身后还永享历史之功和人格之尊。

本来，追求物质的进步和精神的自由，或曰两个文明，就是人类生存奋斗的最基本目标。列宁曾将共产主义形象地比喻为苏维埃加电器化。战争时期，战士们在战壕里憧憬的美好生活就是“楼上楼下，电灯电话”。我们不是苦行僧，我们的许多劳动、斗争、牺牲，就是为了能在行动之后享受这幸福的结果。但幸福又是个动态的东西，如想要饱览高峰风光，就只有一步一步去攀登。可是我们常犯的错误是，当登临一个山顶时，除了擦汗、喘气，却常忽略了这山的美丽，忘记了脚下的林海，悬崖上的鲜花，还有天边的流云，忽略了最重要的享受。人生之中从最基本的吃饭穿衣，到无尽的物质和精神享受，这是一个多大的库藏，多么宽广的领域。你一方面可以最大限度地去开发、创造和丰富，另一方面又可以尽情地去利用、索取和享受。一个真正懂得享受生命的人，不但将造物者给他的一切都能尽情享受个够，他还进一步享受着自己的创造，更有少数杰出人物还能跨越时空永享历史的光荣。

但是请别忘记，造物者同时又制定了一条铁的规律，生命只有一次，并且时间有限。所以我们对生命的享受不会那么从容，也不会没完没了。生命是一根甘蔗，甜甜的，吃一口就少一节。让我们好好地珍惜它，细细地品味它，尽情地享受它。

人生没有返程票

报载美国航天公司计划造一大飞船，将人送到外星球，大约在二十六世纪实现。飞船可容纳一百万人，速度为光速的五百分之一，就是说飞行五百年才能达到一光年的距离，要飞到二十光年远处的星体，需整整一万年时间。所以飞船必须很大，是一个小社会，当船到达目的地时，走出来的乘客已是上船人的第四百代子孙了。这场旅行代价真大，四百代人才能完成。现在地球上所有能找到的、有文字记录的古人也没有这么老。就是说，这个飞船在太空中要经历一个地球人类成长的文明史，才能到达另一个星球落脚。不是我们一个人重活一遍，是整个地球上的人类重活一遍。想来真是渺茫，既可怕，又有吸引力。报纸上说："星际旅行只需单程票。"初一看，有点去而不回的味道，要在航行途中写遗嘱，开追悼会，那谁还要去呢？

事情就怕放大来看。看完星际旅行计划，再反观人类自己，其实我们一生下来不就是买了一张单程票吗？这个地球上不是每天也在有死有生有老吗？区别只在于你是在原地过完单程还是在运动中过完单程，反正人生没有返程票。我们常说：假如我小十岁，小二十岁，如何如何。假如你小上一百岁，你也许能协助孙中山，不让军阀混战；假如你小上二百岁，也许你能帮助林则徐赢得鸦片战争。但是这一切都不可能。万物在动、在变，哲学家说，一个人不可能踏进同一条河流。俗话说，开弓没有回头箭。你只能创造一次，也只能享受一次。正是因为只有一次，人生才珍贵，才有特殊的意义。

人格在上

细想，“人格”这个词是造得很准确的。就像我们写稿子时要按格填字，不能乱，编辑才好改，读者才好看。写诗也是这样，要有格律，只有合了格和律才美，才算是诗。那么做人呢？应该说也有一定的格，合起码的格是正常的人，合乎更高更严的格，便是好人、高人、伟人。做好人难，做伟人难，好比律诗难写。因为那是一个更高的标准。当然社会上也有不合格的人，就像我们常于报刊上看到的一些歪诗，虽然也算是诗，其实并不合格。人的品德分成许多高低不等的格，这便是人格。人格之定，就如某项产品的国家标准，有一定的要求。从某种意义上说，人也是一种产品。马克思说，“人是各种社会关系的总和”，他是一种社会产品，是经社会共教共育，磨砺冲刷，阴差阳错，锻打铸造而成的，如礁石在海，被浪花碰触，冲刷侵蚀，塑造成各型各类，各等各级，也就有了不同的质、形、格。人生于世就要看你自己所选所为了。你接受了某一种观念，就被搁置到了某一层的某一个格子里。

我向来觉得人在社会上立身有三项资本，或曰三种魅力。一是外貌，包括体格、姿色，这主要来源于先天，这确是一大本钱。古今因一貌倾城，仪表万众，因此而广有追随，成其事者大有人在。二是知识、技能和思想，这是靠后天的修炼，或一战回天，惊天动地，开国定邦，太平盛世；或窥破天机，发明发现，创造财富，造福人类者，也大有人在。三是人格，这完全是一种独立于“貌”和“能”之外关于思想和世界观的修炼。你可以相貌不惊，才智平平，无功可炫，无能可逞，但在人格上却可以卓然而立，楷模万众。精神之力，盖超乎外貌之美和才智之强，别是一种震撼，一种导引与向往。雷锋，论貌，个子不高，只有一米五多；论能，只是一个普通的汽车兵，但他的无私精神，助人品德，现已成了中华民族，乃至全人类的精神财富。其人格魅力早已驾于万众之上。

人格，既然名格，就是方方正正，于某事某情某理，行有所遵，言有所本，恪守一定尺度分寸，金钱名利诱之而不变，严刑生杀逼之而不屈，总是平平静静，按既定的规矩做事；昂首阔步，按既定的方向走路。人格是精神，精神可以变物质，甚至可以发挥出超物质的力量。人格是信念，信念如山在野，高山仰止；如坝挡水，波澜不惊。信念既成，就不是一个人的事，甚至不是一代人的事，会形成一个群体，一个民族，乃至全社会公认的规范，是一种无形的力量。所以当我们述说人事，歌颂英雄，甚至亲身感受那些开国元勋、将军元帅、教授学者或者能人强人们的惊人业绩时，其实这种感受中常常有一部分是他们的人格魅力。而且随着时间的推移，这种人格魅力将大大超越其人其事本身的意义。毛泽东转战陕北，拄一根柳木棍子，在胡宗南大军的鼻子底下来去的那种从容；周恩来长年日理万机，内挤外压，那种无私无怨的大度；彭德怀在庐山一人独谏万言，拍案力争的骨气；就是陈独秀虽与党有分歧，但在国民党大牢中，面对高官相诱而嗤之以鼻的轻蔑，押解途中戴着铁镣而呼呼大睡的气度，这些都远远超出他们所为之事的意义而特别爆发出一种精神的冲击波和辐射力。我们还可以由此而上溯到辛亥义士林觉民在狱中与妻写绝笔书的慷慨；戊戌义士谭嗣同坐等清廷来拘捕，愿为变法做流血第一人的自豪；林则徐虎门销烟行民族大义于已无欲则刚的气节；史可法守扬州宁为玉碎不为瓦全的牺牲精神；文天祥宁死不叛丹心万代的正气；岳飞虽为奸臣所逼但又精忠报国的悲壮；范仲淹身为朝臣先忧后乐的诚心；苏武十九年持节牧羊所表现出的忠贞；司马迁身负大辱为民族修史记事的坚韧；项羽慨然认输又愧对父老的毅然自刎的英雄气概；荆轲明知赴死而千金一诺的诚信，等等，这些都是做人之格，他们都是我们民族史上的灿烂明星。就是国外也有如布鲁诺那样宁肯捍卫科学而甘愿被教会处以火刑的英雄。他们的主要业绩仅仅是因为做成了某一件事吗？不是。相反，随着时间的推移，这些具体业绩时过境迁，反倒离我们越来越远，而他们所昭示的人格力量，人格的光芒却因时日的检验而愈显强大而永远照耀在我们身旁。当我们数典寻祖时，要感谢这一串串巨星为我们画出的精神轨迹。这时我们才真正地感觉到精神变物质是这样的具体，一部中国历史，不，整个一部世界历史，就是这样在人类前进、创新和牺牲精神的鼓舞下书写而成的。而体现着这种精神的，就是那些跨越时空在人格方面光芒四射着人格精神的星座。不可想象，当历史长河中缺了这些人格坐标后，就如同缺了许多改朝换代、惊天动地、里程碑式的大事。当我们书写政治史、军事史、科学史，或从事文学创作，记录故事，塑造人物时，我们不该忘掉这一条隐隐存在而又熠熠闪光的主线。

事实证明，不但文学是人学，史学也是人学，社会学更是人学。一个人只靠貌美出众时，他（她）最多只能成为一个名人；当一个人业有所成时，他可能是一位功臣；而当一个人在人格上达到一定的价值高度时，他就是一个好人。这时如果他又能貌压群英，才华出众，他便是一个难得的伟人、圣人。这样的人，历史所能奉献给我们的几十年或数百年才会有一个。但为人而求全，实在是太难了。所以，最基本的还是先从人格做起，心诚则灵，人人都可以立地成佛。先成为一个在德行上合格的人。

年感

钟声一响，已入不惑之年；爆竹声中，青春已成昨天。是谁发明了“年”这个怪东西，它像一把刀，直把我们的生命，就这样寸寸地剁去。可是人们好像还欢迎这种切剁，还张灯结彩地相庆，还美酒盈杯地相贺。我却暗暗地诅咒：“你这个教我无可奈何的家伙！”

你在我生命的直尺上留下怎样的印记呢?

有许多地方是浅浅的一痕，甚至今天想来都忆不起是怎样划下的。当小学生时苦等着下课的铃声，盼着星期六的到来，盼着一个学年快快地逝去。当大学生时，正赶上“文化大革命”的年代，整日乱哄哄地集会，莫名其妙地激动，慷慨激昂地斗争，最后又都将这些一把抹去。发配边疆，白日冷对大漠的孤烟，夜里遥望西天的寒星。——这许多岁月就这样在我的心中被烦恼地推开，被急切切地赶走了。年，是年年过的，可是除却划了浅浅的表示时间的一痕，便再没有什么。

但在有的地方，却是重重的一笔，一道深深的印记。当我学会用笔和墨工作，知道向知识的长河里吸取乳汁时，也就懂得了把时间紧紧地攥在手里。静静的阅览室里，突然下班的铃声响了，我无可奈何地合上书，抬头瞪一眼管理员。本是被拦蓄了一上午的时间，就让她这么轻轻一点，闸门大开，时间的绿波便洞然泻去，而我立时也成了一条被困在干滩上的鱼。当我和挚友灯下畅谈时，司马迁的文，陶渊明的诗，还有伽利略的实验，一起被桌上“滴答”的钟声搅拌成一首优美的旋律，我们陶醉，我们盼夜长，最好长得没有底。而当我一人伏案疾书时，我就用锋利的笔尖，将一日、几时撕成分秒，再将这分分秒秒点瓜种豆般的填到稿纸格里。我拖着时间之车的轮，求它慢一点，不要这样急。但是年，还是要过的。记得我第一本书出版时，正赶上一个年头的岁末。我怅然对着墙上的日历，久久地像望着山路上远去的情人，望着她那飘逝的裙裾。但她也没有负我，留下了手中这本还散着墨香的厚礼。这个年就这样难舍难分地送去了，生命直尺上用汗水和墨重重地画下了一笔。

想来孔夫子把四十作为“不惑”之年也真有他的道理。人生到此，正如行路爬上了山巅，登高一望，回首过去，我顿然明白，原来狡猾的岁月是悄悄地用一个个的年来换我们一程程的生命的。有那聪明的哲人，会做这个买卖，牛顿用他生命的第二十三个年头换了一个万有引力定律，而哥白尼已垂危床头，还挣扎着用生命的最后一年换了一个崭新的日心说体系。时间不可留，却能换得做成一件事，明白一个理，而我过去多傻，做了多少赔钱的，不，赔了生命的交易啊。假若把过去那些乱哄哄的日子压成一块海绵，浸在知识的长河里能饱吸多少汁液；假使把那寒夜的苦寂变为积极的思索，又能悟出多少哲理。时间这个冰冷却又公平的家伙，你无情，他就无意；可你有求，他就给予。人生原来就这样被年、月、时，一尺、一寸、一分地度量着。人生又像一支蜡烛，每时都在做着物与光的交易，但是总有一部分蜡变成光热，另一部分变成了泪滴。年，是年年要过的，爆竹是岁岁要响的，美酒是每回都要斟满的，不过，有的人在傻呵呵地随人家过年，有的却微笑着，窃喜自己用“年”换来的胜利。

这么想来，我真清楚了，真的不惑了。我不该诅咒那年，倒后悔自己的过去。人，假如三十或二十就能不惑呢，生命又该焕发出怎样的价值？

补　丁

“补丁”这个词恐怕要退出词典了。它本是指衣服破了，用一块碎布头补上。但是，现在三十岁以下的人有谁见过补丁？又有谁还穿带补丁的衣服？

说起这个话题是因为一场乌龙。网上传出一张照片：当年的一个知青，脚上的球鞋补丁摞着补丁。有朋友把照片发给我，我不觉哑然失笑。这个“补丁客”就是我，但不是知青，而是大学毕业生。二十世纪六十年代末有一个政策，凡大学毕业生都得先到农村去劳动一年。一九六八年年底，我们几个从北京、上海来的大学生到内蒙古巴彦淖尔盟临河县报到，被安置在一个生产队劳动。吃住、干活一如知青，只是有国家发的工资，不拿队里的工分，农民乐得接受。第二年春天，我们在门前搭了一间草棚，垒了一个灶台，挑水、拾柴、做饭，过起了农家烟火的日子，还不忘在土墙上刷了一条“放眼世界”的时髦语录。那天，当地报社的一个摄影记者路过村子，意外地发现这里有几个种地的大学生，就为我们拍了几张照片。旷野衰草风沙，土房柴草泥巴，书报锄头镰把，断肠人在天涯。我们哪里是什么“知青”，是“困青”——“文革”潮起被困在学校不能按时毕业，毕业之后又被困在农村不能实现专业对口。五年寒窗各有所学，上知天文下知地理（我们这几个人里还真有学天文、土木、生物等专业的），现在却被困在塞外的一个沙窝子里。理想虽还未破灭，却不知将落何处，一脸天真，书生天涯。照片上最显眼的是我坐在一个小柴凳上伸出的一双脚，脚上是从北京穿来的那双帆布解放鞋，上面摞着十三个补丁。这个数字我一辈子也忘不掉。

那个年代是短缺经济，吃饭要粮票，穿衣要布票，全民勒紧腰带过日子，穿带补丁的衣服很平常。周恩来为防两袖磨破，办公时戴上一双袖套，就像在包装台上干活的女工一样。毛泽东接见外宾时屁股后面有两个补丁，工作人员说换条裤子。毛说不用，外宾又不看后面。我们的大学校长是吴玉章，资格更老，曾是毛泽东的老师。与学生合影时，他坐前排的椅子上，后排站着的同学一低头，发现吴老肩膀上有两块补丁。这都是二十世纪六十年代的事。这种困境一直持续到八十年代初。电影明星刘晓庆出道成名，随电影代表团出访日本，却没有一件合适的衣服。在道具库里找到一条长裙，但胸前有一个破洞，就别了一枚胸花掩饰，这样也敢出国。明星达式常拍《人到中年》，背心后面有几个破洞，那不是道具设计，是他自己平时穿的衣服。这就是那个年代的正常生活。我们这些乡下学生鞋上有几个补丁算什么。我当时还有一件白衬衣，那是用日本进口的尿素化肥的袋子缝制的。生产队将空袋子五角钱一个卖给社员。但“尿素”两个字怎么也洗不掉，于是裁剪时把它们巧妙地处理在双腋下不易看见的地方。随着时代的变迁、经济的发展，不管是领袖、明星，还是平民，他们的补丁都没入了历史的烟尘。衣不为暖而为美，走马灯似的换着花样穿，不再因破而补，而是因时而弃，许多完好的衣鞋都成了垃圾。

衣可弃，习难改。我常碰到的一个难题是，一双袜子，别的地方还好好的，只是脚后跟上张开一个大洞。用之不能，弃之可惜。早几年的尼龙袜时代，有一种补袜的胶水，可解此难题，这几年也不见了。一天在购物网站上忽发现“补丁”二字，如他乡遇故知，乐从心底生。网上有各种补丁，颜色、布料、款式任选，还自带胶水，一贴即可。我大喜，即下单购得几款。几日后到货，才知道此补丁不是彼补丁，而是专往新牛仔衣裤上贴的小装饰。我这个“祥林嫂”，只知道补丁是补衣服的，不知道补丁还会耀武扬威地骑在衣服上，而且能变脸。就如过去戴口罩是一色的白，现在有红，有黑，还有卡通，甚至国旗都印了上去。我收到的变脸补丁自然不能解我的补袜难题。

袜子没有补成，“补丁”二字倒由实际问题升华成一个哲学问题，终日萦绕在我的脑子里，挥之不去。这世上的事是缺而后补，还是不缺也补？补是为了填洞找平，还是为平地上起楼？本来，“补”者，补缺、补漏之谓也，有弥补、挽救之意。物因残而补，衣因洞而补，牙因缺而补，实在万不得已才去补。凡补过的东西总归不如原装原配的好。但再一想，也不一定，“补”者，又有补给、补充、添加、增强之意。补过的东西其强度和外观也有反超原物的，如胶粘的木板、焊接的金属，若去做破坏实验，先断裂的并不是补焊之处。掺了新元素的合金，也强过原来的单一金属。现在连人的脸也可以修补了，补后的面容更漂亮，以至于整形美容成了一种风尚、一门产业。莎士比亚说，生还是死，这是一个问题；补还是不补，也成了一个我想不透的新课题。

再说我们这一批大学生，后来自然都离开了农村，但那是每人都打过补丁之后的事了。或者考研，或者入乡随俗，重学一门本事，反正必须重打补丁。别的不说，只外语这个补丁就有天来大，补得你喘不过气。那个时代，我们从中学到大学学的都是俄语，而要考研就得从头学英语。人近三十了重新投一次胎，要用多少吃奶的力？不像是补一双鞋、一件衣，人打补丁是很痛苦的。我没有做过整容，想来一定很痛。但我见过钉马掌，要用钉子生生地在马蹄上钉一块生铁，那马也得忍着。不要小看这块铁补丁，肉蹄变铁蹄，踏遍千里烟尘绝，大大地提高了军力（当然还有生产力），历史学家说蒙古人就是靠此横扫欧亚而造就了一个超大帝国。

“困青”们当时也找到了一块铁补丁——考研。何以解忧，唯有杜康；何以解困，唯有考研！当然，考前你得先上一个“学前班”，吃风裹沙，挑水劈柴，烟熏火燎，脱胎换骨，从城里人变成一个乡下人。然后再从低谷开始一一补起。果然，经过连续地补丁摞补丁，置之死地而后生，还真有人成名成才了。与我们一起在风沙中点瓜种豆、躬耕于陇亩的一名弱女生，三补两补，居然成了一位知名的天文学家，去摘星追月、躬耕宇宙了。只可惜当初忘了说一句“苟富贵，勿相忘”。我们这几个“困青”，也都一个一个逃出了困境。

有一次，在北京的一个饭局上，不知怎么说到吃羊肉，正在兴头上，在座有一位西服领带、担任国家外汇管理部门领导的当年的“困青”——你就看看这身装扮听听这职务，足够洋气的吧。他说，你们信不信，现在给我一只羊、一把刀，我可以二十分钟之内让你们吃到新鲜羊肉。这真是“庖丁宰羊”，大家为之一愣，摇头不信。但是我信，我知道他再“洋”也有一条深扎于黄土中的根，也是在那个年代打过补丁的“困青”。只是当时我在农区种地，他在牧区放羊。现在我们都已成古稀之人了，白头“困青”在，谈笑说补丁。

再回看那张照片，如烟如尘，恍如隔世。那位给我们照相的记者名叫李青文，想来也已八十多岁了，不知天涯何处。感谢他为我们留下了难忘岁月的一痕，也愿他能看到这篇短文。

看来，生活乃至生命总是在不停地打着补丁。当然，最好一开始就能有一种正常的状态，尽量不要人为地破坏而后再去打补丁。但是，又有几人能一生顺遂呢？岁月蹉跎命多舛，人生谁能无补丁。

第四辑

何处是乡愁

南潭泉记

霍州之下马洼村，因唐李世民过此下马而得名。儿时记忆中是一个极美丽的山村。两山一沟，东西走向。窑洞顺北坡而下，高低错落，掩映于黄土绿树之间。鸡犬相闻，炊烟袅袅，有如仙境。南山为翠柏所覆,村民推窗见绿,天生画屏。沟里有三条小河穿村而过。我家院子临近沟底，前后各有一河，朝洗青菜门前溪，夜闻窑后水淙淙。南山之顶不知何年修了文昌阁、文笔塔各一座，倒映于山下池中，取“巨笔砚影”之意。而沟底的杨、柳、椿、槐，为追探阳光，与两山比高，千树如帆，一沟绿风，为远近闻名之奇景。

村中多泉，大小十余处，最美数南潭泉。泉贴南山之根，有一老杏树护于泉上，青枝绿叶，如华盖之张。环泉一片杏林，杏林之上是连绵的古柏，堆绿叠翠，直上蓝天。泉不大，仅一席之地，甘冽沁脾，无论雨旱，涌流如常。水极清，沙粒颗颗、鱼虾往来，清晰可见。杏叶筛落一池阳光，水波陆离万变，宛若龙宫之穴。水极静，如鱼吐泡，从沙中轻轻泛出，细流漫淌，汇于数十步外的一个池塘中，蓄以灌田。池上一大沙果树，偶有鸟啄果落，叮咚有声。杏熟时，孩童攀缘于树，如猿之影。

南潭泉在村人心中是神泉、药泉，可去灾，可保命。天有大旱，于此求雨，屡屡有应。人有病，来提水一罐，涤肠洗心。家父三十一岁时得大病，一年不起，高烧不退，渐至垂危。有老者说，人临走也须还一个清凉。遂到南潭取水一罐，缓缓灌下，未想竟起死回生。遇有山洪暴发，数日内河水不清，而密林中的南潭泉则神清气定，清澈如镜，为全村最后之备用水源。每到夏日，割麦打场，酷日当头。人嗓子里冒烟，牲畜顺毛流汗。大人抢夏，孩子们的任务就是到南潭提水。人喝畜饮，暑气顿消。取水多用孩子，合童贞之纯；必用瓷罐，表质朴之心。不怕头上三尺火，一片冰心在罐中。南潭泉永是村人心中一道清凉的风景。

我是二十世纪五十年代离开故乡的，南潭美景时在梦中。本世纪初某日，有村干部来京，说因开煤矿，全村已河断泉枯，水声不再，杏林不存。我心中怅然有失，断了相思，碎了旧梦。二〇一七年春节回乡，忽闻喜讯，县里发展旅游，将重修南潭泉，追回旧时景。

凡村不可无水，或河或井，最好有泉。才从地心来，又在人心上流。顾盼其影，潺潺其声，一村之魂。我八岁离乡七十回，真正够得上少小离家老大还了，故乡已几经沧桑。六十年一甲子，风水今又转了回来。

南潭归来，山水之幸，吾乡之幸。

忽又重听《走西口》

正月里回家乡过年，初三那天作家赵越、亚瑜夫妇请吃饭，点的全是山西菜，不为别的，就是要个乡土味。席间，我问赵兄，最近又写了什么好歌词。我知道这几年他在词界名声大振。从中央电视台的春节晚会，到山西歌舞剧院的出国演出，无不有他的新词。他说别的没有，倒有一首《走西口》，是旧瓶装新酒，还可自慰。我知道《走西口》是在山西、内蒙古、陕西一带流行极广的一首民歌。过去晋北、陕北一带生活苦寒，一些生活无着的人便西出内蒙古谋生，有的是去做点小买卖，有的是春种秋回，收一季庄稼就走。这一生活题材在民间便产生了各种版本的《走西口》，大都是叙青年男女的离别之情，且多是女角来唱，其词凄切缠绵，感人肺腑。赵君这一说，再加上这满桌莜面、山药蛋、酸菜羊肉汤，乡情浓于水，歌情动于心，我忙停箸抬头请他将新词试说一遍。他以手辗转酒杯，且吟且唱：

叫一声妹妹哟你泪莫流，
泪蛋蛋就是哥哥心上的油。

实心心哥哥不想走，
真魂魂绕在妹妹身左右。
叫一声妹妹哟你不要哭，
哭成个泪人人你叫哥哥咋上路？
人常说树挪死来人挪活，
又不是哥哥一人走西口。
啊，亲亲！
挣上那十斗八斗我就往回走。

就这么几句，我心里一惊，不觉为之动容。确实是旧瓶新酒，变女声为男声，男儿有泪不轻弹，其悲中带壮，情中有理，虽无易水之寒，却如长城上北风之号，只有在黄土地上，在那裸露的沙梁土坎上，那些坡高沟深，无草无树，风吹塬上旷，泥屋炊烟渺的黄土高原上才可能有的这种质朴的赤裸裸的爱。这是小溪流水，竹林清风，《阿诗玛》《刘三姐》等那种南国水乡式的爱情故事所无法比拟的。赵君过去写过许多洋味十足的诗，其外貌风度也多次被人错认为德国友人、墨西哥影片里的角色等，不想今日能吐出如此浑厚的黄土之声。我说你以前所有的诗集、歌词都可以烧掉了，只这一首便可使大名传世。这时一旁的亚瑜君插话："别急，你听下面还有对妹子的呵护之情呢。"赵君接着吟唱：

叫一声妹妹你莫犯愁，
愁煞了亲亲哥哥不好受。
为你码好柴来为你换回油，

枣树圪针为你插了一墙头。
啊亲亲！
到夜晚你关好大门放开狗。
……
叫一声妹妹哟你泪莫流，
挣上那十斗八斗我就往回走！

我是在西口外生活过整整六年的。大学一毕业即被分配到那里当农民，也算是走西口，不过是坐着火车走。那时当然比现在苦，但还不至于苦到生活无着，并不是为了糊口，是为了“支边”，或者是充边，是“文化大革命”中对“臭老九”的发配。当时我也未能享受到歌中主人翁的那份甜丝丝的苦，那份缠绵绵的愁。因为那时还没有一个能为我流泪滴油的妹妹。正是天苍苍，野茫茫，孤旅一人走四方。但那天高房矮，风起沙扬，枣刺柴门，黄泥短墙，寒夜狗吠，冷月白窗的塞外景况我实在是太熟悉了。你想孤灯长夜，小妹一人，将要走西口的哥哥心里怎么能放心得下，于是就在墙头上插满枣刺，又嘱咐夜晚小心听着狗叫。人走了，心还在啊。“妹的泪是哥心上的油，真魂魂绕在妹身左右”，这是何等痛彻心骨的爱啊！这种质朴之声，直压中国古典的《西厢记》，西方古典的《罗密欧与朱丽叶》。赵君谈得兴起，干脆打开了音响，请我欣赏著名民歌演唱家牛宝林演唱的这首《走西口》。霎时，那嘹亮的带有塞外山药蛋味的男高音越过了边墙内外和黄土高坡上的沟沟坎坎、峁峁垴垴。我的心先是感到震撼，接着就深深地陶醉在歌声中了。

祖逖闻鸡起舞，我今闻赵君一歌思绪起伏。爱情这东西实在属于土地，属于劳动，属于那些无产、无累、无任、无负的人。古往今来有多少专吃爱情饭的作家，从曹雪芹到张恨水到琼瑶，连篇累牍，其实都赶不上塞外这些头缠白毛巾的小伙子掏出心来对着青天一声吼。就像人类在科学上费尽心机，做了许多发明，回头一看远不如自然界早已存在的物和理，又赶快去研究仿生学。赵君也是写了大半辈子诗的人了，绕了一圈回过头来，笔墨还是落在了这一首上。人以五谷为本，艺术以生活为根。黄土地实在是我们永远虔诚信奉的神。这使我想起二十世纪四十年代在陕北那块贫瘠的土地上，一批肚子里装满了翰墨的知识分子，他们打着裹腿，穿着补丁褂子，抿着干裂的嘴唇，顶着黄风，在土沟里崖畔上白天晚上地寻寻觅觅，为的是寻找生活的原汁原味，寻找艺术的源头。这其中最具代表性的是李季的《王贵与李香香》。

沟湾里胶泥黄又多，
挖块胶泥捏咱两个。
捏一个你来捏一个我，
捏的就像活人脱。
摔碎了泥人再重和，
再捏一个你来再捏一个我。
哥哥身上有妹妹，
妹妹身上有哥哥。

我请赵君给我随便讲一件在晋西北采风的事。他说："一次在黄河边上的河曲县采风，晚上油灯下在一家人的土炕上吃饭，我们请主人随意唱一首歌。小伙子一只大手卡着粗瓷碗，用筷子轻敲碗沿，张口就唱‘蜜蜂蜂飞在窗棂棂上，想亲亲想在心坎坎上’，不羞涩，不矫情，像吃饭喝水一样自然。”这也使我想起那一年在紧靠河曲的保德县（歌唱家马玉涛的家乡）采访，几位青年男女也是用这种比兴体张口就为我唱了一首怀念周总理的歌，立时催人泪下。这些伟大的歌手啊，他们才是大师，才是音乐家，就像树要长叶，草要发芽，他们有生就有爱，有爱就有歌，怎么生活就怎么唱。在他们面前我们真正自愧不如。到后来，等到我也开始谈恋爱时，虽然也是在西口古地，也是大漠孤烟，长河落日，锄禾田垄上，牧马黄河边，但是无论如何也吼不出那句“泪是哥哥心上的油”。现在闻歌静思才明白，真正的爱、质朴的爱最属于那些土里生土里长的山民。他们终日面对黄土背朝天，日晒脊梁汗洗脸，在以食为天的原始劳作中油然而生的爱，还没有受过外面世界的惑扰，还保有那份纯那份真。

就像要找真人参还得到深山老林中的悬崖绝壁上去寻，像我们这些城市中的文化人每天挤汽车、找工作、评职称，还有什么迪斯科、武打片、环境污染、公共关系，早已疲惫不堪，许多事都是“欲说还羞（休）”，哪里还有什么“泪蛋蛋、真魂魂、枣圪针、实心心”，更没有什么晚上能卧在你脚下的狗。

听着歌，我不禁想起两件事。一是著名学者梁实秋，晚年丧妻后爱上了比他小二十多岁的孤身一人的歌星韩菁菁。这是个人的私事本来很自然，但却舆论哗然。首先梁的学生起来反对，甚至组织了“护师团”来干预他的爱。老教授每天早晨起来手拿一页昨晚写好的情书，仰望着情人的阳台。这位感情丰富、古文洋文底蕴极厚，又曾因独立翻译完成《莎士比亚》而得大奖，装了一肚子爱情悲喜剧的老先生绝不敢在静静的晨曦中向楼上喊一嗓子：“叫一声妹妹你莫愁。”文化的负重，倒造成了爱的弯曲，至少是爱的胆怯。

还有一件事，是那一年我在西藏碰到的一件极普通但又印象极深的事。那天我在布达拉宫内沿着曲曲折折的石阶木梯正上下穿行，这座千年旧宫正在大修，到处是泥灰、木料，我仔细地看着脚下的路，忽然隐隐传来一阵歌声。我初不经意，以为是哪间殿堂里在诵经。但这声音实在太美了，乐声如浅潮轻浪，一下一下地冲撞着我的心。我心灵的窗户被一扇一扇地推开了，和风荡漾，花香袭人。我便翻架钻洞，上得一层楼上，原来是一群青年男女正在这里打地板。西藏楼房的地板是用当地产的一种“阿嘎”土，以水泡软平铺地上一下一下地砸，砸出的地板就像水磨石一样，能洗能擦，又光又亮。从一开始修布达拉宫到以后历朝历代翻修，地面都是这样制作，他们称为土水泥。我钻出楼梯口探头一看，只见约三十个青年分成男女两组，一前一后，每人手中持一根齐眉高的细木杆，杆的上端以红绸系一个小铜铃铛，下端是一块上圆下平如碗之大的夯石。在平坦的地板上，后排方阵的小伙子都紫红脸膛，虎背熊腰，前排方阵的姑娘们则长辫盘头，腰系彩裙，面若桃花。只听男女歌声一递一进，一问一答，铃声璨璨，夯声墩墩，随着步伐的进退，腰转臂举，袍起袖落。这哪里是劳动，简直就是舞台演出。这时旁边的游人被吸引得越聚越多，青年们也越打越有劲，越唱越红火，特别是当姑娘们铃响夯落，面笑如花，转过脸去向小伙子们甩去一声歌，那群毛头小伙子就像被鞭子轻轻抽了一下，喜得一蹦一跳，手起铃响，轰然夯落，又从宽厚的胸中发出一声山呼之响，嗡嗡然，声震屋瓦，绕梁不绝。和我同去的一位年轻人竟按捺不住自己，跳进人群，抢过一根夯杆也手之舞之，足之蹈之起来。我看之良久，从心里轻轻地喊出一声："这样的劳动怎么能不产生爱情！"

爱是男女相见相知，不由得生发出的相悦相恋之情。对这种感情的表达，不同生活环境中的人会有不同的方式。李清照与其夫金石家赵明诚算是中国历史上文化层次很高的一对了。两人分居两地十分思念，李清照便写了一首后来在中国文学史上极有名的《醉花阴》。

薄雾浓云愁永昼，瑞脑消金兽。佳节又重阳，玉枕纱橱，半夜凉初透。

东篱把酒黄昏后，有暗香盈袖。莫道不销魂，帘卷西风，人比黄花瘦。

李将这首词寄给丈夫，赵明诚喜其情切词美，发誓要回写一首并超过她，便谢客三天，废寝忘食，得五十首，杂李词于其中以示友人。友人玩之再三，说只有这三句最佳："莫道不销魂，帘卷西风，人比黄花瘦。"赵自叹不如。像这种爱，早已经是非要爱出个花样不可，有点斗法的味道了。梁实秋与他所爱的大歌星当着面什么不能说，非得先写好一份情书，然后再捧书上门。这真是"人生识字扭捏始，偏要拐那十八弯"。学问越高，拐的弯就越多。

文者，纹也，装饰，花样之谓也。文人办什么事都爱包装一下，连表达爱也是这样。但物极必反，弯子拐得过多，作品就没有人看了，文人自己也会觉得没趣，于是又寻找，回归。胡适说："中国文学史上何尝没有代表时代的文学？但我们不应向那‘古文传统史’里去寻，应该向旁行斜出的‘不肖’文学里去学。因为不肖古人，所以能代表当世。”胡适其他观点暂不去论，他的这句话倒很合毛泽东同志讲的，人民生活“是一切文学艺术取之不尽、用之不竭的唯一的源泉”，“过去的文艺作品不是源而是流”。所以从古到今，诗歌都有向民歌，特别是向民间的情歌学习的好传统。明代出了个作家冯梦龙，清代乾隆朝有个王迁绍，专向白话俚语学习，大量收集民间创作。有一首情诗《挂枝儿·牛女》这样写道：

> 闷来时
> 独自个在星月下过。
> 猛抬头，
> 看见了一条天河，
> 牛郎星、织女星俱在两边坐。
> 南无阿弥陀佛，
> 那星宿也犯着孤。
> 星宿儿不得成双也，
> 何况他与我。

用这首诗来比李清照的《醉花阴》如何？更能感觉到直接来自生活源头的清纯。而且在表现手法上，先是平平道来，最后用了逆挽之法，说是技法的成熟，不如说是真情所在，情到技到，大道无形，真情无文。其实一切好的民歌的美，正在于此。无论铺排、比兴，全在一个真实自然，见情而不露文。唐代是我国诗歌发展史上的一个高峰。像白居易那样的大家写罢诗后也要去向老太婆读，好求得民间的认同。刘禹锡在向民歌学习方面也很见成效，他的《竹枝词》就很有质朴之美：“杨柳青青江水平，闻郎江上唱歌声。东边日出西边雨，道是无晴却有晴。”在诗歌创作方面，这种学习从古至今一直不衰。连那个只会写词不会治国的亡国之君李后主也有一首写得很直率的《菩萨蛮》。

花明月暗笼轻雾，今宵好向郎边去！刬袜步香阶，手提金缕鞋。画堂南畔见，一向偎人颤。奴为出来难，教郎恣意怜。

看来不管是皇帝老子还是风流名士，要写好诗就得向百姓学习，努力去掉文人身上的珠光色和脂粉气。当然学习也要有个度，也不是越土越好，土到《红楼梦》里的薛蟠体也就糟了。

其实，赵君的诗大多是为歌、为舞而写的。这几年在舞台上有一股不太好的风气，哪怕是唱一首很淳朴的民歌，也要灯光陆离，烟雾漫漫，然后再找一些不明不白的伴舞，在歌手的前后左右伸胳膊蹬腿，非得把那清粼粼的旋律，蓝格莹莹的舞台，搅得一团混沌才甘心。而赵君的词却自带着一份不可亵渎的清纯，所以他的词也给舞台的台风带来了可喜的回归。他这几年的一大功劳是与著名编舞王秀芳等人合作创作了两台乡土味极浓的歌舞《黄河儿女情》和《黄河一方土》。这两台戏大震京华，并多次远征国际舞台。可见人心思土，艺风贵朴。

剧中有一段《背河》舞，就是编舞在他那首极富动感的歌词的启发下编出的，效果极佳。北方的河水清浅，又多无桥，男人一般能蹚水过河，姑娘、媳妇胆小怕凉不敢蹚水，于是就专门有人在河边做起背人过河的生意，挣个小钱。前面说过，凡有劳动的地方就有爱，就在河边这种特殊劳动的小皱褶里也藏着爱。赵君的《背河》词是这样写的：

背起小妹妹河中走，
背了个欢喜扔了个愁。
妹妹的细腰扭呀扭，
扭得哥哥甜格滋滋，
像喝了蜜酒。
嘚儿哟，嘚儿哟，
莫怕那风浪三丈三，
妹妹哟，妹妹哟
哥的劲头九十九丈九！
背起小妹妹河中走，
叫声妹妹不要害羞；
小心那掉在河里头，
快把哥哥亲格热热，
紧紧地搂。
嘚儿哟，嘚儿哟，
明年再背你下花轿，
妹妹哟，妹妹哟
亲手给你揭开红盖头！

他的这首歌，又使我想起当年在口外当农民劳动锻炼时的一幕戏。春天里大地刚刚苏醒，春风吹过河套平原，有一丝丝的温馨，一丝丝的甜润。柳条开始发软，枯草刚顶出新芽。劳动休息时，四野空旷无以为乐，经常的节目是摔跤。让我们这些洋学生大吃一惊的是，那些还没有脱去老羊皮袄或者厚棉袄的姑娘，手大腰壮，竟敢向小伙子叫阵，一会儿就龙腾虎跃，翻滚在松软的犁沟里，羞得我们看都不敢看。在劳动中油然而生爱心，爱心萌动就以歌抒之，歌之不足，舞之蹈之。现在想来田野上这种超出舞蹈的游戏中一定还藏有那歌之舞之所未能表达尽的爱。

在赵君家吃了一顿饭，听了几首歌，倒惹得我想了这许多。临走时赵君送我两盒《走西口》的磁带，这回赴宴真是货真价实。

试着病了一回

毛主席在世的时候说过一句永恒的真理：要想知道梨子的滋味，就得亲自咬一口，尝一尝。凡对某件东西性能的探知实验，大约都是破坏性的。尝梨子总得咬碎它，破皮现肉，见汁见水。工业上要试出某构件的强度也得压裂为止。我们对自己身体强度（包括意志）的实验，最简单的方法就是生病。这也是一种无可奈何的破坏。人生一世，孰能无病？但这病能让你见痛见痒，心热心急，因病而知道过去未知的事和理，这样的时候并不多，也不敢太多。我最近有幸试了一回。

将近岁末，到国外访问了一次。去的地方是东欧几国。这是一次苦差，说这话不是得了出国便宜又卖乖。连外交人员都怯于驻任此地。谁被派到这里就说是去“下乡”。仅举一例，我们访问时正值罗马尼亚天降大雪，平地雪深一米，但我们下榻的旅馆竟无一丝暖气，七天只供了一次温水。离开罗马尼亚赴阿尔巴尼亚时，飞机不能按时起飞，又在机场被深层次地冻了十二个小时，原来是没有汽油。这样颠簸半月，终于飞越四分之一个地球，返回国门，落地上海。谁知将要返京时，飞机又坏了。我们又被从热烘烘的机舱里赶到冰冷的候机室，从上午八时半，等到晚间八时半，又最后加冻十二个小时。药师炮制秘丸是七蒸七晒，我们这回被反过来正过去地冻，病也就瓜熟蒂落了。这是实验前的准备。

到家时已是午夜十二时，倒头就睡，到第二天下午才醒，吃了一点东西又睡到第三天上午，一下地如踩棉花，东倒西歪，赶紧闭目扶定床沿，身子又如在下降的飞机中，头晕得像有个陀螺在里面转。身上一阵阵地冷，冷之后还跟着些痛，像一群魔兵在我腿、臂、身的山野上成散兵线，慢慢地却无声地压过。我暗想不好，这是病了。下午有李君打电话来问我回来没有。我说："人是回来了，却感冒了，扛几天就会过去。"他说："你还甭大意，欧洲人最怕感冒，你刚从那里回来，说不定正得了'欧洲感冒'。听说比中国感冒厉害。"我不觉哈哈大笑。这笑在心头激起了一小片轻松的涟漪，但很快又被浑身的病痛所窒息。

这样扛了一天又一天。今天想明天不好就去医院，明天又拖后天。北京太大，看病实在可怕。合同医院远在东城，我住西城，本已身子飘摇，再经北风激荡，又要到汽车内挤压，难免扶病床而犹豫，望医途而生畏。这样拖到第六天早晨，有杜君与小杨来问病，一见就说："不能拖了，楼下有车，看来非输液不可。"经他们这么一点破，我好像也如泄气的皮球。平常是下午烧重，今天上午就昏沉起来。赶到协和医院在走廊里排队，直觉半边脸热得像刚出烤箱的面包，鼻孔喷出的热气还炙着自己的嘴唇。妻子去求医生说："六天了，吃了不少药，不顶用，最好住院，最低也得输点液。"这时，急诊室门口一位剽悍的黑脸护士小姐不耐烦地说："输液，输液，病人总是喊输液，你看哪儿还有地方？要输就得躺到走廊的长椅子上去！”小杨说：“那也行。”那黑脸白衣小姐斜了一眼轻轻说了一句“输液过敏反应可要死人”，便扭身走了。我虽人到中年，却还从未住过医院，也不知输液有多可怕。现代医学施于我身的最高手段就是于屁股上打过几针。白衣黑脸小姐的这句话，倒把我的热吓退了三分。我说：“不行打两针算了。”妻子斜了我一眼，又拿着病历去与医生谈。这医生还认真，仔细地问，又把我放平在台子上，叩胸捏肚一番，在病历上足写了半页纸。一般医生开药方都是笔走龙蛇，她却无论写病历、药方、化验单都如临池写楷，也不受周围病人诉苦与年轻医护嬉闹交响曲的干扰。我不觉肃然起敬，暗瞧了一眼她胸前的工作证，姓徐。

幸亏小杨在医院里的一个熟人李君帮忙，终于在观察室找到一张黑硬的长条台子。台子靠近门口，人行如梭，寒风似箭。有我的老乡张女士来探病，说：“这怎么行？出门就是王府井，我去买块布，挂在头上。”这话倒提醒了妻子，顺手摘下脖子上的纱巾。女人心细，四只手竟把这块薄纱用胶布在输液架上挂起一个小篷。纱薄如纸，却情厚似城。我倒头一躺，躲进小篷成一统，管他门外穿堂风。一种终于得救的感觉浮上心头，开始平生第一次庄严地输液。

当我静躺下时，开始体会病对人体的变革。浑身本来是结结实实的骨肉，现在就如一袋干豆子见了水生出芽一样，每个细胞都开始变形，伸出了头脚枝丫，原来躯壳的空间不够用了，它们在里面互相攻讦打架，全身每一处都不平静，肉里发酸，骨里觉痛，头脑这个清空之府，现在已是云来雾去，对全身的指挥也已不灵。最有意思的是眼睛，我努力想睁大却不能。记得过去下乡采访，我最喜在疾驶的车内凭窗外眺，看景物急切地扑来闪走，或登高看春花遍野，秋林满山，陶醉于“放眼一望”，觉自己目中真有光芒四射。以前每见有病人闭目无言，就想，抬抬眼皮的力总该有的吧。将来我生了病，纵使身不能起，眼却得睁圆，力可衰而神不可疲。过去读史，读到抗金老将宗泽，重病弥留之际，仍大呼：“过河！过河！”目光如炬，极为佩服。今天当我躺到这台子上亲身做着病的实验时，才知道过去的天真，原来病魔绝不肯夺你的力而又为你留一点神。

现在我相信自己已进入实验的角色。身下的台子就是实验台，这间观察室就是实验室。我们这些人就是正在经受变革的实验品，实验的主人是命运之神（包括死神）和那些白衣天使。地上的输液架、氧气瓶、器械车便是实验的仪器，这里名为“观察室”者，就是察而后决去留也。有的人也许就从这个码头出发到另一个世界去。所以这以病为代号的实验，是对人生中风景最暗淡的一段，甚而末路的一段，进行抽样观察。凡人生的另一面，舞场里的轻歌、战场上的冲锋、赛场之竞争、事业之搏击，都被舍掉了。记得国外有篇报道，谈几个人重伤“死”后又活过来，大谈死的味道。那也是一种实验，更难得。但上帝不可能让每人都试着死一次，于是就大量安排了这种实验，让你多病几次，好教你知道生命不全是鲜花。

在这个观察室里共躺着十个病人。上帝就这样十个一拨地把我们叫来训话，并给点体罚。希腊神话说，司爱之神到时会派小天使向每人的心里射一支箭，你就逃不脱爱的甜蜜。现在这房里也有几位白衣天使，她们手里没有弓，却直接向我们每人手背上射入一根针，针后系着一根细长的皮管，管尾连着一只沉重的药水瓶子，瓶子挂在一根像拴马桩一样的铁柱上。我们也就成了跑不掉的俘虏，不是被爱所掳，而是为病所俘。“灵台无计逃神矢”，确实，这线连着静脉，静脉通到心脏。我先将这观察室粗略地观察了一下。男女老少，品种齐全。都一律手系绑绳，身委病榻，神色黯然，如囚在牢。死之可怕人皆有知，辛弃疾警告那些明星美女："君莫舞，君不见，玉环飞燕皆尘土。"苏东坡叹那些英雄豪杰："大江东去，浪淘尽，千古风流人物。"其实无论英雄美女还是凡夫俗子，那不可抗拒的事先不必说，最可惜的还是当其风华正茂、春风得意之时，突然一场疾病的秋风，"草遇之而色变，木遭之而叶脱"，杀盛气，夺荣色，叫你停顿停顿，将你折磨折磨。

我右边的台子上躺着一个结实的大个头小伙子，头上缠着绷带，还浸出一点血。他的母亲在陪床，我闭目听妻子在与她聊天。原来工厂里有人打架，他去拉架，飞来一把椅子，正打在头上伤了语言神经，现在还不会说话。母亲附耳问他想吃什么，他只能一字一歇地轻声说："想——吃——蛋——糕。"他虽说话艰难，整个下午却都在骂人，骂那把"飞来椅"，骂飞椅人。不过他只能像一个不熟练的电报员，一个电码一个电码地往外发。

我对面的一张台子上是一位农村来的老者，虎背熊腰，除同我们一样，手上有一根绑绳外，鼻子上还多根管子，脚下蹲着个如小钢炮一样的氧气瓶，大约是肺上出了毛病。我猜想老汉是四世同堂，要不怎么会男男女女、大大小小地围了六七个人。面对其他床头一病一陪的单薄，老汉颇有点拥兵自重的骄傲。他脾气也犟，就是不要那根劳什子氧气管，家人正围着怯怯地劝。这时医生进来了，是个年轻小伙子，手中提个病历板，像握着把大片刀，大喊着："让开，让开！说了几次就是不听，空气都让你们给吸光了，还能不喘吗？"三代以下的晚辈们一起恭敬地让开，辈分小点儿的退得更远。他又上去教训病人："怎么，不想要这东西？那你还观察什么？好，扯掉，扯掉，左右就是这样了，试试再说。"医生虽年轻，但不是他堂下的子侄，老汉不敢有一丝犟劲，更敬若神明。我眼睛看着这出戏，耳朵却听出这小医生说话是内蒙古西部口音，那是我初入社会时工作过六年的地方，不觉心里生出一股他乡遇故知的热乎劲，妻子也听出了乡音，我们便趁他一转身时拦住，问道："这液滴的速度可是太慢？"第二句是准备问："您可是内蒙古老乡？"谁知他把手里的那把大片刀一挥说："问护士去！"便夺门而去。

我自讨没趣，靠在枕头上暗骂自己："活该。"这时也更清楚了自己作为实验品的身份。被实验之物是无权说话的，更何况还非分地想说什么题外之话，与主人去攀老乡。不知怎么，一下子想起《史记》上"鸿门宴"一节，樊哙对刘邦说的"人为刀俎，我为鱼肉"，任你国家元首、巨星名流，还是高堂老祖、掌上千金，在疾病这根魔棒下一样都是阶下囚。任你昔日有多少权力与光彩，病床上一躺，便是可怜无告的羔羊。哪有鲤鱼躺在砧板上还要仰身与厨师聊天的呢？我将目光集中到输液架上的那个药瓶，看那液珠一滴一滴不紧不慢地在透明管中垂落。突然想起朱自清的《匆匆》那篇散文，时间和生命就这样无奈地一滴滴逝去。朱先生作文时大约还没有我这种躺在观察室里的经历，要不他文中摹写时光流逝的华彩乐段又该多一节的。我又想到古人的滴漏计时，不觉又有一种遥夜岑寂、漏声迢递的意境。病这根棒一下子打落了我紧抓着生活的手，把我推出工作圈外，推到这个常人不到的角落里。此时伴我者唯有身边的妻子，旁人该干什么，还在干自己的。那个告我"欧洲感冒可怕"的李兄，就正在与医院一街相连的出版社里，这时正埋头看稿子。"文化大革命”中我们曾一同下放塞外，大漠著文，河边论诗。本来我们还约好回国后，有一次塞外旧友的兰亭之会。他们哪能想到我现时正被困沙滩，绑在拴马桩上呢？如若见面，我当告他，你的“欧洲感冒论”确实厉害，可以写一篇学术论文抑或一本专著，因为我记得，女沙皇叶卡捷琳娜的情人，那个壮如虎牛的波将金将军也是一下被欧洲感冒打倒而匆匆谢世的。这条街上还有一位研究宗教的朋友王君，我们相约要抽时间连侃他十天半月，合作一本《门里门外佛教谈》，他现在也不知我已被塞到这个角落里，正对着点点垂漏，一下一下，敲这个无声的水木鱼。还有我的从外地来出差的哥哥，就住在医院附近的旅馆里，也万想不到我正躺在这里。还有许多，我想起他们，他们这时也许正想着我的朋友，他们仍在按原来的思路想我此时在干什么，并设想以后见面的情景，怎么会想到我早已被凄风苦雨打到这个小港湾里。病是什么？病就是把你从正常生活轨道中甩出来，像高速公路上被挤下来的汽车；病就是先剥夺了你正常生活的权利，是否还要剥夺生的权利，观察一下，看看再说。

因为被小医生抢白了一句，我这样对着药漏计时器返观内照了一会儿，敲了一会儿水木鱼，不知是气功效应还是药液已达我灵台，神志渐渐清朗。我又抬头继续观察这十人世界。（大概是报复心理，或是记者职业习惯，我潜意识中总不愿当被观察者，而想占据观察者的位置。）诗人臧克家住院曾得了一句诗：“天花板是一页读不完的书。”我今天无法读天花板，因为我还没有一间可静读的病房，周围是如前门大栅栏样的热闹。于是我只有到这些病人的脸上、身上去读。

四世老人左边的台子上躺着一位老夫人，神情安详，她一会儿拥被稍坐，一会儿侧身躺下，这时正平伸双腿，仰视屋顶。一个中年女子，伸手在被中掏什么。半天趁她一撩被，我才看清她正在用一块热毛巾为老妇人洗脚，一会儿又换来一盆热水，双手抱脚在怀，以热毛巾裹住，为之暖脚良久，亲情之热足可慰肌肤之痛，反哺之恩正暖慈母之心，我看得有点眼热心跳。不用问，这是一位孝女，难怪老夫人处病而不惊，虽病却荣，那样安详骄傲。她在这病的实验中已经有了另一份收获：子女孝心可赖，纵使天意难回，死亦无恨。都说女儿知道疼父母，今天我真信此言不谬。我回头看了一眼妻子，她也正看得入神，我们相视一笑，笑中有一丝虚渺的苦味，因为我们没有女儿，将来是享不了这个福了。

再看四世老人的右边也是一位老夫人，脑中风，不会说话，手上、鼻子双管齐下。床边的陪侍者很可观，是位翩翩少年，脸白净得像个瓷娃娃，长发披肩，夹克束身，脚下皮鞋贼亮。他头上扣个耳机，目微闭，不知在听贝多芬的名曲还是田连元的评书。总之这个十人世界，连同他所陪的病人都好像与他无关。过了一会儿，大约他的耳朵累了，又卸下耳机，戴上一个黑眼罩。这小子有点洋来路，不是旁边那群四世堂里的土子侄。他双臂交叉，往椅上一靠，像个打瞌睡的“佐罗”。“佐罗”一定不堪忍受观察室里的嘈杂，便以耳机来障其聪；又不堪眼前的杂乱，便以眼罩来遮其明，我猜他过一会儿就该要掏出一个白口罩了。但是他没有掏，而是起立，眼耳武装全解，双手插在裤兜里到房外遛弯儿去了，经过我身边出门时，嘴里似还吹着口哨。不一会儿，少年陪侍的那老夫人醒来，嘴里咿咿呀呀地大喊，全室愕然，不知她要什么，护士来了也不知其意，便到走廊里大喊：“× 床家属哪里去了？”又找医生。我想这“佐罗”

少年大约是老夫人的儿子或女婿，与刚才那位替母洗脚的女子比，真是天壤之别。

我们现在常说的一句话是阴盛阳衰，看来在发扬传统的孝道上也可佐证此论，难怪豫剧里花木兰理直气壮地唱道："谁说女子不如男！"杜甫说："信知生男恶，反是生女好。"白居易说："遂令天下父母心，不重生男重生女。"二公若健在，一定抚髯叹曰："不幸言中！不幸言中！"那"佐罗"少年想当这十人世界里的隐士，绝尘弃世。其实谁又自愿留恋于此？他少不更事，还不知这些人都是被病神强迫拉来的，要不怎么每个人手臂上都穿一根细绳，那一头还紧缚在拴马桩上？下一次得让阎王差个相貌恶点的小鬼，专门去请他一回。

不知何时，在我的左边迎门又加了一长条椅子，椅前也临时立了一根铁杆，上面拴了一位男青年。他鼻子上塞着棉花，血迹一片，将头无力地靠在一位同伴身上（他还没我这样幸运，有张硬台子躺），话也不说，眼也不睁，比我右边那位用电码式语言骂人的精神还要差些。他旁边立着一位姑娘，当我将这个多病一孤舟的十人世界透视了几个来回，目光不经意地落在她身上时，心中便不由得一跳。说不清是惊、是喜，还是遗憾。只是模模糊糊地觉得，这个地方不该有个她。她算比较漂亮的一类女子，虽不是宋玉说的那位"登墙窥臣三年"的美女，也不比曹植说的"翩若惊鸿，婉若游龙"的洛神，但在这个邋邋遢遢的十人世界里（现在成十一人了），她便是明珠在泥了。她约一米六五的身材，上身着一件浅领红绒线衣，下身束一条薄呢黑裙，足蹬半高腰白皮软靴，外面又通体裹一件黑色披风，在这七倒八歪的人中一立，一股刚毅英健之气扑面而来。

但她脸上有不尽的温馨，粉面桃腮，笑意静贮酒窝之中；目如圆杏，言语全在顾盼之间。是一位《浮生六记》里“笑之以目，点之以首”的芸，但又不全是。其办事爽利豁达，颇有今时之风采。在他们这个三人小组中，椅子上那位陪侍，是病人的“背”，这女人就是病人的“腿”，她甩掉披风（更见苗条），四处跑着取药、端水，又抱来一床厚被，又上去揩洗血迹，问痛问痒。这女子侍奉病人之殷，我猜她的身份是病人的妹妹或女友（女友时常也是妹妹的一种），比起那个千方百计想避病房、病人而去的奶油小生可爱许多。也许是相对论作怪，爱因斯坦向人讲难懂的相对论就这样作比，与老妪为伴，日长如年；与姑娘做伴，日短如时，相对而已。这姑娘也许爱火在心，处冰雪而如沐春风。有爱就有火焰，有爱就有生活，有爱就有希望，有爱就有明天。

一会儿，这姑娘不知从哪里弄来一饭盒蒸饺，喂了病人几个，便自己有滋有味地吃起来。她以叉取饺的姿势也美，是舞台上用的那种兰花指，轻巧而有诗意。连那饺子也皮薄而白，形整而光，比平时馆子里见到的富有美感。三鲜馅的味道传来，暗香浮动。歌星奚秀兰唱“阿里山的姑娘美如水，阿里山的少年壮如山”，今天我遇到的小伙不是破头就是破鼻，无以言壮，倒是这姑娘如水之秀，如镜之明。她让我照见了什么？照见了生活。唐太宗说：“以人为镜，可以明得失。”抱病卧床者看青春活泼之人，心灰意懒者看爱火正炽之人，最大的感慨是：绝不能退出生活。这姑娘红杏一枝入窗来，就是在对我们大声喊：知否，外面的生活，火热依旧。我刚才还在自惭被甩出生活的轨道，这时，似乎又见到了天际远航的风帆。

这时，在我这一排病台的里面处，突然起了骚动。今天观察室里这出戏的高潮就要出现。只见一胖大黑壮的五十多岁的男子被几个人按在台子上，裤子褪到了脚下，裸着两条粗壮的大腿，脚下拦着一轻巧的白色三面屏风。这壮汉东北口音，大喊："痛死我了！痛死我了！"接着就听有人哄小孩似的说："马上就完，快了！快了！"但还是没有完。那汉子还喊："你们要干啥呢？受不了！不行了！"其声之惨，撞在天花板上又落地而再跳三跳。这时全观察室的人都屏气息声，齐向那屏风看去。因为我这个特殊的角度，屏风恰为我让出视线。就见两位只露出一双大眼睛的护士小姐，正从手术车上取下一根细管，捏起那男子的阳物就往里面捅，原来在行导尿术。任那男子怎样呼天抢地，两小姐仍我行我素，目静如水。这样挣扎了一阵，手术（其实还够不上手术）结束，那胖子虚汗满头，犹自作惊弓之恐。两小姐摘下口罩，一位撤掉屏风，顺手向身后一搭，轻松地穿过病台，向我这边的房门口走来。那样子，像背了一个大风筝,春日里去郊游。另一位则随手将手术小车一带,头也不回，那架轻灵的小车就在她身后宛如一个小哈巴狗似的左右追行。经过我身边时，我偷眼一望，她们简直是两个娃娃，天真而美丽。出门扬长而去，好像踏着一曲《走在乡间的小路上》，刚才的事已了无一痕。那男子还在唏嘘不已，家属正帮着提衣裤。正所谓花自飘零水自流，你痛你喊我走路。我心里一阵发紧，想这未免有点残酷，又想到《史记》上那句话，"人为刀俎，我为鱼肉"，人一旦沦为医生诊治（或曰惩治）的对象是多么可怜。那壮汉平日未必不凶，可现在何其狼狈，时地相异，势所然也。俗语曰："有什么不要有了病，缺什么不要缺了钱。"过去读一养生书，开篇即云："健康是幸福，无病最自由。"诚哉斯言！当我被手穿皮线，缚于马桩，仆于病台，见眼前斯景，再回味斯言，所得之益，十倍于徐医生开的针药了。过了一会儿，我又想护士漠然的态度也是对的，莫非还要她陪着病人呻吟？过去我们搞过贫穷的社会主义，大家一起穷，总不能也搞有病大家一起痛吧？势之不同，态亦不同，才成五彩世界。

枚乘《七发》说楚太子有病，吴人往视，不用药石针刺，而是连说了七段要言妙道，太子就“涊然汗出，霍然病已”。我今天被缚在这张台子上，对眼前的人物景观看了七遍，听了七遍，想了七遍，病身虽不霍然，已渐觉宁然，抬手看看表，指针已从中午十二时蹒跚地爬到十九时，守着个小木鱼滴滴答答，整整七个小时，明天我要问问研究佛教的王君，这等参禅功夫，便是寺里的高僧恐怕也未必能有的。再抬头一望，三大瓶药液已到更尽漏残时，只剩瓶颈处酒盅多的一点，恰这时护士也走来给我松绑。妻子便收拾床铺，送还借的枕毯。我心里不觉生出打油诗一首：“忽闻药尽将松绑，漫卷床物喜欲狂。王府井口跳上车，便下西四到西天（吾家住北京小西天）。”

当我揉着抽掉针头还发麻的左手，回望一下在这里实验了七个小时的工作台时，心里不觉又有点依依恋恋。因为这毕竟是有生以来第一次进医院观察室，第一次就教我明白了许多事理。病不可多得，也不可不得。奥斯特洛夫斯基的那句名言曾经整整鼓舞了我们一代人：“人最宝贵的东西是生命，生命对于我们每个人只有一次。人的一生应当这样度过：忆往事他不会因虚度年华而悔恨，也不会因为生活庸俗而羞愧；临死的时候，他能够说……”何必等那个时候，当他病了一场的时候，他就该懂得，要加倍地珍惜生命，热爱生活！这个还应感谢黑格尔老人，他的《精神现象学》，是他发现了人的意识既能当主体又能当客体这个辩证的秘密。所以我今天虽被当作实验变革的对象，又做了体验这变革过程的主体。要是一只梨子,它被人变革成汁水后再也不会写一篇《试着被人吃了一回》的。

这就是我们做人的伟大与高明。

母亲石

那一年我到青海塔尔寺去，被一块普通的石头深深打动。

这石其身不高，约半米；其形不奇，略瘦长，平整光滑；但它却是一块真正的文化石。当年宗喀巴就是从这块石头旁出发，进藏学佛，他的母亲每天到山下背水时就在这块石旁休息，西望拉萨，盼儿想儿。泪水滴于石，汗水抹于石，背靠石头小憩时，体温亦传于石。后来，宗喀巴创立新教派成功，塔尔寺成了佛教圣地，这块望儿石就被请到庙门口。这实在是一块圣母石。现在每当虔诚的信徒们来朝拜时，都要以他们特有的习惯来表达对这块石头的崇拜。有的在其上抹一层酥油，有的撒一把糌粑，有的放几丝红线，有的放一枚银针。时间一长，这石的原形早已难以辨认，完全被人重新塑出了一个新貌，真正成了一块母亲石。就是毕加索、米开朗琪罗再世，也创作不出这样的杰作啊！

我在石旁驻足良久，细读着那一层层的、在半透明的酥油间游走着的红线和闪亮的银针。红线蜿蜒曲折如山间细流，飘忽来去又如晚照中的彩云。而散落着的细针，发出淡淡的青光，刺着游子们的心微微发痛。我突然想起自己的母亲。那年我奉调进京，走前正在家里收拾文件书籍，忽然听到楼下有“笃笃”的竹杖声。我急忙推开门，老母亲出现在楼梯口，背后窗户的逆光勾映出她满头的白发和微胖的身影。母亲的家离我住的地方有几里地，街上车水马龙，我真不知道她是怎样拄着杖走过来的。我赶紧去扶她。她看着我，有几秒钟，然后说：“你能不能不走？”声音有点颤抖。我的鼻子一下酸了。父亲文化程度不低，母亲却基本上是文盲，她这一辈子是典型的贤妻良母。小时每天放学，一进门母亲问的第一句话就是：“肚子饿了吧？”菜已炒好，炉子上的水已开过两遍。大学毕业后先在外地工作，后调回来没有房子，就住在父母家里，一下班，还是那一句话：“饿了吧？我马上去下面。”

我又想起我第一次离开母亲的时候。那年我已是十七岁的小伙子，高中毕业，考上北京的学校。晚上父亲和哥哥送我去火车站。我们出门后，母亲一人对着空落落的房间，不知道该做什么，就打来一盆水准备洗脚。但是直到几个小时后父亲送我回来，见她两眼看着窗户，两只脚搁在盆边上没有沾一点水。这是寒假回家时父亲给我讲的。现在，她年近八十，却要离别自己最小的儿子。我上前扶着母亲，一瞬间我觉得我是这世上一个最不孝顺的儿子。我还想起一个朋友讲起他的故事。他回老家出差，在城里办完事就回村里看老母亲，说好明天走前就不见了。然而，当他第二天到机场时，远远地就看见老母亲扶着拐杖坐在候机厅大门口。可怜天下父母心，儿女对他们的报答，哪及他们对儿女关怀的万分之一。

我知道在东南沿海有很多望夫石，而在荒凉的西北却有这样一块温情的望儿石，一块伟大的圣母石。它是一面镜子，照见了所有慈母的爱，也照出了所有儿女们的惭愧。

何处是乡愁

乡愁，这个词有几分凄美。原先我不懂，故乡或儿时的事很多，可喜可乐的也不少，为什么不说乡喜乡乐，而说乡愁呢？最近回了一趟阔别六十年的故乡，才解开这个人生之谜。

故乡在霍山脚下。一个古老美丽的小山村，水多，树多。村中两庙、一阁、一塔，有很深的文化积淀。

我家院子里长着两棵大树，一棵是核桃，一棵是香椿，直翻到窑顶上遮住了半个院子。核桃，不用说了，收获时，挂满一树翠绿滚圆的小球。大人站到窑顶上用木杆子打，孩子们就在树下冒着"枪林弹雨"去拾，虽然头上砸出几个包也喜滋滋的，此中乐趣无法为外人道。香椿炒鸡蛋是一道最普通的家常菜，但我吃的那道不普通。老香椿树的根，不知何时从地下钻到我家的窑洞里，又从炕边的砖缝里伸出几枝嫩芽。我们就这样无心去栽花，终日伴香眠。每当我有小病，或有什么不快要发一下小脾气时，母亲安慰的办法是，到外面鸡窝里收一颗还发热的鸡蛋，回来在炕沿边掐几根香椿芽，咫尺之近，就在锅台上翻手做一个香椿炒鸡蛋。那种清香，那种童话式、魔术般的乐趣，永生难忘。

当然炕头上的记忆还有很多，如在油灯下，枕着母亲的膝盖，看纺车的转动，听远处深巷里的狗吠和小河流水的叮咚。这次回村，我站在老炕前叙说往事，直惊得随行的人张大嘴合不拢，而村里的侄孙辈也如听古。因为那两棵大树早已被砍掉，河已不在，只有旧窑在，寂寞忆香椿。

出了院子，大门外还有两棵树，一棵是槐树，另一棵也是槐树。大的那棵特别大，五六个人也搂不住，在孩子们眼中就是一座绿山，一座树塔。长记树下总是拴着一头牛或一匹马。主干以上枝叶重重叠叠，浓得化不开。上面有鸟窝、蛇洞，还寄生有其他的小树、枯藤，像一座古旧的王宫。而爬小槐树，则是我们每天必修的功课。隐身于树顶的浓荫中，做着空中迷藏。

槐树枝极有韧性，遇热可以变形。秋天大人们会在树下生一堆火，砍下适用的枝条，在火堆里煨烤，制作扁担、镰把、担钩、木杈等农具，而孩子们则兴奋地挤在火堆旁，求做一副精巧的弹弓架或一个小镰把。有树必有动物，现在野生动物就归国家林业部来管。村里的野物当然也不离古树，各种鸟就不用说了，松鼠、黄鼠狼、獾子、狐狸的造访是家常便饭。

夏天的一个中午，正日长人欲眠，突然老槐树上掉下一条蛇，足有五尺多长，直挺挺地躺在树荫中。一群鸡，虽以食虫为天职，但还从未见过这么大的虫子，一时惊得没有了主意，就分列于蛇的两旁，圆瞪鸡眼，死死地盯着它。双方相持了足有半个时辰。这时有人吃完饭在河边洗碗，就随手将半碗水泼向蛇身。那蛇一惊，嗖的一下窜入草丛，蛇鸡对阵才算收场。现在，就是到动物园里，也看不到这样的好戏。

还有一天的晚上，我一个叔叔串门回来，见树下卧着一个黑影，便上去踢了一脚，说："这狗，怎么卧在当道上！"不想那"狗"嗖地翻身逃去。星光下分明是一条狼。大约是来河边喝水，顺便在树下小憩片刻。第二天听了这故事，很令人神往，我们决心去找这只狼。长期在农村，早得了关于狼知识的秘传：铜头、铁身、麻秆腿。腿是它的最弱项。傍晚时分，四五个孩子结伴向村外走去。随身带上镰刀、斧头、绳子，这都是平时帮大人打柴的家什。大家七嘴八舌，说见了狼，我先用镰刀搂腿，你用斧砍，他用绳捆。正说得热闹，碰见一个大人，问：去干什么？答：去找狼。大人厉声训斥道："天快黑了，你们还不都喂了狼？给我回去！"我们永远怀念那次未遂的捕狼壮举。

出大门外几十步即一条小河。流水潺潺，不舍昼夜。河边最热闹的场景是洗衣。在没有自来水和洗衣机之前，这是北方农村一道最美丽的风景。是家务劳动，也是社交活动，还是一种行为艺术。女人和孩子们是主角，欢声笑语，热闹非凡。许多著名的文艺作品都喜欢借用洗衣这个题材。如藏族舞蹈《洗衣歌》，歌剧《小二黑结婚》等。我们山西还有一首原汁原味的民歌就叫《亲圪蛋下河洗衣裳》。

印象最深的是河边的洗衣石，有黑、红、青各色，大如案板，溜光圆润。这是多少女子柔嫩白净的双手，蘸着清清的河水，经多少代的打磨而成的呀。河边总是笑声、歌声、捶衣声，声声入耳。偶尔有一两个来担水的男子，便成了女人们围攻的目标。现在想来，那洗衣阵中肯定有小二黑、小芹、亲圪蛋等。洗好的衣服就晒在岸边的草地上，五颜六色，天然画图。

我们常在河边的青草窝里放羊，高兴时就推开羊羔，钻到羊肚子下吸几口鲜奶,很是享受。那时也不懂什么过滤、消毒。清明前后,暖风吹软了柳枝,可褪下一截完整的树皮管,做成柳笛,“呜哇呜哇”地乱吹。大人不洗衣时我们就在这洗衣石上玩泥,或坐上去感受它的光润。

那时洗衣用皂角,村里一棵硕大的皂角树,一季收获,够全村人用上一年。皂角在洗衣石上捶碎后,它的种子会随河水漂落到岸边的泥土里,春天就长出新的皂角苗。小村庄,大自然,草木之命生生不息,孩子们的心里阳光满地。大家比赛,看谁发现了一株最大的皂角苗,然后连泥捧起种到自家的院子里。可惜,这情景永不会再有了,前几年开煤矿破坏了地下水,村里的三条河全部干涸,连河床都已荡平,树也没了踪影。洗衣歌、柳笛声都已成了历史的回声。

忆童年,最忆是黄土。我的老乡,前辈诗人牛汉就曾以敬畏的心情写过一篇散文《绵绵土》。村里人土炕上生,土窑里长,土堆里爬。家家院里有一个神龛供着土地爷。我能认字就记住了这副对联:“土能生万物,地可载山川。”黄土是我的襁褓,我的摇篮。农村孩子穿开裆裤时,就会撒尿和泥。这几年城里因为环保,不许放鞭炮,遇有喜事就踩气球,都市式的浪费。且看当年我们怎样制造声响。

一群孩子,将胶泥揉匀,捏成窝头状,窝要深,皮要薄。口朝下,猛地往石上一摔,泥点飞溅,声震四野,名“摔响窝”。以声响大小定输赢,以炸洞的大小要补偿。输者就补对方一块泥,就像战败国割让土地,直到把手中的泥土输光,俯首称臣。这大概源于古老的战争,是对土地的争夺。孩子们虽个个溅成了泥花脸,仍乐此不疲。

这场景现在也没有了，村子成了空壳村，新盖的小学都没有了学生。空空新教室，来回燕穿梭。村庄没有了孩子，就没有了笑声，也没有人再会去让泥巴炸出声了。

农家的孩子没有城里人吃的点心，但他们有自己的土饼干。不是“洋”与“土”的土，是黄土地的“土”。在半山处取净土一筐，砸碎，细筛，炒热。将发好的面拌入茴香、芝麻，切成条节状，与土混在一起，上火慢炒至熟，名“炒节子”。然后再筛去细土，挂于篮中，随时食用。这在城里人看来，未免有点脏，怎么能吃土呢？但我们就是吃这种零食长大的。一种淡淡的土味裹着清纯的麦香，香脆可口。天人合一，五行对五脏，土配脾，可健脾养胃，村里世代相传的育儿秘方。

从春到夏，蝉儿叫了，山坡上的杏子熟了，嫩绿的麦苗已长成金色的麦穗，该打场了。场，就是一块被碾得瓷实平整、圆形的土地。打场是粮食从地里收到家里的最后一道工序，再往下就该磨成面，吃到嘴里了。割倒的麦子被车拉人挑，铺到场上，像一层厚厚的棉被，用牲口拉着碌碡，一圈一圈地碾压。孩子们终于盼到一年最高兴的游戏季，跟在碌碡后面，一圈一圈地翻跟斗。我们贪婪地亲吻着土地，享受着燥热空气中新麦的甜香。一次我不小心，一个跟斗翻在场边的铁耙子上，耙齿刺破小腿，鲜血直流。大人说：“不碍，不碍。”顺手抓起一把黄土按在伤口上，就算是止血了。至今还有一块疤痕，留作了永久的纪念。也许就是这次与土地最亲密的接触，土分子进入了我的血液，一生不管走到哪里，总忘不了北方的黄土。现在机器收割，场是彻底没有了，牲口也几乎不见了，碌碡被可怜地遗弃在路旁或沟渠里，有点“九里山前古战场，牧童拾得旧刀枪”的凄凉。

没有了，没有了。凡值得凭吊的美好记忆都没有了。只能到梦中去吃一次香椿炒鸡蛋，去摔一回泥巴、翻一回跟斗了。我问自己，既知消失何必来寻呢？这就是矛盾，矛盾于心成乡愁。去了旧事，添了新愁。历史总在前进，失去的不一定是坏事。但上天偏教这物的逝去与情的割舍，同时作用在一个人身上，搅动你心底深处自以为已经忘掉了的秘密。于是岁月的双手，就当着你的面将最美丽的东西撕裂，这就有了几分悲剧的凄美。但它还不是大悲大恸，还不至于呼天抢地，只是一种温馨的淡淡的哀伤，是在古老悠长的雨巷里“逢着一个丁香一样的结着愁怨的姑娘”。乡愁是留不住的回声，是捕捉不到的美丽。

那天回到县里，主人问此行的感想，我随手写了四句小诗：

何处是乡愁，
云在霍山头。
儿时常入梦，
杏黄麦子熟。